誘拐ファミリー

新堂冬樹

集英社文庫

浅井家　家族構成

誘拐ファミリー

0

「えーっ、嘘《うそ》でしょう!?」

西麻布《にしあざぶ》のラウンジ「V・I・P」の落ち着いた空間にそぐわない、女性の黄色い声が響き渡った。

毛先をふんわりゆるく巻いたロングの黒髪、黒目がちな円《つぶ》らな瞳、抜けるような白肌、華奢《きやしや》な身体《からだ》を包み込む白いサマーセーター……声の主は、お天気キャスターといっても通用するような清楚《せいそ》で美しい女性だった。

「嘘じゃない、本当だよ。信じられないなら、ググってみな。秋嶋康太《あきしまこうた》ってさ。俺のこと、出てくるから」

褐色に焼けた肌、後ろで結んだプラチナシルバーに染めた髪、スカイブルーのジャケットに白いハーフパンツ……秋嶋は、得意げな顔でスマートフォンを女性に翳《かざ》しつつ言った。

「お客さんは、なにしている人ですか？」

太陽《たいよう》は、秋嶋の座る斜め前方のテーブルから星《ほし》に視線を戻した。

ベリーショートの髪に掌《てのひら》におさまるほどの小顔、切れ長の瞳にシャープな顎のライン……星もまた、芸能人の卵といっても十分に通用するレベルだ。

音大の学費を払うためにラウンジでアルバイトしている……というのが客にたいしての星の建て前だ。

「V・I・P」は西麻布にひしめくラウンジの中でも女性の質が高いと評判の店で、芸能人やスポーツ選手が常連客に多いことでも有名だ。

「俺はなにをしているように見える？」

太陽は、白ワインのグラスを傾け質問を返した。

「歳《とし》はまだ二十代でしょう？　キャップに伊達《だて》メガネ……もしかして、有名人？」

「顔を見てわからないってことは、有名人じゃないってことだ」

太陽は、不毛な会話を続けた。

「キャップとメガネを外してくれたら、わかるかもしれませんよ。外してみてくださいよ」

悪戯《いたずら》っぽく言う星を無視して、太陽は聴覚の神経を研ぎ澄ました。

「あきしまこうた……あっ、本当だ！　映画監督だって出てきた！」

女性が、スマートフォンを手に驚きの声を上げた。

「七海《ななみ》さんって、綺麗《きれい》でしょう？　モデル事務所に所属していて、『JJ』に載ったことがあるんですって」

星も、不毛な会話を続けた。

だが、この不毛な会話は必要だった。

「え!?『白い海』って、秋嶋さんの作品ですか!?」

女性……七海のテンションが上がった。

「ああ。知ってるの？」

くわえ煙草《たばこ》の秋嶋がソファの背凭《せもた》れに両手を載せ、ふんぞり返って訊《たず》ねた。

ビジュアルといい態度といい、秋嶋は映画監督というよりは半グレだ。

だが、秋嶋は日本アカデミー賞にもノミネートされたことのある新進気鋭の売れっ子監督だった。

「知ってるもなにも、私、高校生の頃に観《み》たんですけど、感動してＤＶＤが出てからも五回以上借りました！　大ファンの作品の監督さんに会えるなんて、夢みたいです！」

「じゃあ、もっと夢を見せてやろうか？」

「えっ、なんですか!?」

七海が瞳を輝かせた。

「ここが終わったら、俺の部屋に連れて行ってやるよ」

「え……」

七海の顔に怪訝《けげん》な色が広がった。

「大好きな作品を撮った監督に抱かれるんだ。夢みたいだろ？」

秋嶋が赤ワインをがぶ飲みし、下卑《げび》た笑みを浮かべた。

「もう、冗談ばっかり〜。監督みたいな有名人が、私みたいな素人を相手にする気なんてないくせにぃ」

七海が、冗談として受け流した。

「だから、特別だって。今日は珍しく予定がないから、抱いてやるって言ってるんだよ」

五メートル以内に近づいた女を妊娠させる、キャスティングした女優に全員手をつける、女性を消耗品として扱う、自分が口説けば女性は全員落ちると思っている。

秋嶋のSNSでの評判は最悪なものだった。

実際に写真週刊誌でも何度も女性スキャンダルをスクープされていた。

女性関係だけでなく、過去に酒に酔ってタクシー運転手に暴行を働いたりクラブで大暴れしたり、酒癖の悪いトラブルメーカーとして有名だった。

それでも秋嶋に作品の依頼が後を絶たないのは、才能があるからだ。

秋嶋という男を一言で表せば、映画監督としては優秀だが人間としては最低のクズだ。

「最悪ですよね……」

星が、嫌悪に眉根を寄せた。

「いいのか？　VIP客をそんなふうに言ってさ」

太陽は、口もとに運んだワイングラス越しに秋嶋に視線を向けた。

「私には関係ないことだって……」

星が言葉を切り、太陽の耳もとに唇を近づけた。

「太陽が一番知ってるでしょ？」

星が囁《ささや》いた。

弾《はじ》かれたように太陽は、星を睨《にら》みつけた。

「ごめんごめん、そんなに怖い眼《め》で見ないでよ」

「敬語を使え」

ほとんど唇を動かさずに、太陽は言った。

おどけた調子で、星が小さく手を上げた。

「は〜い、わかりました〜」

「なんだよっ、じゃあ、いくらならやらせるんだよ!?」

秋嶋が、いら立ったように吐き捨てた。

「私は、そういう女じゃありません」

それまで愛想を振《ふ》り撒《ま》いていた七海が、厳しい表情で突《つ》っ撥《ぱ》ねた。

太陽はスマートフォンを取り出し、ＬＩＮＥアプリを開いた。


そろそろ出荷だ。

メッセージを大樹《だいき》、大地《だいち》、星、吹雪《ふぶき》に一斉送信した。

本当は現場にいない大樹に送信する必要はないが、臍《へそ》を曲げられたら面倒だ。

「お高く止まりやがって！　てめえらラウンジの女は、パパ活で愛人探ししてるんだろうが!?　おいっ、マネージャー、チェックだ！　くそ気分が悪い！」

「秋嶋監督っ、どうなさいましたか!?」

店のマネージャーらしき黒スーツの男が、蒼白《そうはく》な顔で秋嶋の席に駆け寄った。

「どうもこうもねえよっ。なんだ、この女!?」

「チェックお願いしまーす」

太陽が目顔で合図すると、星が手を上げ黒服を呼んだ。

「楽しかったよ。また、くるから」

太陽は黒服に笑顔で言いながら、伝票に書かれた二万四千円をトレイに置くと立ち上がった。

マネージャーらしき男と七海を罵倒する秋嶋を尻目に、太陽は星とともにエレベーターに乗った。

「お前、なんださっきのは？」

扉が閉まり頭を下げる黒服が視界から消えると、太陽は咎《とが》める口調で言った。

「もう、しつこいな〜。さっき、謝ったじゃん」

星が、うんざりした顔で言った。

「少しの気の緩みが失敗を招く。浅井《あさい》家の伝統を親父《おやじ》の代で傷つける気か？」

「また、出た！　浅井家の伝統……もうすっかり、五代目になったつもり？　まだ、祖父《じい》ちゃんも父ちゃんも太陽か吹雪か決めてないんでしょう？」

「誰の代になろうが同じだ。とにかく、任務中は気を引き締めろ」

「ちゃんとやってる……」

「荷物がエレベーターに乗ったら太陽はＬＩＮＥしろ」

反論しようとする星を遮り、太陽はエレベーターを出た。

ビルの前に、レクサスが停《と》まっていた。運転席に太陽と同年代……二十代後半くらいの男がいた。

男が秋嶋のマネージャーだということは調査済みだ。

太陽は、レクサスの十メートルほど後ろに停車する黒のアルファードに視線を移した。

アルファードのスライドドアが開き、黒いキャップ、黒いマスク、黒のジャケット、黒のパンツといった全身黒ずくめの細身の男が降りた。

太陽は伊達メガネをサングラスに替え、レクサスに歩み寄るとドライバーズシートの窓を叩《たた》いた。

「なんですか？」

警戒した顔のマネージャーが、パワーウインドウを半分ほど下げて訊ねた。

「監督って呼ばれている人、もしかしてお宅のお連れさん!?」

太陽は、切迫した声で言った。

「あ……そうですけど？　秋嶋監督が、どうかしましたか？」

「トイレで酔い潰れて、店の人が困ってたよ」

「えっ、マジですか!?」

「うん、早く行ったほうがいいと思うけど」

「ありがとうございます！」

マネージャーがドライバーズシートから飛び降りた。

背後から物凄《ものすご》いスピードで駆け寄ってきた黒ずくめの男が、マネージャーの後頭部に手刀を叩き込んだ。

間を置かずみぞおちに拳を打ち込み、くの字に折れたマネージャーと肩を組むようにしてアルファードに引《ひ》き摺《ず》った。

傍《はた》から見れば、酔い潰れた仲間を介抱しているようにしか見えない。

黒ずくめの男……吹雪は、小学生の頃からキックボクシングを習っていた。

高校生の頃にK－1甲子園に東京代表で出場し、ベスト4に入ったこともあった。かといって、気の短い武闘派というわけでもなかった。

小、中、高とテストの成績は常に学年で一番の秀才で、ファミリー一の頭脳派だった。

太陽は、ヒップポケットで震えるスマートフォンを引き抜いた。

荷物がエレベーターに乗ったよ！

星からのＬＩＮＥを読んだ太陽は、アルファードのフロントウインドウ越し……大地に向かって片手を上げた。

アルファードが前進し、レクサスの背後につけると停車した。

ほどなくすると、ビルから秋嶋が出てきた。

かなり、酒が回っているようだ。

秋嶋はおぼつかない足取りで、レクサスに歩み寄った。

「おいっ、田所《たどころ》っ、てめえっ、どこ行った!?」

「この車のお連れの方ですか？」

レクサスのドライバーズシートを覗《のぞ》き込む秋嶋の背中に、太陽は声をかけた。

「あ？　そうだけど？　あんた誰？」

秋嶋が、赤らんだ顔で振り返った。

「車から降りて気分悪そうに吐いてましたから、いま、僕の車で休んでます。もうそろそろ出なきゃならないので、迎えにきて貰《もら》えますか？」

太陽が言うと、秋嶋が舌打ちした。

「ったく、俺がなんでマネージャーの世話しなきゃなんねえんだよ……」

ぶつぶつと文句を言いながら、秋嶋がアルファードに向かった。

太陽は、秋嶋のあとに続いた。

酔っているときを選んだのは、警戒心が薄れるからだ。

「おいっ、開けろよっ」

秋嶋が、怒鳴りながらスライドドアを叩いた。

「なにやってんだっ、早く……」

勢いよくドアが開いた——ナイフを構えた吹雪が現れると、秋嶋が息を呑《の》んだ。

太陽は、固まる秋嶋の襟首を摑《つか》み後部座席に乗り込んだ。

シートの足もとには、アイマスクと猿轡《さるぐつわ》をされ粘着テープで両手の自由を奪われたマネージャーが転がっていた。

「雑魚《ざこ》をリリースしろ！」

ドライバーズシートの大地が振り返り、朗らかな口調で太陽に命じた。

もちろん、キャップ、サングラス、マスクの三点セットはつけている。

「悪いな」

太陽は声をかけ、マネージャーを路肩にリリースしスライドドアを閉めた。

吹雪が素早く秋嶋を後ろ手にして、手錠を嵌《は》めた。

「てめえら、何者だ……」

「頸動脈《けいどうみやく》を切られたくないなら、おとなしくしてください」

秋嶋の喉もとにナイフの切っ先をつきつけ、吹雪が無感情な声で命じた。

太陽は小学生の頃から、吹雪が感情的になったのを見たことがなかった。

それまでは、陽気で優しい男の子だった。

太陽の記憶が間違っていなければ、吹雪の感情が喪失したのは、七歳の頃にかわいがっていた柴犬《しばいぬ》が目の前で車に撥《は》ねられるのを見てからだ。

それが原因かどうかは、吹雪の口から語られていないのでわからない。

頭蓋骨が陥没して四肢が不自然に折れ曲がっている愛犬に添い寝した吹雪が呟《つぶや》いた一言を、いまでも太陽は鮮明に覚えている。


――もう、なんにも好きにならないよ。


「お、俺をどうする気だ？」

うわずる秋嶋の声が、幼き吹雪の声を掻《か》き消した。

「言う通りにすれば、どうもしません。逆らえば殺します」

「おいおい、あんまり脅すなよ」

太陽は、吹雪を窘《たしな》めた。

秋嶋を庇《かば》うわけではないが、脅しが効果的なタイプと逆効果になるタイプがいる。少なくとも太陽は、脅しで従わせるのは好きではなかった。

身体を拘束しているのだから、無駄に恐怖を与える必要はない。

「脅しじゃありません」

吹雪の抑揚のない声に、秋嶋の顔が強張《こわば》った。

「た、た、頼む！　助けてくれ！　金ならやる！　いくらだ!?　五百万か!?　一千万か!?」

秋嶋が、逼迫《ひっぱく》した顔で吹雪に懇願した。

「そんなはした金、いりませんよ」

吹雪が、にべもなく言った。

「わ、わかった……一千五百万……これ以上は無理だ。トム・クルーズやジョニー・デップみたいに一本五十億も六十億も稼ぐハリウッドの映画界と違って、日本の映画産業は大金が動く世界じゃない。製作費自体が全国ロードショークラスの大型配給でも、せいぜい三億とか四億だ。大御所の主演俳優だって、一千万とか二千万のギャラでやってるんだ。監督の俺なんて、数百万のギャラで動いているのが実情……」

「だから、金は必要ありません」

秋嶋を、吹雪が冷え冷えとした声で遮った。

「だ、だったら……なにが目的で俺をこんな目に……」

「それは、着いたら教えるから！　焦らない、焦らない！」

大地が口を挟み、豪快に笑い飛ばした。

1

浅井家の二階——家族が会議室と呼んでいる十五畳のリビングルームのU字型ソファに、西麻布のラウンジで勤務中の星以外の家族全員が顔を揃《そろ》えていた。

世田谷《せたがや》区上用賀《かみようが》の住宅街——三階建ての建物は、大地が十年前にそれまでの木造の平屋を取り壊して新しく建てたものだった。

一階はペットホテルになっている。

共働きで夜まで愛犬の面倒をみることのできない飼い主、水商売をしていて朝まで愛犬の面倒をみることのできない飼い主、旅行や出張で愛犬を預かってくれる人がいない飼い主……理由は様々だが、ペットを家族の一員として扱うという考えが主流になったいま、日に平均五匹は持ち込まれる繁盛ぶりだ。

愛犬家の多い上用賀という立地条件も、商売繁盛の大きな理由だ。

五キロ以内の超小型犬で素泊まり一泊五千円、十キロ以内の小型犬で七千円、三十キロ以内の中型犬で一万円、三十キロ以上の大型犬は現在は扱っていない。

加えて十代の頃にトリマーの専門学校に通っていた大地の妻の海《うみ》がトリミングをするので、「浅井ペットホテル」はかなりの利益を生み出している。

打ちっ放しのコンクリート壁の瀟洒《しょうしゃ》な建物は、愛犬家の多い近隣住民からは「お犬御殿」と呼ばれて親しまれていた。

だが、海がペットホテルを切り盛りしているのは家計を支えるためではなく、趣味を活《い》かしたカムフラージュだ。

「四千万は、いくらなんでも吹っかけ過ぎだろう？　三千万くらいが、妥当な線じゃないのか？」

U字型ソファの上座——大地が、右隣に座る太陽に渋い表情を向けた。

濃く太い眉にどんぐり眼、ヒキガエルのように大きな口……大地は、典型的なソース顔をしていた。

対照的に、妻の海は和風なしょうゆ顔をしていた。

南国系のハーフとよく間違われる太陽はどちらかというと父親似で、韓流アイドルさながらの涼しげな顔をしている吹雪は母親似だった。

「いやいや、三千万は安過ぎるって。俺は、五千万でもイケると思ってるよ」

太陽は言いながら、カカオ九十パーセントのチョコレート片を口に放り込んだ。

一瞬の判断ミスが命取りになる仕事なので、常に思考の車輪が回るようにしておく必要がある。

「五千万!?　馬鹿を言うんじゃねえ。たかだか映画の撮影を休むくらいで、そんな大金を払う事務所があるか！」

大地が呆《あき》れたように言うと、するめを噛《か》み裂いた。

父の思考覚醒法は、糖分ではなく咀嚼《そしゃく》だ。

「製作費数百万の単館ロードショーならな。秋嶋は人間的には最低だけど、映画監督としてはいくつも賞を取っている売れっ子だ。今回クランクインを控えている『Wタブー』も、二十代で人気ツートップと言われる若手俳優の宅岡相馬《たくおかそうま》と吉岡純《よしおかじゅん》の夢の共演で話題の映画なんだよ。製作費は五億円だ。秋嶋の兄貴も、これだけ大きな映画ならプロダクションの社長として力が入るってもんだろう」

「売れっ子俳優を使った大きな映画だからって、事務所が大金を払うとはかぎらんだろう？　ねえ、お父さん？」

大地が、背後……リクライニングチェアに座り競馬新聞を広げる大樹を振り返り同意を求めた。

太陽が高校生のときの作戦会議では、大地の席には大樹が座っていた。

ここ十年の大樹は第一線を退き、相談役のような立場になっていた。

「太陽、その映画には、裕次郎《ゆうじろう》や吉永小百合《よしながさゆり》みたいなスターは出ておるのか？」

「お義父《とう》さん、いまどきの子には裕次郎とか吉永小百合とか言ってもピンときませんよ」

ティーカッププードルを抱いた海が、苦笑いしながら太陽の隣に座った。

「知ってるよ。ＤＶＤで昔の映画も観るからさ。まあ、タイプは違うけど、客を呼べるっていう意味では同じかな。彼らがドラマに出たら、視聴率が五パーセントは上がるって言われているほどの人気だから」

「だったら、大丈夫じゃろう。裕次郎級のスターの出る映画を守るためなら、四千万は安いもんじゃ。わしが太鼓判を押すぞ！」

大樹が、丸めた競馬新聞で膝を叩いた。

「お父さん、そんないい加減なこと言って太陽を焚《た》きつけないでくれよ〜。映画のことなんて、よくわかってないだろう？」

大地が、困惑したふうに言った。

「わかってないのは、親父だろう？『Wタブー』は四百館以上の全国ロードショーが予定されてる大箱だ。出演者も超過密スケジュールの売れっ子ばかりだから、クランクインが遅れたら代替え日を出すことは不可能だ。つまり、秋嶋はどう転んでも予定通りに撮影を進めなければならない。低予算の映画の現場だって、撮影に穴が開けば一日百万単位の損失になる。『Wタブー』はキャストの格やスタッフの数からいっても、一日一千万近い損害金が発生するはずだ。クランクインが五日遅れただけで五千万、キャストのスケジュール的に撮影が続行できなくなってみろ？　秋嶋プロはそれまでに使った製作費にプラスして違約金……数億の金を支払わなければならない。金だけじゃない。秋嶋の信用は失墜し、監督のオファーもこなくなるだろう。自由を買い取るのに四千万や五千万なんて安いもんさ」

「私も、太陽に一票。あんた、近頃弱気になってるわよ。昔は、憎たらしいほど強気だったのに。もう、歳ね。これからは、太陽や吹雪に任せておけばいいのよ。あんたも、この子達の世話を手伝わない？」

海が、ティーカッププードルを宙に掲げた。

「人を年寄り扱いするんじゃねえ。まだ、犬畜生の世話をするほど老け込んじゃいねえよ。おい、お前はどう思う？　父さん派か？　太陽派か？」

大地が、ソファの端でスマートフォンをイジっていた吹雪に視線を移した。

「どっち派でもありませんよ。それより、早く秋嶋プロに連絡しませんか？　交渉前に四千万だ五千万だと内輪《うちわ》揉《も》めしている間に、弟の異変に気づいた兄が警察に捜索願を出したら厄介ですからね」

「相変わらず、愛想のない奴《やつ》だな。お前、親子でその喋《しゃべ》りかた、なんとかなんねえか？」

「これが、僕ですから」

吹雪が、無表情に言った。

「気持ちはわかるが、焦りは禁物だ。相手に足もとをみられたら、イニシアチブを奪われてしまうからな」

太陽は、やんわりと吹雪を窘めた。

「奪われませんよ。稼ぎ頭の弟の身になにかあったら、困るでしょうから」

「窃盗、レイプ、薬物、殺人はしない。ファミリーのルールだ。忘れたのか？」

「忘れてませんよ。ただ、交渉をスムーズにするために荷物に多少の傷をつけるのは仕方ないと思います」

「浅井家の伝統は、荷物を無傷で返すことだ。俺らは、強盗犯じゃない」

太陽が言うと、吹雪が鼻で笑った。

「伝統、伝統って、僕らは誘拐犯ですよ？　誘拐も強盗も、犯罪に変わりはないでしょう？」

「お前はどうしてそんなふうに……」

「おいおい、兄弟喧嘩《げんか》はやめねえかっ。いまは、内輪揉めしてる場合じゃねえ。まあ、吹雪の言うことにも一理ある。ここでぐだぐだ話してても、一円にもならねえからな。おい、太陽。早速、社長に電話だ」

大地が言うと、海が闇金業者から流れてきたトバシのスマートフォンをテーブルに置いた。

このスマートフォンは、失踪した多重債務者から担保として預かっていたものを闇金業者が横流ししたものだ。

なので、通話料金の支払い期日から約一ヵ月後までしか使用できない。

因《ちな》みにいまから使用するスマートフォンは、あと一週間で通話を止められてしまう。

尤《もっと》も、一ヵ月使えたとしても、足がつかないように一週間ごとに電話は替えている。

太陽が本体から延びているヘッドセットをつけると、アダプターに接続された三本のイヤホンを大地、吹雪、海が装着した。

秋嶋から奪ったスマートフォンの電話帳を見ながら、太陽は通話キーをタップした。

五回を数えても、コール音が途切れる気配はなかった。

午前十時三十分。

ホームページによれば、プロダクションの営業は午前十時からとなっていた。

十回を数えても電話は取られずに、コンピューター音声の留守番電話に切り替わった。

次に、秋嶋兄の携帯電話にかけた。

すぐに、留守番電話の音声メッセージが流れてきた。

間を置かずに三度かけたが、留守番電話に切り替わる繰り返しだった。

イヤホンを外した吹雪が無言で立ち上がり秋嶋のスマートフォンを太陽から奪うと、黒のフェイスマスクをつけながらリビングルームを出た。

「おい、どこに行く？」

太陽も白のフェイスマスクをつけながら、吹雪のあとを追った。

訊《き》かなくても、見当はついていた。

太陽の予想通り、吹雪は地下へと続く階段を下りた。

「戻れっ」

吹雪は太陽の制止を無視し、地下室のドア……指紋認証のタッチパネルに人差し指を当てた。

ロックが解除された防音式のドアを開き、吹雪が地下室に入った。黴臭《かびくさ》いにおいが鼻腔《びこう》に忍び込んだ。

「おいっ、頼むから出してくれ！」

薄暗いダウンライトに照らされた十坪の空間……室内の中央に置かれた高さ二メートル、幅四メートルの特大サイズの檻《おり》に囚《とら》われた秋嶋が、吹雪と太陽を認めると悲痛な声で訴えた。

セントバーナードや土佐犬《とさいぬ》などの超大型犬用の檻なので、頑丈にできていた。このケージは海が仕事で使っていたものだが、最近は大型犬の宿泊は受け付けなくなったので本業で使用していた。

「子供のお使いじゃないんですから。四千万を払うなら、解放してあげますよ」

小馬鹿にしたように言いながら、吹雪が檻の前に置かれたパイプ椅子に座った。

檻の床にはヨガマットが敷いてあり、パイプベッドが置かれていた。

長丁場になることを想定し、ＣＤプレイヤー、小説、漫画、ミネラルウォーターの二リットルのペットボトルを二本常備していた。

外の情報はシャットアウトしたいので、ラジオや週刊誌は置いていない。

朝、昼、晩の食事は犬に餌を与えるときの小窓から出し入れするようにしていた。

「だから、言っただろう？　そんな大金は無理だって！　千五百万ならすぐに……」

「お兄さんに払って貰いますから、はした金はいりません」

秋嶋を遮り、吹雪が言った。

「なっ……兄貴に電話したのか!?」

秋嶋の素頓狂《すっとんきょう》な声が、地下室に響き渡った。

「ええ、会社の電話も携帯も繋《つな》がらなかったので、至急、折り返し電話をかけるようにLINEでメッセージを作成してください。送信する前に、こちらに戻してください」

吹雪は、柵の隙間から秋嶋にスマートフォンを渡しながら言った。

「あ、兄貴はだめだ！　俺と違って厳格な男だから、金の話なんて絶対に応じないぞ!?」

「僕は、そうは思いません。弟が四日後にクランクイン予定の『Wタブー』の現場に入れなかったら、日に一千万円の損害金が発生します。プロダクションの社長の立場からすれば、四千万を支払って被害を最小限に食い止めるか、突っ撥ねて数億単位の違約金問題に発展させるか？　あなたのお兄さんが馬鹿じゃないかぎり、どっちを選ぶか明白です」

秋嶋が観念したように、スマートフォンを受け取ると文字キーをタップし始めた。

「これで……いいか？」

不安げな表情で、秋嶋がスマートフォンを戻してきた。

吹雪はスマートフォンを受け取ると送信キーをタップし、太陽に渡した。

「あ、あんたらはわかっちゃいない……兄貴は俺と違って正義感の塊だ。脅しや卑劣な手を使う相手には絶対に屈しない。なあ、額は少なくなるが俺なら一千五百万をすぐにあんたらに払える。あんたらだって、事を大きくして警察沙汰になったら困るだろう？」

秋嶋が、太陽と吹雪の顔を交互に見ながら翻意を促した。

「万が一弟が大事な存在じゃなくても、秋嶋監督は大事なはずだ。警察沙汰にはならないさ。まあ、とにかく、あんたはおとなしく待っててくれ。交渉成立して四千万を受け取ったら、すぐに解放するから」

太陽は、諭すように言った。

「あんたら、何者なんだ？　ずいぶん手際がよかったけど、プロの誘拐犯なのか？　ISとかがやってるような誘拐ビジネス専門の組織的集団なのか？」

映画監督としての好奇心が湧いたのか、秋嶋が矢継ぎ早に質問してきた。

太陽の掌でスマートフォンが震えた。

ディスプレイに表示される「兄」の文字。

太陽は通話キーをタップし、スピーカー機能にした。

『もしもし!?　なにかあったのか!?』

至急という文字に不安を感じたのか、受話口から流れてくる秋嶋兄の声は強張っていた。

「弟さんは無事だから安心していいよ」

見知らぬ男の声に、電話越しに秋嶋兄が息を呑む気配があった。

いつの間にか、金色のフェイスマスクをつけた大地と赤のフェイスマスクをつけた海、銀色のフェイスマスクをつけた大樹、そして、仕事から戻った桃色のフェイスマスクをつけた星が太陽の周りに集まり耳を傾けていた。

『だ、誰だ君は？』

「単刀直入に用件を言うからさ。秋嶋監督を預かっている。四千万と引き換えに解放する」

『なっ……』

秋嶋兄が絶句した。

「期限は明後日《あさって》までだ」

『ば、馬鹿な！　四千万もの大金を、そんなにすぐに用意できるわけないだろ！　たとえ用意できたとしても、悪戯かもしれない電話一本で……』

「自分の眼でたしかめてよ」

太陽はビデオ通話に切り替えたスマートフォンを、特大ケージに囚われた秋嶋に向けた。

「ごめん……兄貴……」

半泣き顔で、秋嶋がスマートフォンに向かって頭を下げた。

『おいっ、康太！　大丈夫か!?』

ディスプレイ――事務所と思《おぼ》しき場所で、顔面蒼白になる七三分けの中年男性は秋嶋とは違い真面目な印象だった。

「悪ふざけでないとわかったら、明後日までに四千万を用意してくれるかな？」

『三日で四千万なんて無理だっ。無茶を言わないでくれ！』

秋嶋兄が、逼迫した表情で言った。

「こっちは四千万が入るなら期限を延ばしてもいいけど、困るのはそっちだよ。四日後には秋嶋監督がメガホンを取る『Wタブー』がクランクインする。当然、監督がいなければ映画を撮れない。三日、五日、一週間……撮影の延期とともに損害金は雪だるま式に膨らむ。推定製作費が五億と言われている大作だ。四千万を二日後に払うか渋り続けて撮影に穴を開け続けるか？　経営者のあんたなら、すぐに答えは出るはずだよ」

勝利の方程式――太陽は、マニュアル通りに淡々とターゲットを追い詰めた。

金色マスクの大地が、満足そうに頷《うなず》いた。

ディスプレイの中の秋嶋兄の顔が、静止画像のように表情を失った。

2

「躊躇《ためら》っている余裕はないと思うけど……」

「うぉあーっ！」

太陽の声を、絶叫が遮った。

『康太！』

ディスプレイのスピーカーから、秋嶋兄の叫び声が流れてきた。

弾かれたように太陽は振り返った――吹雪が、柵越しに秋嶋の右の太腿《ふともも》をアイスピックで突き刺していた。

「おいっ、なにやってる！」

太陽は吹雪を押し退《の》けた。

「白マスクさんが無駄な時間をかけ過ぎるから、僕がショートカットしてあげたんですよ」

吹雪が、アイスピックを抜きつつ感情の籠もらぬ声で言った。

「あ～あ～、黒マスクが、また、やっちゃった」

桃色のフェイスマスク……星が呆れた口調で言いながら肩を竦《すく》めた。

地下室の隅でパイプ椅子に座る銀色のフェイスマスク……大樹は、起きているのか眠っているのか判別がつかなかった。

「おいっ、救急車っ、救急車を呼んでくれ……出血多量で死んじまう！」

パニックになる秋嶋の太腿からは、微量の血が滲《にじ》んでいるだけだった。

吹雪は人質の動脈を切るような、愚か者ではない。

「大袈裟《おおげさ》なこと言わないの。こんなの、掠《かす》り傷よ。ほら、足を出しなさい」

赤のフェイスマスク……ケージに歩み寄った海が、消毒液とガーゼを手に秋嶋に命じた。

秋嶋が、素直に柵の隙間に傷口を押しつけた。

海も星も、吹雪の暴走には慣れていた。

「誰が、荷物を刺せと言った!?」

太陽は、吹雪に詰め寄った。

たしかに、吹雪の言うことにも一理ある。

急所を外したブラフなら、金を速やかに出させる意味で有効的だ。

だが、吹雪を野放しにしておくわけにはいかない。

吹雪が急所を外したのは人質を死なせないためでなく、その必要がないからだ。

必要とあれば、吹雪は腕に止まった蚊をそうするように秋嶋を殺すだろう。

吹雪にとって人質の命など……いや、人間の命など虫けらと変わらない重さなのだ。

浅井家の伝統を守るため……吹雪を守るため……。

弟の暴走を止めなければならないのだ。

「白マスクの言う通りだぞ。お前、いきなりぶっすりはヤバいだろうが?」

金色のフェイスマスク……大地がやんわりと吹雪を諭した。

大地も海も星もわかっていない。

三人の脳裏には、幼き頃の優しい吹雪のイメージが残っているのだろう。

だが、吹雪は彼らが思っている以上に心を失っている。

「二人とも、説教はあとにしてくれませんか？　さあ、お兄さん、どうしますか？　二日後に四千万を用意して頂けますか？　三十秒ごとに、弟さんの身体を刺します。動脈を外しても、刺す箇所が増えればいずれは失血死します。あと十五秒で三十秒です」

吹雪が、合成音声のように抑揚のない口調で言いながら秋嶋の頸動脈にアイスピックを押しつけた。

『ちょっと待ってくれ！　言う通りにしたいが、税務署に追徴金を払ったばかりでいまは本当に金がないんだ……とりあえず、康太を戻してくれ。クランクインして順調に撮影が進めば、製作費の残金も順次入金される。そうすれば、四千万はすぐに用意……』

秋嶋兄の悲痛な声を、秋嶋の絶叫が掻き消した。

吹雪が頸動脈に当てていたアイスピックの切っ先は、秋嶋の左の太腿に刺さっていた。

「ちょっと、あんた！　せっかく右足の手当てが終わったのに、手間を増やさないでちょうだいな！」

海が、吹雪の尻を叩いた。

大地は、腕組みをして呆れたように首を横に振っている。

相変わらず、パイプ椅子に座った大樹に動きはなかった。

「もう一度訊きます。二日後に、四千万を用意して頂けますか？」

ＤＶＤのリプレイ映像のように、吹雪が同じ言葉を繰り返した。

「だが、いまは本当に資金繰りが……」

「今度は、動脈を外しませんよ」

吹雪が、冷え冷えとした声で秋嶋兄を遮った。

「兄貴……頼む……俺の命がかかってるんだ……よ、四千万くらい、なんとかなるだろうが!? た、頼むから……こいつらの言う通りにしてくれ！」

秋嶋が、ディスプレイの中の兄に涙声で訴えた。

『わかった。四千万、用意するよ。ただし、三日じゃなく四日くれないか？』

秋嶋兄が、悲痛な顔で言った。

太陽は、大地に伺いを立てるように見た。

「お前は、どう思うんだ？」

大地が太陽に逆に訊ねた。

「俺は、四日でもいいと思うよ。クランクインはその翌日だから、金ができなくて困るのは彼らだ」

「お前は？」

大地が、視線を吹雪に移した。

「だめです。三日です」

にべもなく、吹雪が答えた。

「俺の話、聞いてなかったのか？ クランクインは四日後だ。今日から四日使って金ができなきゃ困るのは……」

「そういう問題じゃありません。一つ譲歩すれば二つ、二つ譲歩すれば三つってなるのが人間です。こっちが提示した条件は押し通すべきです」

吹雪が、太陽を遮った。

「そんな正論を通して、三日で金ができなきゃ意味がないだろ？　一日待ってでも四千万を手にしたほうが得策だ」

「そういう弱気な考えは、彼らにつけ込まれるだけです。三日でいきましょう」

吹雪が、もう太陽に用はないとばかりに大地に顔を向けた。

「まあ、たしかにな。途中で意見を変えるのはよくねえ。初志貫徹ってやつだ。よっしゃ。お前の好きにやれ」

「えっ……」

太陽は、大地を振り返った。

「黒マスクに一票。残念だったわね、太陽」

星が、太陽の耳もとでからかうように囁いた。

「ありがとうございます」

吹雪が大地に慇懃《いんぎん》に礼を言うと、太陽の手からスマートフォンを奪った。

「三日で作ってください。これ以上、交渉の余地はありません」

吹雪が、スマートフォンの中の秋嶋兄に言った。

『あんた、悪魔だな……』

秋嶋兄が、ディスプレイ越しに吹雪を睨みつけた。

「おうぉあーっ！」

空を切り裂く悲鳴――吹雪が、海が巻いたばかりの包帯の上からアイスピックを突き立てた。

包帯に、赤いシミが広がった。

「悪魔っていうのは、こういうことをするものでしょう？　じゃあ、明日、午前中に途中経過を伺う電話を入れますから、電源を切らないようにしてください。あ、それから、もし、警察や第三者に相談したら前作が秋嶋監督の遺作になりますので、変な気を起こさないようにお願いします」

一方的に告げ電話を切った吹雪は、スマートフォンを太陽に渡しドアに向かった。

「おい、どこに行くんだ!?」

「決まってるでしょう。秋嶋兄の動きを張るんですよ。人間なんて、裏切る生き物ですから」

太陽の呼びかけに足を止めず背を向けたまま言うと、吹雪がドアの向こう側へと消えた。

「ほんとに、ひでえ奴だな」

大地が、ケージの中で右の太腿を抱え悶絶《もんぜつ》する秋嶋を見ながら言った。

「ちょっと、話がある」

太陽は、大地を促し地下室の隅……パイプ椅子に座り石像のように微動だにしない大樹の横のドアから別の部屋に入った。

室内は五坪ほどしかなく、大人が五人入れば満員になる。

戦略ルーム――人質に聞かれたくないミーティングをするために設けたスペースだ。防音仕様になっているので、大声を出しても人質の耳に入ることはない。

「なんだよ？　改まりやがって」

「とりあえず、座ってくれ」

太陽が言うと、面倒臭そうに大地が椅子に腰を下ろした。

「揉め事かのう？」

「祖父ちゃん、寝てたんじゃないのか？」

戦略ルームに入ってきた大樹に、太陽は訊ねた。

「わしは野生生物と同じでレム睡眠なんじゃ」

大樹は嘯《うそぶ》きつつ、ランダムに置いてある丸椅子に腰を下ろした。

「どうしたの？　センブリ茶飲んだみたいな渋い顔しちゃって」

閉まったばかりのドアが開き、赤のフェイスマスクを外しながら入ってきた海が大樹の横に座った。

「なんだよ、お袋まで？　荷物の手当てはしなくていいのかよ？」

「だいじょーぶ、だいじょーぶ。吹雪って、器用だよね～。勢いよく刺してるように見えて、刃先が皮下一センチくらいしか達してないんだからさ」

海に続いて、星が楽観的な口調で言いながら現れた。

「やっぱ、浅井家の結束は強えーな」

フェイスマスクを外した大地が、満足げに相好《そうごう》を崩した。

たしかに、吹雪以外はなにかがあれば寄り集まり、情報を共有したがるのが浅井家の特徴だ。

「親父、いったい、どういうつもりだよ？」

太陽はフェイスマスクをつけたまま、胸奥にわだかまっていた疑問をぶつけた。

「あ？　なにがだよ？」

「吹雪のことだ。どうして、好き放題にやらせてるんだ？」

「あいつが、言うことをきくタマか？」

「だからって、野放しにしていいのか!?　荷物を何度も刺すなんて、尋常じゃないだろう!?」

太陽は、大地の瞳を見据えた。

「大袈裟なことを言うんじゃねえ。ちょいと行き過ぎたところはあるが、奴はサディストじゃねえ。星も言ってただろう？　出血で派手に見えるが深く刺しちゃいねえし、掠り傷に毛が生えた程度だ。海が大袈裟に包帯なんか巻いてるから大怪我《おおけが》に見えるが、あんなもん唾を塗っときゃいいんだよ」

大地が、笑い飛ばした。

「あら、掠り傷でも細菌感染したら怖いのよ。破傷風とかね」

海が口を挟んだ。

「なに呑気《のんき》なことを言ってるんだ。そういう問題じゃないだろ？　吹雪の行為は、浅井家の伝統に反することじゃないのか!?」

「窃盗、レイプ、薬物、殺人はしない。これがルールだ。吹雪は、伝統に反することはやってねえけどな」

大地が肩を竦めた。

「殺人じゃないからって、なにやってもいいのか!?　俺は吹雪のやりかたを、見過ごすわけにはいかないっ」

太陽は、強い口調で言った。

「たしかに、お前の言うこともわかるが、奴の功績も認めてやんねえとな。吹雪は、秋嶋兄のしたたかな性格と秋嶋のふてぶてしい性格をそれぞれ分析した上で、あのやりかたを選択した。いたぶりたくて、秋嶋を刺したわけじゃねえのはお前もわかるだろうが？　秋嶋兄を監視するのも、したたかな野郎だから警察にチクったり第三者に助けを求める可能性があると危惧したからだ。奴は、すべてを計算した上で非情になったり残酷になったりしているだけだ。親馬鹿だと思われるかもしれねえが、俺の息子は二人とも誘拐ビジネスの天才だ。荷物に負担をかけずに選択肢を与えて金を出させる天才がお前で、荷物に負担をかけることを厭《いと》わず選択肢を与えず金を出させる天才が吹雪だ。どっちが優れてどっちが劣ってるって話じゃねえ。短期戦で結果を出すときは吹雪で、長期戦は太陽……その違いだけだ。先見力、分析力、判断力、行動力、どれを取ってもお前ら兄弟は甲乙つけ難い。似た者同士のお前なら、弟のことわかるだろうよ。あ？」

「似た者同士!?」

太陽は、思わず繰り返した。

「ああ、そうだ。お前と吹雪は、ガキの頃からよく似ている」

「父さん、その話はもういいじゃない」

海が、大地の腕を摑んだ。

「なんだ？　本当のことを言ってなにが悪いんだ？」

大地が、海の腕を振り払った。

「冗談はやめてくれ。俺は、吹雪みたいに冷酷じゃないさ」

「そりゃ、俺の言葉だ。ガキの頃は、吹雪より遥《はる》かにお前のほうが容赦なかった。小学生の頃、吹雪をイジメたガキの家に乗り込み両手の指を全部折ったこと、吹雪のかわいがってた犬を撥ねた運転手が謝りにきたときに、お前はあとをつけてその運転手の車を金属バットでスクラップにしたこと……まさか、忘れたなんて言わねえよな？」

大地が、脂ぎった赤ら顔を近づけてきた。

もちろん、忘れたことはなかった……忘れたくても、忘れられなかった。

一線を越えたときの、内臓が灼熱《しゃくねつ》の炎に焼き尽くされるような感覚を……。

「犬が死んで吹雪が冷血人間になってから、お前は常識的な兄貴になった……いや、弟を守るためにお目付け役にならざるを得なかった。だがよ、俺にはわかってんだよ。吹雪の冷酷さはすべて計算だが、お前は違う。お前は、先天的に冷酷な心の持ち主だ。吹雪の行為を窘め、諭すことで本能を抑制してるんだよ」

大地が、勝ち誇ったように言った。

「もし、親父の言う通りだとしても、吹雪の行為を認めていいって話にはならない。別に俺は、五代目になりたくて吹雪を非難しているわけじゃない。浅井家の伝統を守ってゆく気があるなら、吹雪に跡目を譲ってもいいと思っている」

太陽は、大地の瞳をみつめた。

「え！　太陽、それ、マジで言ってる？　かっこつけてるなら、すぐに訂正したほうがいいよ。お父さん、吹雪に五代目あげちゃうかもだからさ」

星が桃色のフェイスマスクを取り、アーモンド形の瞳を見開いた。

「お前ら、勘違いするんじゃねえ。俺だって吹雪に跡目を譲りたいわけじゃねえ。だからといって、長男が跡目を継ぐものとも思っちゃいねえ。相応《ふさわ》しいほうに五代目を譲る。それだけだ」

「こいつも三男じゃったからのう」

大樹が、突然、口を開いた。

「え？　親父に兄弟いたの？」

初耳だった。

てっきり、父は一人っ子だと思っていた。

「ああ、四つ上と二つ上の兄がおった」

「俺、会ったことないんだけど？」

「それは当然じゃ。大地が、追い出したんじゃからのう」

「親父が追い出した!?」

太陽は、頓狂な声を上げた。

「父さん、人聞きの悪いことを言わないでくれ。俺は残ってほしかったけど、兄貴達が出て行ったんだろうが？」

「そりゃあ、そうじゃろう。末っ子に、俺の手足となって支えてくれなんて上から物を言われたらやる気も失《う》せるじゃろうて」

「俺は、事実を言ったまでだ。跡目争いに敗れた者は、トップを支えるもんだろう？」

大地が、当然、といった顔で大樹を見た。

「あんたも昔は、イケイケだったからね。いまの保守的な姿からは、想像つかないけど」

海が、からかうように言った。

「だからお前らには、どっちが跡目を継いでも恨みっこなしで支え合ってほしいってわけだ」

海をやり過ごした大地が、真顔で太陽をみつめた。

「それは、吹雪に言ってくれよ」

太陽は吐き捨てた。

「はいはい。仰せの通りに致しますよ」

一転して、おどけた調子で大地が言った。

「話は変わるが、秋嶋兄が四千万を用意したら俺はBでいこうと思ってるんだが、お前の意見は？」

大地が太陽に訊ねてきた。

浅井家では、ターゲットによって三つのパターンの身代金の受け渡し法を使い分けている。

Aパターンが、現金の入ったバッグをリアルタイムの電話で指示した場所に置かせる。

Bパターンが、川や土手を見下ろす橋まで行かせて、現金の入ったバッグを落とすようにリアルタイムの電話で指示する。

Cパターンが、車で移動させながら尾行がないことを確認し、見通しがよく人気《ひとけ》のない場所で停めさせて現金の入ったバッグを受け取る。

Aはターゲットや尾行者がいないかをじっくり観察できるが、逆に警察が張っていた場合にこちらも観察されるリスクがある。

Bはバッグがうまく落ちればスムーズに事は運ぶが、川に落ちたり木の枝に引っかかったりというアクシデントのリスクがある。

Cは時間をかけて場所を選べるので安全性は高いが、目的地を探し出すまでにターゲットの車を見失うリスクがある。

「俺はAがいいと思う」

「秋嶋兄は芸能界で影響力を持ってるし、相談するのが警察ばかりとはかぎらねえ。反社会的勢力にも繋がりがあるだろうから、Aは危険だ。人込みにヤクザや半グレが潜んでいてもわからねえからな。その点、Bだとこっちは橋の下だから、万が一尾行者がいても逃げ切ることができるだろうが？」

「尾行者を見分けやすいのはたしかだけど、Bは受け取りに失敗するリスクが高過ぎるよ。忘れたのか？　二年前に、ターゲットが落としたバッグが川に流されて大変な思いをしただろう？」

太陽が言うと、大地が舌を鳴らした。

「そのリスクはあるが、警察やヤクザに捕まるリスクよりましじゃねえのか？」

「尾行を見抜くのは俺ら次第でどうにかなるけど、バッグが川に流されるとか木の枝に引っかかるとかの不可抗力は回避できないだろう？　Aで気が乗らないならCでもいいけど、Bだけは賛成できないな」

「ったくよ、たった一度のことじゃねえか？」

「あんな思いするのは、一度で十分だって」

「私もそう思うわ。だいたいあんたは、映画に影響され過ぎなのよ。ロバート・レッドフォードかスティーブ・マックイーンにでもなったつもり？」

海が、茶化すように言った。

「誰それ？」

すかさず星が口を挟んだ。

「まあ、いままで言うディカプリオとかブラピみたいなものね。とにかく、父さんとは似ても似つかないイケメンスターよ」

「無駄口叩いてねえで、早くその皺々《しわしわ》の顔をマスクで隠して、昼飯の準備をしてこい！」

大地が海に言い放った。

「あんたのほうこそ、その脂ぎった赤ら顔を趣味の悪い黄金マスクで隠したほうがいいわよ」

海が皮肉を返し、戦略ルームをあとにした。

「更年期は嫌だね〜。おい、お前はどうだ？」

軽口を叩きながら、大地が星に顔を向けた。

「私はスイスだから」

「は？　なに言ってんだ？」

「永世中立国ってこと。父さんと太陽のどっちにもつかないわ」

星がウインクしてフェイスマスクをつけると、外に出た。

「どいつもこいつも……」

「わしの意見は聞かんのか？」

大地が言葉の続きを呑み込み、弾かれたように大樹を振り返った。

「びっくりさせないでくれよ。それで、父さんの意見は？」

「太陽に一票じゃ。Ｂパターンはいかん！」

強い口調で、大樹が言った。

「なんでだよ？　理由を教えてくれよ」

不満気に、大地が訊ねた。

「そんなもん、決まっとるじゃろう？　金を投げるなんて、粗末に扱うのはいかん」

「えっ……父さん、それ、真面目に言ってるのか？」

「ああ、大真面目じゃ。わしは、昔からＢパターンは好かんかった」

大樹が、吐き捨てるように言った。

「わかったよ。Ａでいこうじゃねえか」

大地が、呆れたように首を横に振りながら言った。

太陽は無言でスマートフォンを取り出し、履歴ページの番号をタップした。

三回目のコール音が途切れた。

「秋嶋プロに着いたのか？」

『ええ』

素っ気ない吹雪の声が受話口から流れてきた。

「秋嶋兄に動きは？」

『まだです。なにか用ですか？』

「身代金の受け渡しだが、Ａパターンでいくことになった。異論はないか？」

『その身代金を用意できるか張ってるところです。好きに決めていいですから、邪魔しないでください。電話している間に見失ったらシャレになりませんからね』

一方的に言うと、吹雪が電話を切った。

太陽は複雑な思いで、無音のスマートフォンをみつめた。

3

南青山《みなみあおやま》三丁目の交差点近くのオープンテラスで、太陽はカフェラテを飲みながらファッション誌のページを捲《めく》った。

足もとには、ゴールデンレトリーバーのラッキーが寝そべっていた。

ラッキーは、「浅井ペットホテル」の常連客のペットだ。

二泊三日で預かっているラッキーを、散歩と称して勝手に連れ出したのだった。

無断借用しているのは、ラッキーだけではない。

太陽のいるカフェから赤坂《あかさか》方面に二十メートルほど進んだフラワーショップの軒先で、花を選んでいる星が抱いているのはティーカッププードルのモカだ。

ターゲットや警察のアンテナに引っかからないために犬を小道具に使うのは、浅井家の常套《じょうとう》手段だった。

高い確率で警察の職務質問を受けていた人相の悪い知人の男性から、犬を連れているときだけは警察もなにも言ってこないという話を聞いて太陽が思いついた方法だ。

複数の女性に話を聞いても、夜に人気のない住宅街を歩いているときに、男性が一人で歩いてくるのと犬を連れているのでは緊張感と警戒心が違うと言っていた。

人間は先入観の生き物だから、ちょっとした工夫をしただけで簡単に気を引いたり逸《そ》らせたりできるのだ。

星のいるフラワーショップを右に曲がった、フレンチやイタリアンのレストランが立ち並ぶ路地では、コック服の上にジャンパーを羽織った大地が煙草を吸っているはずだ。

これも、太陽のアイディアだ。

場所柄、一服している料理人というシチュエーションは違和感がないので、犬を連れているのと同様に警戒されることはない。

海は地下室のケージに閉じ込められている秋嶋の世話をするために自宅待機だ。

『四千万をどこに持って行けばいいんだ？』

秋嶋兄から弟のスマートフォンに電話が入ったのは、監禁三日目の夕方だった。テーブルの上に載せた二台のうち、太陽のスマートフォンが鳴った。

『いま秋嶋兄が、タクシーを南青山三丁目の交差点の郵便局前に停めて降りました。携帯を手にしたところなので、まもなく電話がいくと思います。気になる車も人も見たかぎりではいません。不審者がいたらすぐに連絡します』

抑揚のない口調で報告する吹雪は、秋嶋兄に指定した場所の近くで警備員の制服姿で張っていた。

周辺には銀行や高級ブランド品店が密集しているので、警備員がいても不自然ではないし、秋嶋兄を凝視しても不審者のチェックのためと勝手に思ってくれる効果があった。

いつもは素直に言うことをきかない吹雪も、太陽の案には文句を言わずに従った。口にこそ出さないが、深層心理を利用する太陽の才能に吹雪が一目置いていることは知っていた。

「わかった」

太陽が電話を切るのを見計らったように、もう一台……一週間で使い捨てるスマートフォンが鳴った。

『いま、交差点近くの郵便局の前だ。どうすればいい？』

受話口から、強張った秋嶋兄の声が流れてきた。

「そのまま、電話を切らずに赤坂方面にゆっくり歩いてきてくれ」

『どのくらい歩けば……』

「ストップをかけるまで歩いてくれ」

秋嶋兄が、歩き出す気配がした。

ほどなくすると、およそ二十メートル向こう側から、太陽が指定したアディダスの四十リットルサイズの赤いスポーツバッグを手にした秋嶋兄が歩いてくるのが見えた。


アディダスの荷物到着。フラワーショップまで約四十メートル。


太陽はLINEの文章を作り、星と大地に一斉送信した。

十五メートル、十メートル、五メートル……太陽がお茶するオープンテラスに秋嶋兄が近づいてきた。

太陽は、秋嶋兄と繋がっているスマートフォンをジャケットのポケットに入れた。

硬い表情の秋嶋兄が、周囲に首を巡らせつつ太陽の前を通り過ぎた。

まさか、電話で指示している相手がすぐそばにいるとも知らずに。

「ラッキー、行くぞ」

秋嶋兄が通り過ぎて五メートルほど進んだところで、太陽は席を立った。予《あらかじ》め会計は済ませていた。

太陽は、素早く周囲に視線を巡らせた。五感に引っかかる気はなかった。

太陽は路地に入り、ジャケットからスマートフォンを取り出した。

「十メートルくらい先の右手にフラワーショップがある。軒先にオープン一周年記念のスタンド花があるから、その前にバッグを置いてまっすぐ歩け。あんたには複数の監視をつけている。振り返ったり立ち止まったりしたら弟さんは返せない。わかったか？」

『わかった……』

太陽はスマートフォンをふたたびジャケットのポケットにしまい、青山通りに戻った。

指示通りに、秋嶋兄はスポーツバッグをフラワーショップの前に置くと振り返ることなくまっすぐ歩いた。

花を見ているふりをしていた星がモカを地面に下ろして素早くアディダスのスポーツバッグを拾い、用意していた五十リットルサイズのミッキーマウスのボストンバッグにそのまま入れると路地を右に曲がった。

太陽はラッキーとともに小走りで星のあとを追いながらスマートフォンを取り出し、路地に入った。

「三十メートルくらい先にＢＭＷのショールームがある。そこに着いたら俺からの連絡を待つんだ」

一方的に言い残し、太陽はスマートフォンを切った。

約五メートル前を歩く星が、ミッキーマウスのボストンバッグをコック服姿で煙草を吸う大地の前に置いて足早に歩み去った。

大地はすかさず、用意していた白のゴミ袋にボストンバッグを放り込み、肩に担ぐとゆっくりと歩き出した。

太陽は大地を追い越し、路地を左に曲がると十メートルほど先に蹲《うずくま》る漆黒のアルファードに駆け寄った。

スライドドアが開いた。

ドライバーズシートには、警備会社の制服姿の吹雪が、サイドシートにはティーカッププードルを抱いた星がいた。

「お疲れ」

と言いながら太陽がリアシートに座ると、ほどなくして大地がゴミ袋とともに乗り込んできた。

太陽はスマートフォンのリダイヤルキーをタップした。

一回目の途中でコールが途切れた。

『もしも……』

「とりあえず、事務所に戻っていい。今夜まで様子を見て、おかしな動きがなければ明日の正午までに秋嶋監督を戻す」

　太陽は、秋嶋兄を遮り言った。

『本当に、約束を守るんだろうな!?　明後日から、映画のクランクインだから万が一にも康太が戻らなければ大変なことになるんだぞ!?』

「安心してくれ。あんたがこのまま約束を守りおかしな動きをしなければ、秋嶋監督は無傷で撮影に入れるから」

　太陽は通話終了キーをタップすると、電磁波シールド素材のアタッシェケースにスマートフォンを放り込んだ。

　吹雪、星、大地も太陽に続いてスマートフォンを投げ込んだ。

「四千万頂きだぜ！」

　大地が、嬉々《きき》とした表情でゴミ袋を宙に掲げた。

「私、豊胸手術をしようと思うんだけど、どうかな？」

　星が振り返り、瞳を輝かせて訊ねてきた。

「いいじゃねえか！　女は巨乳にかぎるってもんだ！　いっそのこと、Ｉカップくらいのホルスタイン乳にしてみろや！　俺は、巨乳揃いの六本木《ろっぽんぎ》のキャバクラを貸し切りにでもするか！　おい、吹雪、お前は分け前をなにに使うんだ？」

　浅井家では、働きの大小は関係なく六人均等に身代金を分配することになっていた。

　バンドや芸人のコンビがブレイクしてから解散するほとんどの理由が、ギャラの分配を巡る確執だ。

　これは、戦後から代々受け継がれてきた浅井家の誘拐ビジネスの、仲間割れや裏切りをなくすための伝統だった。

「まだ、仕事は終わってないんですよ？　秋嶋を解放するまで、気を抜かないでください」

　吹雪が冷めた口調で釘《くぎ》を刺し、アクセルを踏んだ。

「はいはい、以後、気を引き締めますよ。冷血野郎が……」

　大地がいじけた口調で肩を竦め、小さな声で毒づくと、星が手を叩いて笑った。

　太陽は、吹雪の背中をみつめながらある決意をした。

　昔のように弟を守るために、吹雪との跡目争いを制し五代目の椅子に座ることを……。

4

「え～、今回も、浅井家の初代から続く七十年に亘《わた》る誘拐稼業の歴史に泥を塗ることもなく、見事に任務を遂行できた」

　浅井家の二階……十五畳の会議室《リビング》のU字型ソファの中央でシャンパングラスを手にした大地が、みなの顔を見渡した。

　大地から時計回りに大樹、太陽、反時計回りに海、吹雪、星が座っていた。

それぞれの手にも、シャンパングラスがあった。

任務が成功するたびに、浅井家は全員が顔を揃えて打ち上げを行う。

乾杯のシャンパンも縁起を担ぎドンペリニヨンのゴールドを開けるのが恒例になっていた。

キャバクラで開ければ五十万はする高級酒の購入代金は、四千万の身代金から支払われていた。

今回、もろもろの経費が二百万ほどかかっており、純利益の三千八百万を六人で均等に分け、余った端数はプールされる仕組みになっていた。

年功序列も、誰が活躍した、しないも関係なく平等に報酬を分け合うのは代々受け継がれてきた浅井家の結束を強める秘訣《ひけつ》だった。

仕事量や活躍度に比例して報酬額に差をつけてしまえば、スタンドプレイをする者が出てきてチームワークが乱れてしまう、というのが歴代当主たちの考えだった。

浅井家が誘拐を稼業にするきっかけになったのは、戦後の混乱期だった。

闇市、強盗、窃盗、詐欺、暴行、強姦《ごうかん》……街は無法地帯と化していた。

浅井家の初代である浅井神之介《しんのすけ》は、貸金業で貯《た》め込んだ金を当時横行していた強盗団に根こそぎ奪われてしまった。

それでも神之介はめげることなく、同業者から借り入れた金を元手に貸金業を再開し、借金を完済して財を築いた。

悪夢は続いた。

神之介は屋敷に押し入った強盗団に、ふたたび金を奪われてしまった。

一文無しに戻った神之介は途方に暮れ、家族を集めて正直に現状を話した。

もう、借金するあてもなく、このままでは一家心中するしかないところまで追い込まれていた。

妻や子供の顔を見ているうちに、神之介の胸にある思いが込み上げた。

罪なき子供達に、地獄を見せるわけにはいかない。

地獄を見るべきなのは、罪を犯した悪党達だ。

悪党を成敗するために、悪党になることを決意した。

家族を守るために……罪を犯すことを決意した。

神之介は、妻、十八歳の長男、十五歳の長女とともに強盗団や詐欺師団などの犯罪グループだけをターゲットにした誘拐稼業を始めた。

一方的に対象を定めてじっくりと計画を練ることのできる誘拐稼業は、資金力が乏しく腕っぷしに自信がなくても、知恵と二人以上の仲間がいれば成り立つシノギだ。

最初は奪われたぶんを取り返すつもりで始めたのだが、あまりにも簡単に大金を手にできたことに味を占め、神之介は以降も犯罪者を対象にした誘拐稼業を続けた。

以降、神之介から長男の神太郎《しんたろう》、神太郎から長男の大樹、大樹から三男の大地……七十年間に亘り浅井家の裏稼業として受け継がれてきた。

「これもひとえに、四代目としての俺の力量と指導力の賜物《たまもの》だ。太陽と吹雪がその若さで頭角を現したのは父であり師匠である俺の……」

「父さん、長ったらしい自慢話はいいから、早く乾杯しよう！　じゃあ、みなさん、グラスをお手にご唱和くださーい！　今回の任務も大成功！　かんぱーい！」

大地の得意げなスピーチを遮った星が、勝手に乾杯の音頭を取った。

「おいおい、待て……」

大地の制止をきかずに、大樹、海、星がグラスを触れ合わせた。

「まったく、家長の俺を無視してなんて奴らだ……」

「親父、お疲れ様！」

不機嫌モードになった大地のグラスに太陽はグラスを触れ合わせつつ、海と星に目配せした。

「父さんのおかげで大成功！」

星がみえみえのおべんちゃらを口にしながら大地と乾杯した。

「やっぱり、家長がしっかりしてると組織が引き締まるわね～」

海がみえみえのおべんちゃらを口にしながら大地と乾杯した。

「まあ、自分で言うのもなんだけどよ、俺もまったくの同感だ」

大地が、上機嫌に笑いながらシャンパンを飲み干した。

喜怒哀楽の激しい男だが、大地はどこか憎めなかった。だが、それが仮の姿だということを太陽は知っていた。

「相変わらずだな、親父は」

太陽は苦笑しつつ、吹雪の隣に移動した。

「かんぱ……」

太陽が差し出したシャンパングラスを、吹雪が避《よ》けた。

「こういうの、苦手なんです」

吹雪が、素っ気なく言った。

「おいおい、今日くらいいいだろう？　おめでたい日なんだからさ」

太陽は、吹雪の肩に腕を回した。

「だから、我慢してみんなに合わせてここにいるんですよ」

吹雪が、太陽の腕を躱《かわ》しながら言った。

「お前、なにがやりたいんだ？」

太陽は、一転して押し殺した声で訊ねた。

「いきなり、なんですか？」

「そうやっていつも斜に構えて、家族を馬鹿にしたような眼で見て……いったいお前は、なにが不満なんだ？」

「別に、不満なんてないですよ」

吹雪が、無表情に言うと肩を竦めた。

「だったら、どうしてそんな他人行儀な態度ばかりとるんだ？　兄弟で敬語を使うなんて、おかしいだろ？　俺らの稼業は、チームワークがなにより重要だ。浅井家が七十年もの間、警察にも捕まらずにやってこられたのは、ほかと違ってうちらが同じ血の通った者同士だからだ」

太陽は、吹雪の瞳を直視した。

思いはきっと、通じるはず……幼き頃は、トイレ以外は常に一緒にいるような仲のいい兄弟だった。

「家族だからって、心が通い合っているとはかぎらないでしょう？　骨肉の争いっていうのもあるし、血族だからよけいにこじれる場合もあるんじゃないんですか？」

「お前、家族が嫌いか？」

「なんですか、いきなり？　今日は、やけに絡みますね」

吹雪が、怪訝そうに眉を顰《ひそ》めた。

そう、今日の太陽は違った。

いままでは、敢《あ》えて距離を置いていた——吹雪の心が開くのを待っていた。

だが、いつまで待っても吹雪は心を開くどころか浅井家の中で孤立を深めた。

孤立を深めるだけでなく、暴走が目につくようになった。

大地は、それも吹雪の才能の一つと寛容に見守っていた。

しかし、太陽は違った。

吹雪の暴走を止めなければ、いつか浅井家の崩壊の火種となるという危機感を覚えていたのだ。

「いいから、質問に答えろ。浅井家が嫌いか？」

「別に。好きでも嫌いでもありませんよ」

吹雪が、興味なさそうに言うとシャンパングラスを傾けた。

「わかった。好きでも嫌いでもなくていいから、スタンドプレイはやめろ」

太陽は、吹雪を見据えた。

「スタンドプレイって、なんですか？」

吹雪も、挑戦的な色の宿る瞳で太陽を見据えた。

「この前みたいに、荷物を勝手に刺したりするなってことだ」

「ああ、そのことですか。でも、プレッシャーをかけたから秋嶋のお兄さんはすぐに四千万を払ったんですよ？」

「だとしても、俺は許可していない」

「どうして、僕と同じ立場の兄さんの許可がいるんですか？　決定権があるのは父さんでしょう？」

吹雪が、人を食ったように言った。

「なんだと？」

「ほらほら、二人とも、打ち上げの席でいがみ合わないの～」

シャンパンのボトルを手にした海が太陽と吹雪の間に割って入ると、取りなすように言いながら二人のグラスを黄金色の液体で満たした。

「いがみ合ってなんかいませんよ。兄さんが、絡んできただけです」

吹雪が、淡々とした口調で言った。

「絡んだって、お前、俺の言うこと聞いてなかったのか!?」

「ほんと、あんたらはもう、柴犬とテリアみたいに顔を合わせると反発しあってさ、しようがないわねぇ」

海が、呆れたように小さく首を横に振った。

「え？　柴とテリアって相性悪いの？」

星が興味津々の表情で訊ねてきた。

「日本犬で気の強い代表と洋犬で気の強い代表だからねぇ。ウチの常連の太郎《たろう》とココアは、ケージを端と端にしなきゃ一晩中ワンワンキャンキャン大変なんだから」

「ところで、どっちが柴でどっちがテリアじゃ？」

するめをしゃぶりつつ、大樹が話に入ってきた。

「そうねぇ、柴が太陽でテリアが吹雪……」

「親父」

太陽は、海を遮り席を立った。

「なんだ？　怖い顔して？」

代謝の良い大地の顔は、シャンパン一杯で茹《ゆ》でだこのように赤くなっていた。

「いつまで、俺と吹雪を試す気だよ？」

「なにがだ？」

「そろそろ、後継者を決めてくれないか？」

太陽は、単刀直入に大地に詰め寄った。

「おいおい、勘弁してくれよ。俺に隠居宣言をしろっていうのか？」

大地が、両手を広げて大袈裟に眼を見開いた。

「そうじゃないっ。五年でも十年でも、親父が好きなだけ四代目として采配を揮《ふる》って貰っていい。ただ、後継者は決めておいてほしいんだ」

「太陽は、吹雪の首に鈴をつけたいのよ。ね？　図星でしょ？」

星が、太陽を見上げた。

「大きなトラブルにならないうちに、指揮系統ははっきりしといたほうがいい。だから、後継者を決めてくれ」

太陽は、星の質問には答えずに大地にさらに詰め寄った。

「太陽が選ばれるとは、かぎらないいんだよ？　それでもいいの？　もしかしたら、私かもよ？」

星が茶々を入れると、バラエティ番組の雛壇《ひなだん》に座るグラビアアイドルのように大袈裟に手を叩きつつ笑った。

「あんた、なにをそんなに急ぐんだい？　いままでだって、成功してきたじゃないか？」

海が訝《いぶか》しげに訊ねてきた。

「それは、運がよかっただけだ。この前みたいな暴走を許せば、いつか大変な……」

「兄さんこそ、僕のことを嫌いなだけでしょう？」

吹雪が太陽を遮り、挑発的に言った。

「俺は、浅井家とお前のことを心配しているだけだ」

長男としての責任感――好きでそうしているわけではない。

浅井家の長兄として生まれた宿命――吹雪のように、感情の赴くままに行動するわけにはいかない。

「だから、それが余計なお節介なんですよ。説教は、兄さんが五代目になってからにしてください。いまは、五分の立場ですから」

「吹雪！」

気づいたときには太陽は、吹雪の胸倉を摑んでいた。

「『天鳳教《てんぽう》』教祖、鳳　神明《おおとりしんめい》！」

突然、大地の大声がリビングに響き渡った。

「おぬし……まさか？」

大樹が、大地の肩を摑んだ。

「『天鳳教』って、最近話題の宗教団体よね？」

「鳳神明って教祖、ワイドショーによく出てる真っ黒に日焼けした白髪のオールバックのおっさんでしょ？　なんか、胡散臭《うさんくさ》くない？」

海が訊ねると、星が嫌悪感に顔を歪《ゆが》めた。

キリバス、バヌアツ、コソボ、モンテネグロ、ベリーズ、ヨルダン、アフガニスタン、コンゴ、ルワンダ、ソマリア……開発途上国に学校や教会を建設し、定期的に支援物資を送る鳳神明を人々は令和の救世主と讃《たた》えた。

その功績と特異な風貌があいまって、ワイドショーに引っ張りだこの鳳は売れっ子タレント並みの知名度を誇っていた。

「今度のターゲットだ」

大地の言葉に、室内に緊迫した空気が張り詰めた。

その理由が、太陽にはわかっていた。

「ちょっと、あなた……鳳神明をターゲットにするなんて、正気!?」

海が怪訝な顔を大地に向けた。

「そうよ、父さん。いくら鳳神明がヒール顔しているからって、ターゲットにするのはヤバくない？」

星が非難の眼を大地に向けた。

「鳳神明には、二人の子供がいる。長男の一馬《かずま》は三十歳で『天鳳教』の本部長であり、次期教祖と言われている。長女の明寿香《あすか》は二十五歳で副本部長を務めている。この二人が中心となり、父である鳳神明を支えているんだ。一馬と明寿香を誘拐し、鳳神明に身代金を要求する。額はそれぞれ一億、二人で二億……鳳神明にとっては、はした金だろう」

大地が、説明を続けた。

「ちょっと、あなた、聞いてる!?　鳳神明は世の中から救世主と崇《あが》められているのよ!?　たとえ救世主でないにしても、罪を犯していない人をターゲットにするのは先代の意に反するんじゃないの!?」

「そうよ、父さん。秋嶋だってさ、新人女優にレイプドラッグ飲ませて次々に毒牙にかけてるっていうから、ターゲットにしたんでしょ？　そりゃあ、私だって、あのおっさんが救世主なんて思ってないけどさ、犯罪者じゃないのにターゲットにしちゃだめでしょ？　しかも、二人も子供をさらうってどういうことよ？」

海に続いて、星が大地を非難した。

「な〜にが、犯罪者じゃないのに……だ！　鳳が開発途上国に建てた学校や教会は、銃器や麻薬売買の温床となっているんだ。奴は恵まれない人々に愛の手を差し伸べるふりをして、数万、いや、数十万の命を奪う悪行で暴利を貪っている大悪党だ！」

大地が、憎々しげに吐き捨てた。

「え……鳳神明が銃器や麻薬の密売を!?」

「マジに!?」

海と星が揃って驚きの声を上げた。

「あなた、いくら酔っぱらってるからって、悪乗りが過ぎるわよ!」

海が、大地の肩を叩いた。

「馬鹿、悪乗りなんかじゃねえ。本当のことだ。鳳が学校や教会を建てた途上国では、奴が流したサブ・マシンガンで八歳の少年が政府軍を撃ち殺し、街の五割がヘロイン中毒者で溢《あふ》れ返っている。ヤクザなんかより、百倍は害悪をたれ流している野郎だっ」

大地が、ふたたび吐き捨てた。

「お祖父ちゃん、本当なの?」

星が大樹に訊ねた。

「ああ、本当じゃや。鳳神明は、救世主どころか悪魔じゃよ」

大樹が、苦虫を噛み潰したような顔で言った。

「太陽と吹雪は知ってた?」

太陽は首を横に振り、吹雪は興味なさそうに肩を竦めた。

正直、「天鳳教」の教祖をターゲットにするなど考えたこともなかった。

「鳳神明が大悪党でターゲットにする資格があるのはわかったけど、どうして荷物が二つも必要なのよ?」

海が率直な疑問を口にした。

「そうよ。だって父さん、いつも言ってるじゃん。子供を二人人質にしたからって、手間は倍になるけど親から倍の身代金を取れるわけないって」

星が、納得いかないといった表情を大地に向けた。

「いま説明するから、慌てるんじゃねえ。お前らが俺の話を信用しねえから、ややこしくなったんだろうが？　いいか？　今回のヤマはでかいから、二チーム制でいく」

「二チーム制!?」

海と星が揃って素頓狂な声を上げた。

「ああ。太陽と吹雪がそれぞれリーダーで、俺、海、星、親父をそれぞれのサポートにつける。だが、ターゲットは日本全国に三万人の教徒数を誇る悪徳宗教団体だ。いつまでも分裂してちゃ戦えねえ。先に身代金の受け渡し場所を決めたほうのチームに、もう一チームは合流する。そこからの任務は、そのチームのリーダーに従って貰う。めでたく身代金を手にした暁には、リーダーを五代目に任命する」

大地が、太陽と吹雪を交互に見据えながら言った。

「あなた、それ、本気で言ってるの？　兄弟を戦わせるだなんて……チームで一丸となって任務を遂行するっていう浅井家の理念に反することじゃないかしら？」

海が難色を示した。

「日本の国技の大相撲は本場所での同部屋対決を禁じているが、それぞれの勝敗が同じになったときには、優勝決定戦で直接対決しなければならねえ。太陽と吹雪は、相星で並んでいるから雌雄を決しなきゃならねえってわけだ」

　大地は言い終わると、シャンパンから切り替えたビールを呷《あお》った。

「大相撲とは違うんだから、なにも兄弟で争わせなくてもあなたが決めればいいことじゃない？」

　海は、相変わらず難色を示していた。

「野生動物は、群れのボスを決めるときに力が拮抗《きつこう》している者同士が必ず戦う。なぜだかわかるか？　てめえが負けたと実感しねえと、ボスに従わねえで殺し合いが始まるからだ。こいつらが、そんなふうになってもいいのか？　お？」

　大地が太陽と吹雪を交互に見渡し、視線を海に移した。

「息子を獣扱いしないでちょうだい。とにかく私は……」

「私は、賛成！　超面白そうじゃん！」

　不満げな海を星が遮った。

「星っ、これは遊びじゃないんだからね！　興味本位で茶化《ちゃか》さないの！」

「別に、茶化してないし。私も、はっきり白黒つけたほうがいいと思うわ。だってさ、どっちが次期リーダーか決めておかないと、このままじゃ本当に殺し合いが始まっちゃうよ」

「あんたまで、お兄ちゃん達を獣扱いしないの！」

「ちょっとちょっと、母さんも星も、勝手に盛り上がらないでくれ。だいたい、父さんも、相談なしに決めるなんて。そんな大事なことは事前に相談してくれよ」

太陽は、やんわりと大地に抗議した。

複雑だった——大地が、後継者を決めかねていることに。

複雑だった——自分と吹雪の実力が拮抗していると思われていることに。

「なんだ、後継者後継者ってうるさいから、てっきり喜ぶと思ったのによ。お前、吹雪と決着をつけられるチャンスなのに嬉《うれ》しくねえのか？」

大地が、不満げに訊ねてきた。

「そういう問題じゃなくて、勝手に話を決めないでくれってことを……」

「僕は、やってもいいですよ」

我関せずの態度でスマートフォンをイジっていた吹雪が、ディスプレイから視線を離さずに太陽を遮った。

「おう、そうか！　さすがは冷血漢！　決断もクールだな！　おい、太陽、どうする？　吹雪はリングに立つそうだぞ？」

大地が、煽《あお》るように言った。

「父さん、よく考えてみろよ。俺らを競わせるために長男と長女を誘拐したら、鳳神明は親として身代金をどっちに先に支払うか決めきれないはずだ」

「あいつに、そんな父性愛があると思うか？」

大地が、皮肉っぽい笑みを浮かべつつ言った。

「言われなくても、それくらいわかるさ。俺が言いたいのは、後回しにされたほうに、不満の種を残してしまうと鳳は考えるだろうってことだよ。つまり、どっちにも身代金を出さない解決法を考える可能性が高くなるってことさ」

太陽は大地への不信感といら立ちを抑え、根気よく説明した。

「それでも、身代金を出させるのが僕達の腕の見せどころじゃないんですか？」

吹雪が、相変わらずスマートフォンをイジりながら他人事《ひとごと》のように言った。

「話をすり替えるな。これまで通り荷物を一つに絞れば、確実に身代金を引き出せるってことを言ってるんだ」

太陽は、吹雪のスマートフォンを取り上げテーブルに置いた。

「話をすり替えているのは、兄さんですよ」

吹雪が、スマートフォンを取り返し鼻を鳴らした。

「俺が？　どういう意味だ？」

「兄さんは、いろいろと言い訳をつけていますけど、僕に負けて五代目の座を奪われるのが怖いだけでしょう？」

「お前……本当に、いなくなったのか？」

太陽は押し殺した声で言いながら、吹雪をみつめた。

無機質で冷え冷えとした瞳の中に、幼き頃の弟を探した。

太陽が知っている弟は、どこにもいなかった。

「いなくなったのは、兄さんじゃないですか？」

吹雪が口もとに冷笑を湛《たた》え、太陽の瞳をみつめ返した。

「お前……」

太陽は絶句した。

吹雪の言わんとしていることは、すぐにわかった。

不意に、手を叩く音がした。

太陽と吹雪のやり取りに注目していた海と星が、弾かれたように大地に視線を移した。

「お前らに俺ら四人の選択権をやるから、ジャンケンでもなんでもして順番を決めろ」

「父さん、俺はまだやるとは……」

「従えないなら、吹雪を後継者に指名する。まだ、俺がトップだってことを忘れるな」

太陽を遮り、大地が一方的に言った。

怒りの残滓《ざんし》をため息とともに吐き出し、太陽はグラスに残っていたシャンパンを一息に飲み干した。

「わかった。父さんの望み通り、壮絶な兄弟喧嘩を見せてやろうじゃないか」

太陽は、大地に宣言した。

皮肉でも脅しでもなかった。

吹雪を守るために必要ならば、完膚なきまでに叩き潰すことも厭わない。

「ようやく、その気になったか。じゃあ、指名権の順番を……」

「待ってよ！」

星が勢いよく手を挙げた。

「なんだよ？」

大地が、怪訝な顔で促した。

「浅井家の将来のボスが決まる大事な任務なんだから、どっちのチームに付くかは私達に選ばせてよ」

「どっちかに偏ったらチームが成り立たないだろうが？」

「だから、とりあえずはみんなの希望するチームを言って、偏ったらジャンケンで振り分ければいいじゃない」

「ようするに、勝ち馬に乗りたいってわけか？」

「勝ってほしいほうに入って、私の力で五代目を襲名させるの」

星が、野心に瞳を輝かせた。

「お前……そんなにしたたかな娘だったっけ？」

「強い五代目を育てるために息子二人を争わせるような父親の血を引いてますから」

星が、前歯を剝《む》き出しにして笑った。

「っつーことだが、お前らそれでいいか？」

大地が、五百グラムのフィレステーキを切り分けながら太陽と吹雪に訊ねた。

「僕は構いませんよ」

吹雪が即答した。

「俺もいいよ」

太陽も異を唱えることはしなかった。

誰がチームに入るかは、任務に大きく影響する。

太陽の希望は大地と星だった。

体力、経験、情報収集力……大地が強力な助っ人になるのは、言うまでもない。

若く容姿のいい星は、ターゲットに接触させるにしてもカップルを装い尾行するにしても重宝する存在だ。

ビジュアルだけでなく、ちゃらんぽらんに見えてなかなかの策士なのは父親譲りだ。

もちろん、大地に劣らない経験と情報網を持つ大樹や、ファミリーや人質の世話を一手に引き受け精神安定剤の役割を担う海も魅力的だ。

だが、太陽のスタイルには大地と星が最適だ。

逆に吹雪は、余計な口出しをせずに自由にやらせてくれる大樹と海のほうが合っている。

問題は、大地と星が自分と吹雪のどちらを選ぶかだ。

「よっしゃ。早速だが、お前はどっちのチームに入りてえんだ?」

大地が、フィレステーキを口の中に放り込みつつ星を促した。

太陽の鼓動が早鐘を打ち始めた。

「私は、太陽のチームを希望するわ」

太陽は心の中で、ガッツポーズを作った。

星は吹雪を評価している言動が多いので、不安だった。

「吹雪には悪いけど、やっぱり、兄が弟の手足になるのは惨めだからさ。お情けで太陽に一票！」

「素直じゃないな、お前は」

太陽は星を軽く睨みつけた。

妹の言葉を真に受けてはいないが、どんな理由でもチームに入ってくれればそれでいい。

「お前は？」

大地が、海を促した。

「じゃあ、バランスを取るために私は吹雪のチームに入るわ。ごめんね、太陽」

太陽に詫《わ》びる海に、吹雪が肩を竦めた。

「父さんは？」

大地が、相変わらずするめをしゃぶる大樹に顔を向けた。

「お前が先に選べ。わしは残り物に入る」

大樹が、逆に大地に命じた。

「それじゃあ、お言葉に甘えて……」

大地が、フォークとナイフを置きビールを満たしたグラスを手にした。

頼む……。

太陽は、心で念じた。

「お前ら、グラスを持て」

太陽と吹雪は、言われるがままグラスを手にした。

無言で、大地が吹雪のグラスにグラスを触れ合わせた。

念は通じなかった。

太陽は、落胆を悟られないように平静を装った。

吹雪は、涼しい顔でシャンパングラスを傾けていた。

「悪いな、太陽。星と同じで、俺も勝ち馬に乗るタイプでよ。選んだ馬は違うがな」

大地が、黄ばんだ歯を剝き出しにして笑った。

大地の一言が、放たれた矢のように太陽の胸を貫いた。

「つまり父さんは、吹雪に五代目になってほしいってことか？」

声が上ずらないように、太陽は訊ねた。

「いいや。俺は、お前らのどっちが跡目でも構わねえ」

涼しい顔で言い放つと、大地がうまそうにビールを流し込んだ。

「だったら、どうして吹雪のチームを選んだ？」

「覚えてねえのか？　俺は勝ち馬に乗るタイプだって言っただろう？」

「わかった」

表情には出さなかったが、太陽の自尊心は大地の放つ言葉の矢じりにズタズタになった。

「悪く思うなよ」

大地はもう興味を失ったとでもいうように、ふたたびフィレステーキを貪り始めた。

「じゃあ、わしは太陽組に入るかのう。死に損ないの老兵じゃが、よろしくな」

大樹が、枯れ枝のような右手を差し出した。

「祖父ちゃんの豊富な経験を頼りにしてるよ」

細く筋張った腕に似合わないごつごつした大きな掌を、太陽は握り締めた。

「これで、三対三に分かれたわね。ところでさ、ターゲットの息子と娘はどうやって選ぶの？」

星が、太陽の疑問を代弁した。

「兄さんが、好きなほうをどうぞ」

すかさず、吹雪が言った。

「ずいぶんと、余裕だな。でも、勝ったときにハンデとか言われたくないからな。ここは公平に、原始的な方法でいくぞ」

「だったら、僕が先に選んでもいいですか？　ハンデでもなんでも、僕は勝てればいいですから」

ジャンケンをしようと上げた腕を、太陽は宙で止めた。

「ああ、いいぞ」

「では、お言葉に甘えて。僕は、息子さんをターゲットにします」

あっさりと口にした吹雪を見て、太陽は悟った。

最初に選択権を譲ったのは、ターゲットの指名権を取るために太陽に仕掛けた心理戦だったということを。

自分の十八番《おはこ》の心理戦でコントロールされてしまった……。

太陽の胸に、屈辱が爪を立てた。

「じゃあ、俺は娘で」

太陽は言うと、吹雪に右手を差し出した。

「どっちが勝っても、遺恨は残さない戦いにしよう」

「いいですよ。僕が負けることはありませんから」

太陽の手を握った吹雪が、口角を吊《つ》り上げた。

「我が息子ながら、残酷な男じゃのう」

不意に、大樹が呟いた。

「お祖父ちゃん、父さんのなにが残酷なの？　兄弟で跡目争いをさせること？」

星が怪訝な表情で訊ねた。

「そんなもん、かわいいもんじゃ。こやつが残酷なのは、狼《おおかみ》の子供達に虎を狩れと命じたことじゃ」

大樹が、ふやけたするめで大地を指した。

「もしかして、虎って鳳神明のこと？　そんなにヤバい人なの？」

星が、身を乗り出した。

「ヤバいなんてもんじゃないわい。教祖のためなら、三万人の教徒が命を捨てる覚悟で立ち向かってくるんじゃからな。『天鳳教』は、ヤクザも争いを避けるようなイカれた奴らの集まりだ」

「嘘……」

星が絶句した。

「いやだな～、父さん。悪党扱いしないでくれねえか？　俺はこいつらを狼じゃなくて、ライオンだと思ってるんだからよ」

大地が、悪戯っぽい表情で笑った。


あんた、なにを企《たくら》んでいる？

太陽の胸に、雷雨前の雨雲のように危惧の念が広がった。

5

「キリスト、ゼウス、シヴァ、天照大御神《あまてらすおおみかみ》……世界には、様々な神や救世主が登場する神話が数多《あまた》存在する。だが、もちろん、その姿を見た者はいない。だからこそ、人間には未来永劫《みらいえいごう》の謎がある。神は、本当に存在するのだろうか？　と」

白髪のオールバックに真っ黒に日焼けした顔、百九十センチ近い巨体に纏《まと》った紫のスーツ……容貌魁偉《ようぼうかいい》な鳳神明が、鋭い眼光で参加者を見渡した。

中野《なかの》区にある「天鳳教」本部の「説法堂」……およそ三百平方メートルの空間の座席は満席だった。

参加希望者は五千円の布施を納めれば誰でも入場できる。文化人やスポーツ選手などの講演会と同じようなものだ。

威圧的で人相も悪い鳳神明だが、途上国に教会や学校を建設した功績や、被災地に物資を積んだヘリコプターで真っ先に乗りつける行動力が評価され、「説法会」は常に満員らしい。

「五百人は入っていそうだから、お布施だけで二百五十万……自社ビルだから、丸儲《まるもう》けね」

座席の最後列の端――星が、太陽の耳もとで囁いた。

「そんなはした金が目的じゃないさ」

太陽も囁き返した。

鳳神明の目的は、定期的に行う「説法会」で教徒数を増やすことだった。

太陽の調査では、教徒一人が「天鳳教」に納める布施は年間平均五百万と言われている。単純に、百人増えれば年間五億の増収となる計算だ。

「みなさんにはっきり言っておくが、神など存在しない！」

鳳神明の、船乗りさながらの野太い声が会場に響き渡った。

神の化身を名乗る教祖の口から飛び出した、一番相応しくない言葉に参加者がざわついた。

「ショックを受けているあなた方に、質問しよう。世界中で様々な神話が語り継がれているが、神を見たという者は挙手してくれ」

鳳神明が右手を挙げながら、場内に視線を巡らせた。

「ほらみなさい。正月には決まって初詣に出かけ、頼み事や困り事があれば神社で手を合わせるあなた方の誰一人として、神を目撃した者はいない。あたりまえだ。神話や聖書は一部の人間が大勢の人間を意のままにコントロールするためのでたらめなのだから。もう一度言う、この世に神など存在しない！」

鳳神明が、さらにボリュームアップした声で断言した。

「商売道具の神を否定して、どういうつもりなんだろうね」

星が眉を顰めた。

鳳神明の説法を動画でも観たことのない星が、訝しく思うのは仕方がない。

「いまにわかる。奴のお得意の話術だ」

太陽は、「ＹｏｕＴｕｂｅ」で繰り返し観た過去の「説法会」を脳裏に蘇《よみがえ》らせながら言った。

「鳳神明は、『神の声が聞こえる』という本を出していたんじゃないのか？」

「なにかのインタビューでは、自らを神の化身だと言っていたが……」

「なぜ神を否定するんだろう？」

「もしかして、鳳神明は無神論者なのか？」

周囲の参加者達は、明らかに動揺していた。

藁《わら》にも縋《すが》る思いで参加した「説法会」で真正面から神を否定されたのだから、それも無理はない。

「みんな、なんていう顔をしているのだ。たしかに、私は神など存在しないと言った。ただし、それは、あなた方が思っているような神……神々しい光に包まれ、正義の剣で悪を滅ぼすような神はいないと言ったまでだ。悠久の昔から人類が追い求めてきた神の正体を私が明かすから、心して聴くがいい。前列のストライプ柄のネクタイを締めた君、これはなんだ？」

唐突に鳳が、胸ポケットから取り出した黄色のチーフをヒラヒラさせながら男性参加者に質問した。

「あ……はい、ポケットチーフです」

「よろしい。次は、三列目の青いワンピースを着た君、これは何色だね？」

鳳は続けて、女性参加者にポケットチーフを掲げて見せた。

「黄色です」

「よろしい。では、二列目の紺色のスーツを着た君、殺したいと思う人物はいるかね?」

「え……いや……あの……」

紺色のスーツを着た男性参加者が返事に詰まった。

「よろしい。最後に、前列左端の君。一番好きな人物の顔を想像しなさい」

鳳は、ショートカットの女性参加者に顔を向けて言った。

「突然、なんのつもりだろう?」

星が、鳳のやり取りに眉根を寄せた。

「一番目の君の心に浮かんだポケットチーフ、二番目の君の心に浮かんだ黄色、三番目の君の心を支配した憎悪の感情、四番目の君の心を支配した幸福な感情……それらがすべて、神なのだ」

鳳の言葉に、ふたたび場内がざわついた。

「あなた方の思考、感情の一切が神の正体だ。こんな素敵な人と出会えて私は嬉しくてたまらないという幸せな感情も神で、あいつなんか死ねばいいのにと願う負の感情も神で、NBAの一流選手は何十億も年俸を貰って羨ましいと思う感情も神で、どうしてあいつばかり出世するんだという妬みの感情も神で、僻地で一人でも多くの病人を救済したいという無償の愛も神だ。神の実体はあなた方が思っているような聖人君子的な存在ではなく、私達人間の心に生まれるすべての思考と感情だ。つまり、マザー・テレサも神であり、連続殺人鬼も神であるということだ！」

鳳の衝撃的発言に、場内のざわめきがどよめきに変わった。

「あの人、大丈夫？」

星が驚きの顔で言った。

「みなさん、お静かに！　まだ、真実の神話には続きがあるので最後まで聴きなさい！　私が言いたいのは、神も完璧ではなくあなた方と同じ善にも悪にも染まるということだ。逆を言えば、善も悪も選択する権利はあなた方にある。奇跡が起きれば神に感謝し、悲劇が起きれば神を呪っていたのが人間だ。神のみぞ知る、運命は変えられない……そう思っていたのが人間だ。だが、私が教える神話の主役は、天上にいる空想世界の完璧な神ではなく、あなた方一人一人なのだよ！　もう一度言う！　善きことも悪《あ》しきことも、選択して行動に移せるあなた方こそが、正真正銘、神なのだ！」

鳳のエネルギッシュな声が、場内の空気の流れを変えた。

「あなた方一人一人が悪の誘惑に耳を貸さず善き声にだけ耳を傾ければ、理想の神の姿になれるのだよ！　善き神になるか悪しき神になるか、あなた方次第なのだ！」

鳳が拳を突き上げると、あちこちから啜《すす》り泣く声が聞こえてきた。

「なんだか、いつの間にか、感動的な雰囲気になってるわね」

星が呆れた顔で周囲を見渡した。

星の言葉通り、そこここで参加者が感涙に咽《むせ》んでいた。

説法の冒頭でいきなり参加者を突き放してから一転して抱き締めるのが、鳳の常套手段だ。

「みなさん、大事なのはここからだ！」

参加者が静まり返り、鳳の次の言葉を固唾を呑んで待った。

「この鳳神明には、自慢できることが二つある。一つは、内在する神の声を聴く能力を授かったこと、もう一つは、その能力をあなた方にも使えるように伝授できることだ」

鳳に注がれる参加者達の瞳に、輝きが増した。

「思考はほぼすべてのことを実現できる力がある。空を飛ぶことも、一ミリの疑いもなく信じることができたら可能だ。だが、あなた方は実に疑い深く、信じられないほどに謙虚だ。空を飛ぶどころか、たかだか億万長者になる夢も実現できないありさまだ」

鳳が、両手を広げ肩を竦めた。

「そりゃあ、あんたみたいに人を騙《だま》しまくったら億万長者にもなれるでしょうよ」

星が皮肉っぽく言った。

「『天鳳教』の教徒には、この鳳神明直々に神通力の発揮法……平たく言えば、心で念じたことは実現する思考法を伝授する。年収一億を稼ぎたい、素敵な女性、または男性と幸せな家庭を築きたい、病気もトラブルもなく平穏で幸福な人生を送り百歳まで生きたい……神通力を身につけることができれば、あなた方の願いはすべて叶《かな》うのだよ。ここからは、あなた方の質問に答える時間を設ける。副本部長、頼んだぞ」

鳳が背後を振り返り、椅子に座っていた若い女性……明寿香を促した。

明寿香が立ち上がり、黒のスカートスーツから伸びた細く長い足をみせつけるように大股でマイクに向かって歩いた。

百七十センチ近い長身、ショートヘアが際立つ小顔、少女漫画のヒロインのような円らな瞳、黒いジャケット越しにもわかる胸の膨らみに腰の括《くび》れ……鳳明寿香は、ファッション誌から抜け出したような圧倒的なビジュアルの持ち主だった。

「あんなに若くてきれいな女の子が、副本部長？」

「ああ、女優みたいだな」

「女優でも、あんなスタイルのいい子はいないよ」

「『天鳳教』に入ったら、いつでも会えるのかな？」

「僕、体験入信してみようかな？」

周囲で、三十代と思しき二人の男性参加者がハイテンションで会話していた。年代関係なく、男性参加者の眼は壇上に立つ明寿香に釘づけになっていた。

拍手をしながら鳳が後退《あとずさ》りし、椅子に腰を下ろした。

「宗教団体に入るのに、なんて不純な動機なの？」

星が男性参加者達を見ながら、嫌悪感の皺を眉間に刻んだ。

「娘目当てに入信する男性教徒は、かなりの数になるらしい。そこらの二流タレントを使うより、遥かに広告塔としての価値があるだろうな」

「なに？　太陽も、ああいうのが好みなの？　ちょっと背が高いだけで、たいしたことないじゃん。私のほうが、十倍はいい女よ」

星が、対抗意識丸出しに言った。

「なんだ？　ジェラシーか？」

太陽は、茶化すように言った。

十倍いい女は大袈裟だが、星も通り過ぎる男性が振り返るくらいのビジュアルの持ち主だ。

「どうして、私より劣っている女に嫉妬するのよ？」

睨みつけてくる星から逸《そ》らした視線を、太陽はステージに戻した。

「ここまでの教祖のお話について、質問のある方は挙手を願います」

明寿香が促すと、我勝ちに参加者が手を挙げた。そのほとんどが、男性参加者だった。

「四列目のロマンスグレイが素敵なあなた」

明寿香がさりげなく口にした指名のセリフに、太陽は気を引き締めた。

さすがは教徒数三万人の宗教団体のナンバー3だけのことはあり、二十五歳とは思えない人心掌握術を持っていた。

いまの一言だけでも、ロマンスグレイの男性は入会するほうにぐっと心が傾いたに違いない。

「でもさ、見る目がない男性にはウケがよくても、女性には嫌われるんじゃない？」

「女は息子の受け持ちだ」

太陽は、明寿香から視線をステージ後方の椅子に父と並んで座る鳳一馬に移した。

ゆるやかなウエーブのかかった長髪、抜けるような白い肌、欧米人並みに彫りの深い目鼻立ち……一馬も、ハーフモデルと見紛《みまが》うようなビジュアルをしていた。

太陽のリサーチでは、ホスト並みの一馬の巧みな話術に虜《とりこ》になり、年間で億を超える布施を納めている女性参加者は珍しくないらしい。

五億を超える資産を注《つ》ぎ込む者もいるという。

「『天鳳教』はキャバクラかホストクラブ？　いっそのこと、私らも宗教に稼業替えしたほうが儲かるんじゃない？」

星が本気とも冗談ともつかぬ口調で言った。

「馬鹿か」

太陽は呆れたように吐き捨てた。

「なんでよ？　誘拐と違って宗教は合法でしょ？」

星が唇を尖《とが》らせた。

「もういいから、黙ってろ」

「私の妻は宗教に否定的で出家はできないんですが、それでも神通力を磨くことはできるでしょうか？」

ロマンスグレイの男性参加者が、不安げに訊ねた。

「ご安心ください。毎週土日に行われる『説法会』に参加するだけでも、神通力は磨かれます」

明寿香が、笑顔で答えた。

「よかった。具体的に、どんなことをするんですか？」

安堵《あんど》の表情で、男性が質問を重ねた。

「最初の一ヵ月は、鳳先生が指導した通りの思考法が身につくように『説法会』のテープを購入し、繰り返し聞いて貰います。目安としては一日三時間、とくに就寝前は必ず聴いてください」

「聴くだけでいいんですか？」

「もちろん、すぐに神通力が磨かれるわけではありませんが、日々、繰り返し聴くことで鳳先生の説法を潜在意識に刷り込み、眠っている能力を開花させるのが狙いです。歴史的な天才物理学者と言われるアインシュタインでさえも、潜在能力の四パーセントしか使っていないと言われています。一般人はさらに少なく、潜在能力の活用は一パーセント程度です。鳳先生の教えを忠実に実践してゆけば、一年で潜在能力を二パーセント、三年で四パーセント……つまり、アインシュタインと同等の能力が発揮できるというわけです」

明寿香の言葉に、場内がざわついた。

「私が……アインシュタインと同等の能力を？」

ロマンスグレイの男性が、うわずる声で訊ねた。

「はい。当然、アインシュタインと同等の能力を発揮できるようになれば、生活水準も飛躍的に上昇します。ですが、これはあくまでも三年での成果です。四年、五年と鳳先生の教えを忠実に真摯に実行してゆけば、十パーセントの潜在能力を活用できる可能性もあります」

ふたたび、場内のざわめきがどよめきに変わった。

「イエス・キリストで、六十パーセントの潜在能力を活用していたと言われています。因みに、鳳先生の潜在能力の活用率は九十パーセントを超えています」

どよめきを通り越し、場内に静寂が広がった。

「あんな詐欺師をイエス・キリスト以上の聖人にしようってわけ？　よくもまあ、次から次に口から出任せを言えるわね……」

星のため息をやり過ごし、太陽は顔を右に巡らせた。

最後列の反対側の端には、大地と海の姿があった。二人は吹雪のチームで、ターゲットの鳳一馬の視察にきたのだ。

「あちらのリーダーは、なにをしてるんだろうね？」

星が、太陽に訊ねてきた。

さっきから、太陽も気になっていた。

打ち上げの日から一週間、吹雪の姿は見えなかった。

吹雪がなにを考えているのかがわからず、不気味だった。

「まあ、どのみち、姿を現すさ」

太陽は、興味のないふうを装い言った。

浅井家の監禁室……地下室をパーティションで区切り、太陽と吹雪がそれぞれ使うことになった。

パーティションの素材は、監禁している一馬と明寿香の声が互いに聞こえないように防音仕様になっていた。

「行くぞ」

太陽は言い終わらないうちに席を立った。

「え、どこに？」

星の問いかけに答えず、太陽は出口に向かった。

☆

「どうしたのよ？　途中で抜け出して？」

助手席に乗り込んできた星が、訝しげに訊ねてきた。

太陽は、ヴェルファイアを「天鳳教」本部ビルから二十メートルほど離れた中野通りの路肩に停めていた。

最後部の座席を取り外して作ったスペースには、高さ一メートル二十、幅、奥行き一メートルの段ボール箱が二箱積んであった。

特大の段ボール箱は、ターゲットを拉致して運ぶために常備していた。

「あれ以上聴いても無駄だ。吹雪はもう、拉致準備に動いているだろう。俺らも急がなきゃな」

太陽は、スマートフォンに送られていたLINEをチェックしながら言った。

「それはそうだけど、ちゃんと下調べもしなきゃ」

「もちろん、そのへん抜かりはないさ」

言って、太陽はスマートフォンのディスプレイを星の顔前に向けた。

「なに？」

「猟犬からの報告LINEだ」

「猟犬……ターゲットに興信所をつけたの？」

「子飼いの猟犬だ」

「外部に、漏らしたの!?」

星が咎める口調で問い詰めてきた。

「家族以外の助っ人を使っちゃいけないってルールはないはずだ」

「私が言っているのは、そういうことじゃないの。その猟犬が信用できるかってことよっ」

「ああ、それは大丈夫だ。五年以上、使っている奴らだから」

梶原《かじわら》進《すすむ》と水谷健《みずたにけん》。二人は太陽の高校時代の同級生で、「ノープロブレム」という便利屋を共同経営している。

彼らの情報収集力と尾行のテクニックは、そこらの興信所より遥かに優秀だった。

これまでの任務の際にも何度か、二人にターゲットの情報を集めて貰っていた。

梶原と水谷は、信用に値する男達だった。

だが、それだけの理由でファミリーの稼業を漏らすほど太陽は愚かではない。

彼らには、重大な秘密があった。

二人と再会したのは六年前……六本木だった。

その日の夜は高校時代の同窓会で、出席する気はなかったが偶然に近くで用事があったので少しだけ顔を出す気になった。

一時間遅れで指定されたクラブに向かっていた太陽は、路地裏で揉み合う人影に足を止めた。

人気のない雑居ビルの裏手で揉み合っていた人影は二人の男だった。

——もう、いい加減にしてください！　クスリなんて持ってませんから！

太陽と同年代の若い男が、泥酔したチンピラ風の男に絡まれていた。

チンピラ風の男は、青年にクスリを売れと執拗《しつよう》に迫っていた。

——嘘吐《つ》くんじゃねえっ、こら！　チャラついた芸能人に売るクスリがあって、俺には売れねえってのか!?

悪いのは、明らかにチンピラ風の男だった。

太陽が仲裁に入ろうとしたときに、雑居ビルの裏口のドアが開いた。

——梶原、早く戻って……おいっ、なにやってるんだ！　やめろ！

青年の連れらしき若い男が血相を変え、チンピラ風の男に突進した。

激しく揉み合っていた二つの影のうち、一つの影が消えた。

仲裁に入った青年に突き飛ばされ転倒したチンピラ風の男の後頭部から溢れ出した血液が、アスファルトに赤い水溜《みずた》まりを作っていた。

チンピラ風の男は、即死だった。

絡まれていたのが梶原で、仲裁に入ったのが水谷……二人は、太陽が向かっていた同窓会に出席していた。

電話をかけに会場を抜け出した梶原に、酩酊《めいてい》状態のチンピラ風の男が薬物を売れと強要し、戻ってこない友人を捜しにきた水谷が仲裁に入ったというわけだ。

二人は太陽の姿を認めると、口外しないでほしいと懇願してきた。

太陽はとりあえず、同窓会の会場に二人を誘った。姿を消せば、男性の死体が発見されたときに疑われてしまうからだ。

太陽に、二人を警察に突き出す気はなかった。

理由の一つに、当時の水谷には生まれたばかりの子供がいるということを知ったからだ。

殺人罪ではなく傷害致死罪になる可能性が高いとはいえ、逮捕されれば三年から五年の実刑は食らう。

ましてや酒に酔いクスリを売れと絡んできたのは被害者のほうだ。

それでも罪は罪だから刑に服せと言うほど、太陽は聖人君子ではなかった。

遺体を発見し警察に通報したのは、近所の居酒屋の店主だった。

幸いなことに、太陽以外の目撃者はいなかった。

遺体からアルコールとともに覚醒剤が検出されたこともあり、転倒した際に後頭部を痛打したものと警察は断定し、事件性はないとされ事故死扱いになった。

同窓会の夜に起こった事件をきっかけに、太陽と二人の距離は縮まった。

梶原と水谷からすれば、秘密を握られている太陽が誰かに口外しないかが心配で親しくなりたかったのだろう。

太陽に、その気はなかった。

二人を警察に突き出す気なら、目撃した夜に通報している。

太陽が今日に至るまで彼らと密接な関係を続けたのは、浅井家の稼業に必要な存在だったからだ。

梶原と水谷は大学在学中に資金を五十万ずつ出し合い、「ノープロブレム」を設立していた。

花見の場所取り、犬の散歩、彼氏代行、老人の話し相手……二人は、法に触れること以外はなんでも請け負っていた。

「ノープロブレム」には浮気調査などの探偵紛いの依頼もあり、親しくつき合っているうちに太陽は彼らの情報収集力の高さに気づいた。

太陽は梶原と水谷に誘拐稼業をしていることを告げ、たびたびターゲットの調査を依頼するようになった。

もちろん、二人が太陽の秘密を口外することはない。

太陽が捕らえられること即《すなわ》ち、それ以上の罪で自らも捕らわれることになるからだ。

「で、猟犬からどんな報告がきてるの？」

星が、ＬＩＮＥアプリを開いたディスプレイを覗き込んできた。

「月、水、金の入り二十時、出二十二時三十分、港区南青山《みなと》、『VIP青山』の五〇一号室、パーソナルトレーニング、ドライバーの教徒一人が待機、土曜、入り十八時、出二十一時、渋谷区広尾《しぶやひろお》、『パークサイド広尾』の地下一階、フラメンコ教室、ドライバーの教徒一人が待機、日曜の入り十九時、出二十二時、渋谷区恵比寿《えびす》、『トップエリア』の地下一階、演技ワークショップ、ドライバーの教徒一人が待機。なにこれ？」

ＬＩＮＥの報告文を読んでいた星が、ディスプレイから視線を太陽に移した。

「鳳明寿香の取り巻きが一番少ない、レギュラースケジュールだ。お供が一人しかつかないのは、この三パターンみたいだな」

「ここまで詳細な報告をしてくるっていうことは、太陽がなんの目的で鳳明寿香の調査を依頼してるのか……」

「知ってるよ。ウチが誘拐を稼業にしていることは、奴らに話してある」

太陽は、あっけらかんとした口調で言った。

「話してあるって……この人達が警察にチクったら、太陽だけじゃなくて家族全員が捕まってしまうのよ!?」

星が気色ばんだ。

二人の致命的な弱味を太陽が握っていると知らないので、彼女が不安になるのも無理はない。

だが、梶原と水谷が口を割らないという自信がある理由は他にもあった。

――あの夜のことを喋る気はないから、無理に俺の仕事を手伝わなくてもいいんだぞ。それに、あれは贔屓目《ひいきめ》抜きにしても被害者の自業自得の事故だよ。

同窓会の夜の事件から三ヵ月が経《た》った頃に、太陽は切り出した。

太陽に献身的に尽くす二人を見て、気の毒になってしまったのだ。

――僕らが、嫌々手伝っていると思ってたのか？　たしかに最初は口止め目的でお前に近づいたけど、弱味を握ってどうこうするような人間じゃないってわかってからは、純粋に信頼できるビジネスパートナーとしてつき合っているつもりだ。

――俺も同じだ。最初から通報する気はねえってお前が言ったときに、こいつのために力になろうって思ったぜ。

彼らの思いを知った日を境に、二人は太陽の中で家族同然の盟友となった。

青臭いと言われるかもしれないが、人を動かすのは心だ。恐怖だけで縛った関係なら、いつかは破綻してしまう。

太陽が吹雪のやりかたを認められないのは、心で向き合わずにすべてを恐怖で支配しようとするからだ。

「自分の眼でたしかめてみろよ」

「え？　どういう意味？」

星に答えず、太陽は二度手を叩いた。

突然、後部スペースの段ボール箱の蓋が開いた。

星が小さな悲鳴を上げ、弾かれたように振り返った。

「前振りが長過ぎだよ」

「熱中症で殺す気か……」

梶原が不満げな口調で言いながら……水谷が額の汗を拭いながら段ボール箱から這《は》い出てきた。

「あ、あんた達、誰!?」

星が咄嗟《とっさ》に手にしたスタンガンを梶原と水谷に向けた。

「やめろ。さっき話した子飼いの猟犬だ」

「え!?　どうして二人がここにいるのよ!?」

「ターゲットの拉致に協力して貰うためだ」

「なんですって!?　情報収集だけじゃなかったの!?」

星が素頓狂な声を張り上げ、眼を見開いた。

「おい、太陽、猟犬って誰のことだよ？」

梶原がツーブロックの髪に櫛《くし》を入れながら、眉根を寄せた。

「まさか、俺らのことじゃねえだろうな？」

シルバーの坊主頭を掻《か》き毟《むし》りつつ、水谷が剣呑《けんのん》な声で訊ねてきた。

「悪い悪い。言葉のあやだ。それより、改めて紹介させてくれ。オシャレ七三のインテリっぽいほうが梶原で、冷静沈着な頭脳派だ。銀色坊主頭の野蛮なほうが、荒事担当の水谷だ」

「野蛮って……お前、もうちょっと言いかたってもんがあるだろうが！」

水谷が、不満げに吐き捨てた。

「まあ、とにかく、二人と仲良くしてやってくれ」

「よろしく」

太陽が言うと、梶原が星に右手を差し出した。

「私は反対よ。いつ裏切るか……」

「俺は人を殺している」

水谷が、星を遮り唐突にカミングアウトした。

「え……」

「俺と梶原と太陽は高校の同級生だった。六年前の同窓会の夜、電話をかけに行った梶原がなかなか戻ってこねえから、おかしいと思って様子を見に行った。そしたら、ジャンキーのチンピラに絡まれててな。考えるより先に、身体が動いてた。気づいたときには、チンピラジャンキーはアスファルトで頭から血を流して死んでた。ガキが生まれたばかりの俺のために、太陽は見逃してくれたんだ。お前は、悪くねえってな。そんな恩人を、裏切るわけねえだろう？」

「僕も同じだ」

水谷に、梶原も同意した。

「いまの話、本当なの？」

星が、太陽に顔を向けた。

太陽は頷いた。

「これで、妹ちゃんも俺らの弱味を握ったってわけだから、余計に裏切ることができねえよ」

水谷が、豪快に笑った。

「どっちにしても、お前や祖父ちゃんだけじゃ『天鳳教』を敵に回すのは無理だ。彼らの協力が必要なんだよ。な？」

太陽は、星を諭した。

「少しでも疑わしいと思ったら、すぐに警察にチクるからね」

言いながら星が、梶原、水谷の順番で握手した。

「早速だが、別の報告がある。ここ数日、彼はある男性のマンションを張っているみたいだ」

梶原が、シートの背凭れ越しにスマートフォンを掲げて見せた。

「吹雪じゃない？　なんで吹雪を撮ってるのよ？」

　バンのフロントウインドウ越しに、望遠カメラで撮影された吹雪が映し出されているディスプレイを覗き込んだ星が怪訝そうに梶原に訊ねた。

「俺が吹雪の尾行も命じたのさ」

　太陽は、涼しい顔で言った。

「どうして、そんなことするわけ？」

　星が、非難めいた口調で質問を重ねた。

「敵の手の内を知るのは当然のことだろう？」

「敵って……」

「その男の素性は？」

　太陽は星の言葉を断ち切るように、梶原に視線を移した。

「松山海斗《まつやまかいと》だ」

「松山海斗って、もしかしてあの俳優のか？」

「ああ。公にはしてないが、松山海斗は『天鳳教』の教徒らしい」

　梶原が即答した。

　連続ドラマの主演、ＣＭキング、三年連続恋人にしたい男性ナンバー1、二年連続好感度ナンバー1俳優……松山海斗は、いま最も勢いのある若手俳優だった。

「だが、どうして吹雪は松山海斗を張っているんだ？　ターゲットは、鳳一馬だろう？」

太陽は、率直な疑問を口にした。

「鳳一馬と松山海斗はつき合っているらしいぜ」

水谷が、ニヤニヤしながら言った。

「つき合ってる……？」

太陽は、すぐには水谷の言葉を理解できなかった。

「つまり、二人はゲイってわけだ」

相変わらず、ニヤつきながら水谷が説明した。

「松山海斗がゲイ!?　嘘でしょ!?」

星が身を乗り出した。

「こんなときに、嘘なんて吐くわけねえだろう？」

「あ～ショック！　私、松山海斗の大ファンなのに！」

星の声が、太陽の頭を素通りした。

「恋人の部屋を訪れる鳳一馬を狙うつもりか？」

「まさか。一馬は松山海斗のマンションには近寄らない。二人はマスコミにつけられないように、一馬が都内に複数所有しているマンションでその都度場所を変えながら密会しているみたいだ」

梶原の返答に、胸騒ぎがした。

「まさか吹雪は、一馬じゃなくて松山海斗を……」

太陽は、言葉の続きを呑み込んだ。

脳内を過《よぎ》った可能性を、慌てて打ち消した。

「さらうことは十分にありえる。松山海斗には一馬みたいに屈強なボディガードはついていないし、『天鳳教』の隠れ教徒という事実、次期教祖候補と同性愛という事実は、バレたら互いに致命傷になる。つまり、松山海斗サイドも『天鳳教』サイドも警察には通報しない……いや、したくてもできない。単に息子が誘拐されただけなら強気に交渉してくる可能性のあった鳳神明も、息子の同性愛相手の人気芸能人が人質になったとなれば、マスコミが嗅ぎつける前に身代金を払ってしまおうという考えになっても不思議じゃない。お前の弟は、相当にクレバーだね。敵ながら、あっぱれな戦略だ」

梶原が、感心したように頷いた。

吹雪の冷静で合理的なところに、自分と同じ匂いを嗅ぎつけたのだろう。

「ターゲットは一馬であって、松山海斗じゃない。これは、ルール違反だ。おい、運転してくれ」

太陽は絞り出すような声で吐き捨て、水谷に命じた。

「いいけど、どこに？」

ドライバーズシートに移動しながら、水谷が訊ねた。

「松山海斗のマンションだ」

「太陽、なにをする気？　任務を妨害するのはルール違反だよ!?」

星が血相を変えた。

「先にルールを破ったのは吹雪だ」

「吹雪に尾行をつけたりさ、なんだか太陽らしくない……」

「早く出してくれ！」

星を遮り、太陽は水谷を強く促した。

「イエッサー、ボス！」

水谷がおどけたように言うと、イグニッションキーを回した。

俺らしくない？

構わなかった。

吹雪の暴走を止めるためなら、自分らしさなど喜んで捨てるつもりだ。

6

「おお、張ってる張ってる。『ひまわり老人ホーム』……老人ホームを装って誘拐しようだなんて、罰当たりな弟だな？」

ヴェルファイアから乗り換えたコンパクトトールワゴンの助手席に座る水谷が、ドライバーズシートの太陽に言った。

　吹雪が乗る老人ホームの移動車は、代官山《だいかんやま》の瀟洒なマンションの通りを挟んだ路肩に停まっていた。後部座席には見知らぬ男が乗っていた。

「張り込みのときに、ターゲットに警戒されない職種の社用車に乗るのは常識よ」

　後部座席から、星が身を乗り出した。

　太陽達が乗る車は吹雪のバンのおよそ三十メートル後方に停めていたが、いまのところ彼らが気にしているふうはなかった。

　尤も、気づいていてもそ知らぬふりをするくらいは吹雪にとって朝飯前だ。

「なんか、誘拐ビジネスのあるあるを偉そうに言われても……」

　水谷が、茶化すように言った。

「その誘拐屋の犬をやっている便利屋に言われたくないわ」

　星が負けじと皮肉を返した。

「犬ってなんだよ！」

　短気な水谷が応戦した。

「犬じゃん！　太陽に命じられて吹雪を尾《つ》けたりしてさ」

「だからって犬って言いかたを……」

「おいおい、やめろよ。こんなところで、なにをいがみ合っているんだよ。いまは、松山海斗の出入りに集中するときだろう」

　太陽は、呆れた口調で二人を諭した。

「だいたい、太陽も太陽だよっ。吹雪を張り込んで任務を妨害するなんて、ルール違反でしょ!?　こんなことをする人なら、吹雪のチームを希望すればよかった」

星が、吐き捨てた。

「さっきも言っただろう？　先にルールを破ろうとしたのは吹雪だ。奴のターゲットは鳳一馬であって、松山海斗じゃない」

太陽は、平常心を掻き集めた。

もしかしたら、吹雪が太陽の動揺を誘うために心理戦を仕掛けているのかもしれない。

自分のフィールドで、負けるわけにはいかない。

太陽が鳳明寿香の調査を梶原に任せ吹雪のほうにきているのも、心理戦の一つだ。

「でも、ルール違反なら、吹雪が苦労して松山海斗を誘拐しても父さんに却下されるから、徒労に終わるでしょ？　逆に、私らにはチャンスなんじゃない？」

「そうとはかぎらない。親父は吹雪のチームなんだからさ」

「そりゃあそうだけど、父さんはその前にファミリーのボスだよ!?　さすがに、ルール違反を見過ごすようなことはしないでしょ？　太陽の被害妄想だって」

星が一笑に付した。

「いいや、被害妄想なんかじゃない。ボスだからこそだよ。親父は、五代目は吹雪になると思っている。本人がそう言ったの、お前も聞いただろう？」

「あんな言葉、真に受けているわけ？　太陽を奮い立たせようとしているんだよ。ほら、昔から父さんは、なにを考えているかわからないところがあるじゃん」

たしかに、星の言うことにも一理ある。

大地は直情的で単純な男に見えるが、相当な策略家だ。

その証拠に、時代もあるのかもしれないが、大樹の代よりも大地の代になってから稼業の売り上げは飛躍的に伸びていた。

だが、太陽にはわかっていた。

あのときの大地の言葉は本音だ。

大地は、五代目には吹雪のほうが相応しいと思っているに違いない。

理由は明白だ。

大地は実力主義だ。純粋に、太陽と吹雪のどちらに跡目を譲ったほうが浅井家の誘拐ビジネスが繁栄するか……それが大地の最優先する条件だ。

つまり、大地は長男より次男のほうが稼業に向いていると判断したのだろう。

大地のことは尊敬しているし、彼の判断は的確だ。

しかし、今回だけは違う。大地には、浅井家の行く末が見えていない。

嫉妬やプライドではなく、吹雪より自分のほうが五代目に相応しいという自負があった。

いや、自分が相応しいというよりも、五代目に吹雪が相応しくないといったほうが正しい。

星は吹雪への対抗心だけで物を言っていると思っているが、太陽が気にしているのは浅井家の伝統を守ること……それが、吹雪やほかの家族を守ることにも繋がるのだ。

「とにかく、松山海斗の拉致を阻止する。後悔しても、チームのリーダーは俺だ。命令には従って貰う」

太陽は、厳しい口調で言った。

「なによそれ？　偉そうに……」

「あっ！　あのタクシーに乗ってるの、松山海斗じゃねえのか!?」

星の文句を遮った水谷が、フロントウインドウ越し……松山海斗のマンションに近づくタクシーを指差した。

タクシーの後部座席に座る男は、黒いキャップに黒のマスクといういかにもな芸能人スタイルをしていた。

遠目で、顔もキャップやマスクで隠れているので断定はできないが、恐らく松山海斗に違いない。

タクシーがスローダウンした。

「お前達は残っていてくれ」

太陽は言い残し、ドアを開けた。

「ダメだよっ、太陽！」

星の制止を無視して後ろ手でドアを閉めた太陽は、停車したタクシーに向かってダッシュした。

吹雪の乗るバンのスライドドアが開く頃には、太陽は既にタクシーの後部座席に取りつきドアを引いた。

松山海斗らしき男が、いきなりドアを開けた見知らぬ男を驚いたような顔で見上げた。

「先のお客様が降りてからお願いします」

太陽を乗客と勘違いした運転手が、やんわりと窘めてきた。

太陽は用意してきた小道具――ＩＣレコーダーをデニムのヒップポケットから抜き取った。

「松山海斗さんですよね？」

ＩＣレコーダーを松山海斗らしき男の口もとに差し出し、太陽は不躾《ぶしつけ》に訊ねた。

「なんなんですか!?　あなたは？」

警戒心に強張った声で、松山海斗らしき男が訊ね返した。

「『週刊パパラッチ』ですが、『天鳳教』の教祖の息子さんであり本部長の鳳一馬氏と恋愛関係にあるというのは、本当でしょうか？」

ポーズボタンを押したように、松山海斗らしき男の動きが静止した。

身体とは対照的に、キャップとマスクの間から覗く瞳は忙《せわ》しなく泳いでいた。

五秒、十秒……重苦しい沈黙が、目の前で絶句している男が松山海斗だということを証明した。

「な、なにを言っているか、意味がわかりません」

我に返った男……松山海斗が、うわずった声で否定した。

「ですから、あなたと熱愛の噂《うわさ》がある『天鳳教』の鳳一馬本部長の関係についてお訊ねしているんです」

「だから、そんな人は知りませんっ。出してください！」

松山海斗が運転手に言いながら、強引にドアを閉めた。

発車したタクシーが、太陽の脇を擦り抜けた。

「松山海斗さーん！　ちょっと待ってくださーい！」

太陽は、遠のくテイルランプに向かって大声を張り上げた。

「なんのつもりです？」

太陽と松山海斗のやり取りを遠巻きにして見ていた吹雪が、サングラスと黒マスクを外しながら無表情に歩み寄ってきた。

吹雪の背後には、迷彩キャップを目深に被《かぶ》った小柄で筋肉質な男が続いていた。

キャップの下の鋭い眼光が、男が只者《ただもの》ではないと告げていた。

「おう、吹雪。こんなところで、なにしている？」

太陽は吹雪に向き直り、白々しい口調で訊ねた。

「いったい、なんのまねですか？」

吹雪が、氷のような冷たい瞳で太陽を見据えた。

「見てたんじゃないのか？　松山海斗と鳳一馬の関係が知りたくて、直撃したのさ」

「あんた、人の任務を邪魔しておいてナメてるのか？」

吹雪の背後から歩み出た小柄な男が、太陽を睨みつけてきた。

吹雪が氷なら、男の瞳は切れ味鋭い剃刀《かみそり》のようだった。

「なんだお前？　ヘルプは黙ってろ」

太陽は、小馬鹿にしたような笑みを浮かべつつ言った。

「なに!?」

「東《あずま》、やめなさい」

気色ばみ足を踏み出しかけた小柄な男を、吹雪が遮断機のように伸ばした右手で制した。

「でも、こいつはウチのターゲットを追い払ったんですよ!?　時間はかけませんから」

小柄な男……東が、ファイティングポーズを取った。

隙のない構えで、東が素人でないことはわかった。

「彼は僕の所属していたジムの後輩なんです。事情があってキックはやめてしまいましたが、続けていたら日本チャンピオンは狙えた実力です」

「東君は、吹雪とどっちが強いんだ？」

唐突な太陽の質問に、東が困惑の表情になった。

「そんなこと、いまは関係ない」

我に返った東が、太陽との距離を詰めた。

「吹雪に勝てないなら、やめといたほうがいい」

「俺はあんたと向き合ってんだ。いまは、吹雪さんのことは関係……」

「穏やかに見えますが、本性は僕よりも危険人物です。正面からやり合ったとしたら、僕も勝てるという保証はありません」

吹雪が、抑揚のない口調で言った。

「え!?　吹雪さんが!?」

東が、素頓狂な声を上げた。

「つまり、僕に勝てなければ兄にも勝てないということです」

吹雪が言いながら東を後ろに下げ、太陽の前に歩み出た。

「話の続きです。互いに時間の無駄ですから、惚《とぼ》けるのはやめて本音でいきましょう。どうして、僕の任務を妨害するんですか？　これは、あなたが嫌うルール違反じゃないですか？」

「ああ、その通りだ。だから、松山海斗を追い払った」

「言っている意味がわかりませんが？」

「お前のほうこそ、惚けるのはやめろ。ターゲット以外の人間を誘拐するのは、浅井家で禁じられていることを知っているだろう？」

「そうなんですか？　少なくとも僕は、聞いたことありませんね」

吹雪が、涼しい顔で言った。

「聞いたことはなくても、一度は『浅井家十戒《じっかい》』を読まされたはずだ」

「浅井家十戒」とは、初代から受け継がれてきた誘拐稼業についての心得と禁止事項を綴《つづ》った書だ。

「『対象者以外の人間の誘拐という美徳に反する行為を禁止する』。覚えがあるだろう？」

太陽は、十戒のうちの一つの戒《いまし》めを口にした。

「あ、それ、私も読んだことあるよ！」

いつの間にか駆けつけていた星が、話に割って入ってきた。

星の背後にいる水谷は、東とガンを飛ばし合っていた。

「ええ、知っていますよ。でも、ルール違反だとは思っていません」

吹雪が、眉一つ動かさずに言った。

「どうしてだ？　十戒に書かれているということは認めただろう？」

「認めたのは、そういうふうに書いてあったという事実であり、内容を認めたとは言ってません。僕にとっての美徳は、いかに早く、いかに確実に身代金を相手から引き出せるかということですから」

「お前の美徳を訊いているんじゃない。俺は、お前が浅井家のルールを破ったことを言っているんだ」

「じゃあ、一つ訊きますが、兄さんはルールだったら納得できないことでも従うんですか？」

　吹雪が、挑戦的な口調で訊ねてきた。

「ああ。決められたルールならな」

「じゃあ、もう一つ訊きます。『いかなる理由があっても、身内同士で争ってはならない』という戒律が書いてあるのは覚えていますか？」

「もちろん」

　平静を装っていたが、太陽の鼓動はアップテンポなリズムを刻み始めた。

「父さんは、跡目を決めるという大義名分はありますが、僕と兄さんを争わせていますよね？　ルールを破っているのは、父さんばかりじゃありません。兄さんも、僕のルール違反を止めるために任務を妨害しました。これも、立派なルール違反です」

「たしかに！」

「お前は、車に戻ってろ」

　すかさず口を挟む星に、太陽は命じた。

「吹雪、お前の言いぶんは屁理屈《へりくつ》だ。俺と親父のやっていることと、お前のやっていることは違う」

　吹雪に言うと同時に、太陽は自らに言い聞かせた。

「僕はそうは思いません。僕は僕のルールを、父さんは父さんのルールを、兄さんは兄さんのルールを守るために、浅井家のルールを破ったという意味では同じです」

吹雪が、淡々と言った。

わかっていた。

本当は、自分のやっている行為が吹雪となにも変わらないことを。

認めるわけにはいかない。

吹雪を従わせるために——五代目を継ぎ、浅井家と弟を守るために。

「なにを言おうと、お前がやっていることを見過ごすわけにはいかない」

「まあ、どうでもいいです。別に、兄さんの許可を貰うつもりはないですから。兄さんも、車に戻ってください。数日は、松山海斗が現れることもないでしょうから僕も引き上げます」

一方的に告げると、吹雪が踵《きびす》を返しバンに向かった。

「なんだあれ？　嫌味な喋りかたして、本当にお前の弟か？」

水谷が、吹雪の背中を指差しながら言った。

「そうよ。性格は真逆だけど、二人は正真正銘の兄弟！」

太陽の代わりに、星が答えた。

「あ、そうそう」

吹雪が足を止め、振り返った。

「兄さん、小さい頃、教えてくれましたよね？　やられたらやり返せって」

口もとに酷薄な笑みを浮かべると、吹雪が足を踏み出した。

「おいっ、ありゃ、宣戦布告だろ!?　俺らの任務を邪魔するってことじゃねえのか!?

放っておいていいのかよ!?」

　水谷が、興奮口調で言った。

「俺達も戻ろう」

　水谷の問いに答えず、太陽も歩を進めた。

「待てよ、太陽、無視するなよ」

「早くこい！」

　太陽は足を止めず、背中越しに二人に命じた。

　虎の尾を踏んだからには、もたもたしている暇はなかった。

　逆襲の前に、明寿香を拉致する必要があった。

7

「もうちょっと離れてよ」

　大理石の床の待合ロビーのソファで、星が肩に手を回す太陽の腕から逃れようとした。

「俺らは二人の世界に浸るカップルだってことを忘れるな」

　太陽は、星の耳もとで囁いた。

二人とも、青のサマーニットキャップに白のTシャツ、グレイのデニムというペアルックだった。

太陽も星も伊達メガネをかけ、ウイッグをつけていた。

太陽は肩に毛先がつくくらいのロン毛、星は茶髪のウイッグだった。

防犯カメラや鳳明寿香の記憶に残った印象を、実物から懸け離れたものにしておくためだ。

「わかってるけど、まだ、トレーニングが終わる十時半には十五分もあるんだからさ。まさか、ずっとこうして密着しているつもり？」

星が眉間に皺を刻み囁き返した。

「顔。防犯カメラがあるから気をつけろ」

太陽は、微笑《ほほえ》みながら言った。

「早く、離れてったら」

星が、幸せそうな顔で言った。

ターゲットの鳳明寿香がパーソナルトレーニングを受ける南青山の超高級マンション……「VIP青山」に到着したのは二十一時半なので、一時間近く太陽は星の肩を抱き寄せていることになる。

太陽達は裏口に続くフロアの途中にあるソファにカップルを装い、仲睦《なかむつ》まじく肩を寄せ合いスマートフォンで映画を観ていた。

水谷と梶原から受けた調査報告では、月、水、金の二十二時三十分から四十分の間に明寿香は一人で裏口を出て、路肩で待機している車に乗り込む。

車にはドライバーの男性教徒が一人だけで、そのまま中野の教団本部に帰るというのがいつものパターンだ。

それまでの調査で地下駐車場を使ったことはなく、いまも裏口に送迎車が停まっているが、念のため梶原を張らせていた。

裏口を張っているのは水谷だ。

明寿香の送迎車から約三メートルの距離に停めたヴェルファイアで待機している。

ドライバー完了

太陽は、三十分前に水谷から送られてきたＬＩＮＥの文章を思い出していた。

いま頃明寿香の運転手は、ヴェルファイアの後部座席で気を失っているだろう。

「予定より早く出てくる可能性もある。俺だって、妹にこんなことをするのは気持ち悪いよ」

太陽は微笑みを絶やさず囁いた。

「あら、失礼ね。こう見えても、ラウンジのお客さんで月に二百万を出すから私を囲いたい、って人もいるんだからね」

星も微笑みを絶やさずに囁き返した。傍から見ていると、ラブラブのカップルにしか見えない。

「俺がお前にそんなこと言ったら変態だろ」

「まあね。それに二百万なんかで囲えるほど、私は安い女じゃないけどね～」

「その自信はいったいどこから……」

太陽は、エレベーターの稼働音に口を噤《つぐ》んだ。

ほどなくして扉の開閉音、そして足音が聞こえた。

足音が、次第に近づいてきた。

「荷物？」

さらにボリュームを落とした囁きで、星が訊ねてきた。

「多分」

太陽が言った数秒後に、ナイキの白のタンクトップとグレイのスキニージョガーパンツ姿の明寿香が颯爽《さっそう》と現れた。

パーソナルトレーニングをやっているだけあり、ウエア越しにも明寿香の肉体が鍛え上げられているのがわかった。

別のスマートフォンのディスプレイに呼び出していたＬＩＮＥアプリの女性の赤い顔文字を水谷と梶原に一斉送信した。

女性の顔文字は明寿香が出てきたことを意味し、赤が水谷のほう、ピンクが梶原のほうに向かったことを意味していた。

明寿香は太陽と星のバカップルに視線もくれずに、目の前を通り過ぎた。

「行くぞ」

太陽は星を促し、腰を上げた――早足で明寿香を追った。

太陽は足を止めた。

明寿香は送迎車の白のレクサスの前で佇《たたず》み、いらついた顔でスマートフォンを耳に当てていた。

運転手の男性教徒の姿が見当たらず、電話をかけているに違いない。

「友達君、うまくやったみたいね」

星が、背後で囁いた。

太陽は、レクサスの四、五メートル後方に停まっているヴェルファイアに視線を移した。

ドライバーズシートに水谷の姿は見えなかった。明寿香に目撃されないように、身を屈《かが》めているのだろう。

高電圧のスタンガンで男性教徒の身体の自由を奪い拉致する。

荒事が得意な水谷には、そう難しい任務ではなかったようだ。

閑静な住宅街というのが、人目もなく好都合だった。

「ちょっと、どこにいるの!?　私が終わる時間だってわかってるでしょ!?　早く戻ってきて」

留守番電話機能にメッセージを残した明寿香は、腕組みをしてレクサスに背を預けると不機嫌な顔を周囲に巡らせた。

「こっちも、さっさと済ませよう」

太陽はヒップポケットに差したバトン型のスタンガンのグリップに手を当て、明寿香に近づいた。

運転手へのいらつきに加えカップルということもあり、明寿香の視界には太陽と星は入っていなかった。

五メートル、四メートル、三メートル……。

「観客ゼロ」

星が囁いた。

目撃者はいないという意味だ。

右足で貧乏揺すりのリズムを取る明寿香は、ふたたびスマートフォンを耳に当てた。

追い風が吹いた。

完全に明寿香の意識は、いなくなった男性教徒に向いていた。

二メートル、一メートル……。

「観客ゼロ」

ふたたび、星の囁き。

「あの、お金、落としましたよ」

太陽は、明寿香の足もとを指差しながら声をかけた。

初めて明寿香が、太陽に視線を向けた。

数秒後、明寿香の視線が地面に落ちた。

太陽はヒップポケットから抜いたスタンガンの電極を、素早く明寿香のうなじに当てて放電した。

バチバチっという音とともに、膝の骨が折れたように明寿香がうつ伏せに倒れた。

太陽は腰を屈め、うつ伏せのまま明寿香をお姫様抱っこで抱え上げると、四、五メートル後ろのヴェルファイアに走った。

明寿香はスリムなほうだが意識を失っているので、太陽の両腕には負担がかかった。

太陽は足を止めた。

無人のドライバーズシート――水谷は、身を屈めていたわけではなかった。

車内の奥も覗き込んだが、水谷の姿はなかった。

「あいつ、どこに行ったんだ？」

太陽は周囲に首を巡らせたが、やはり水谷は見当たらない。

「もしかして、運転手の教徒と揉めたんじゃない？」

「揉めたからって、二人とも消えるか？　とにかく、開けてくれ」

太陽が言うと、星がスマートエントリーでドアを解錠した。

「後部シートの段ボール箱を確認してくれ。そこに教徒がいなければ、逆に水谷が拉致された可能性が……」

衝撃音とともに、後部座席に二つ並んでいる人質運搬用の段ボール箱のうちの一つが倒れた——飛び出してきた影が、体当たりしてきた。

太陽は明寿香を抱いたまま、背中からアスファルトに叩きつけられた。

反動で、明寿香が路上に投げ出された。

「太陽っ、荷物が！」

星が指差す先——影が明寿香を抱え上げダッシュした。

「待て……」

立ち上がろうとしたが、痛打した腰が痺《しび》れて動けなかった。

突然、闇がハイビームに切り取られた。

深夜の住宅街に轟《とどろ》くエンジン音が、急速にボリュームアップした。

物凄いスピードで走ってきたバンが減速した——スライドドアが開き、明寿香を抱えた影が俊敏な動作で乗り込んだ。

スライドドアを閉める影……黒キャップに黒マスク姿の男を認めた太陽は息を呑んだ。

「お前……」

影……吹雪が黒マスクを外し、口角を吊り上げた。

「幼い頃兄さんは、こうも言っていました。二度とナメられないように、受けた以上の痛みを与えろ、とね」

「吹雪！」

太陽の叫びを遮断するように、スライドドアが閉まった。

ようやく太陽が立ち上がったときには、ふたたびスピードを上げたバンは遠ざかりテイルランプの赤は闇に消えた。

「乗れ！」

太陽は星に命じ、右足を引き摺りドライバーズシートに乗った。

倒れたときに、坐骨《ざこつ》神経を痛めたのかもしれない。

イグニッションキーを差し込もうとしたが、入らなかった。

「え……」

太陽は、イグニッションキーシリンダーが瞬間接着剤で固められていることに初めて気づいた。

「ねえ、どうした……」

身を乗り出し訊ねてきた星が、絶句した。

「それも、吹雪の仕業？」

答える代わりに、太陽はステアリングに掌を打ちつけた。

「太陽の友達君はどこに……」

星の声を、呻《うめ》き声が遮った。

「もしかして！」

手を叩きつつ星が、後部シートのもう一つの段ボール箱の蓋を開けた。

「やっぱり！」

星が段ボール箱を横に倒すと、手足を粘着テープで拘束された水谷が転がり出てきた。

「大丈夫!?」

訊ねながら、星が水谷の口から粘着テープを剝がした。

「くそっ、あのガキ！　ぶっ殺してやる！」

水谷の怒声が、車内に響き渡った。

「どういうことだ!?」

太陽は、ドライバーズシートに座ったまま訊ねた。

「運転手の教徒が立小便をしに車から出てきたから、チャンスだと思ってスタンガンを当てようとしたんだけどよ、俺のほうが痺れちまって……」

「吹雪か？」

唾液がなくなり、口内がからからになっていた。

「ああ……完全に油断してた。すまねえ……」

水谷が肩を落とした。

「だって、ドライバー完了ってＬＩＮＥを送ってきたじゃない!?」

星が、咎めるように言った。

「え!? そんなＬＩＮＥ、送ってねえよ。だって、気づいたら真っ暗闇の中で動けなかったんだからよ」

「じゃあ、太陽に送られてきたＬＩＮＥは……」

星が言葉の続きを呑み込んだ。

兄と妹はいま、頭の中で同じ男の顔を思い浮かべているに違いない。

太陽の仕事の流れを熟知している吹雪が、水谷のスマートフォンから成りすましＬＩＮＥを送ることくらい容易に想像がつくだろう。

「ああ、吹雪の仕業だ」

太陽は吐き捨てた。

屈辱だった。

苦労して狩った獲物を巣穴に引き込もうとしたときに、奪われたようなものだ。

「でも、ここまでやるとは思わなかったわ。まあ、事の発端は太陽が吹雪の邪魔をしたことだから、自業自得なんだけどさ」

星の言葉が、屈辱の炎に油を注いだ。

「なにが自業自得だっ。あいつはターゲットじゃない人間を誘拐して、身代金を引き出そうとした。その上、俺のターゲットを横取りするなんて……」

太陽は言葉の続きを喉の奥に戻し、深呼吸した。

ここで冷静さを失ってしまえば、吹雪の術中に嵌まってしまう。

「太陽っ、なにやってんだよ！　野郎を捕まえて人質を取り返さないと！　タクシーを捕まえて行くぞ！」

手足の粘着テープから解放された水谷が助手席に移動し、鬼の形相で太陽を急《せ》かした。

「行くって、どこへ？」

熱《いき》り立つ水谷が反面教師となり、冷静さを取り戻した太陽は落ち着いた口調で訊ねた。

「どこへって……お前の家に決まってんだろう!?」

「奴が戻ってくると思うか？」

「でも、人質はお前らの家で監禁するのがルールになっているんじゃねえのか!?」

「ああ。だが、その前に奴は鳳明寿香を盾に、取り引きを持ちかけてくるはずだ」

「どんな取り引きだよ？」

水谷が眉根を寄せた。

「さあな。一つだけはっきりしているのは、本格的な身代金交渉の前に自分の有利な状況にしようとするはずだ。鳳明寿香というカードを握られているかぎり、俺らは先に進めないわけだからな」

屈辱の炎が再燃しないよう、客観的に太陽は戦況分析した。

「いきなり太陽選手、大ピーンチ！　ってわけね？」

星が茶化すように言った。

「冗談なんか言うんじゃねえ……」

「やめろ。いまは、仲間割れしている場合じゃない」

星に咬《か》みつこうとする水谷を、太陽は制した。

彼女なりに、場の空気を和ませてくれようとしているのだ。

「どうするんだよ!?　野郎からの連絡を、じっと待っているだけかよ!?」

水谷が、己の膝に拳を打ちつけつつ言った。吹雪にしてやられたのが、相当に悔しいのだろう。

だが、その気持ちでは太陽も負けてはいない。

「焦らなくても、もうすぐだ」

太陽は言うと、シートに背を預け眼を閉じた。

「なにやってんだよ!?　こんなところで、寝るつもりか!?」

怒気を孕《はら》む水谷の声を無視し、吹雪が仕掛けてくるだろうあらゆるパターンを想定した。

「おいっ、太陽、聞いてるのか……」

太陽の掌で震えるスマートフォンの振動音に、水谷が口を噤んだ。

太陽は眼を閉じたまま、スマートフォンを耳に当てた。ディスプレイに表示された名前を見なくても、電話の主は見当がついていた。

『手荒なまねをしてすみません。兄さん相手だから、手加減すれば返り討ちにあいますから』

予想通り、受話口から聞こえてきたのは吹雪の慇懃な物言いだった。

「心にもないことを言わなくていいから、本題に入れ」

太陽は、平静な声音を送話口に送り込んだ。

動揺や焦燥感の欠片《かけら》も、吹雪に察知されてはならない。

『さすがは兄さん。ターゲットを宿敵の弟に横取りされたのに泰然自若としてますね。僕も、その肝の据わりかたを見習いたいです』

吹雪の冷笑交じりの皮肉を、太陽は聞き流した。

彼の目的は、皮肉を言うことではない。

太陽が十八番としている心理戦を仕掛けることで、冷静な判断力を奪おうとしているのだ。

「だから、心にもないことを言ってないで……」

『松山海斗を連れてきてくれれば、鳳明寿香と交換します』

太陽の言葉を断ち切るように、吹雪が言った。

「なに!?」

太陽は眼を開け、背凭れから身を起こした。

『そんなに驚くことですか？　正当な要求だと思いますよ。先に邪魔をしたのは兄さんですから』

吹雪の冷笑が、ふたたび太陽の鼓膜に不快に流れ込んだ。

兄が追い払った松山海斗を、兄の手で引き渡させようとしているのだ。

鳳明寿香を横取りされた上に、競争相手のターゲットを誘拐してくるよう命じられるとは……。

平常心のバリアが罅割《ひびわ》れる音が聞こえてくるようだった。

「わかった。松山海斗をさらってお前に引き渡せばいいんだな？」

太陽の言葉に、星と水谷が驚いた顔で身を乗り出した。

太陽は、敢えて二人に聞こえるように言ったのだ。微塵もプライドは傷つかず、微塵のダメージも受けていないとでもいうように。

『三日後の午前零時が期限です。それまでに松山海斗の身柄を確保できなければ、兄さんは絶望的な立場になります』

吹雪が、淡々とした口調で言った。

「三日の期限はいいとして、俺が絶望的な立場になるっていうのは意味がわからないな。松山海斗の身柄を確保できなければ、お前も鳳教祖から身代金を引き出せないはずだ。その意味で、立場は五分だと思うがな」

『立場が五分？　冗談でしょう。僕が十で兄さんがゼロ。これが現状の立場です。期日までに松山海斗を確保できなければ、その瞬間から鳳明寿香は僕の人質になります』

「は!?　鳳明寿香がお前の人質!?　そんなの……」

『また、ルール違反だと言いたいんですか？　父さんには許可を貰っています。兄さんの妨害の件からの流れを説明したら、特例で認めると言ってくれました』

「なにを勝手なことを言ってるんだ!?　そもそも、親父はお前のチームだからそんな権限は……」

『僕のチームメンバーである前に、父さんは浅井家のボスです。文句があるなら、父さんに言ってください。とにかく、三日後の午前零時までは待ちます』

立て続けに太陽を遮った吹雪は一方的に告げ、電話を切った。

「もしもし!?　もしもし!?」

太陽は、スマートフォンを持つ手を振り上げた——思い止《とど》まり、宙で止めた。

「野郎、なんて言ってたんだ!?」

「鳳明寿香が吹雪の人質ってどういうこと!?」

矢継ぎ早に質問してくる二人に言葉を返さず、太陽は大地の電話番号を荒々しくタップした。

☆

『おう、どうした?　まさか、もう身代金を引き出したとか言うんじゃねえだろうな?』

コール音が途切れた瞬間、大地の人を食ったような声が流れてきた。

「いくら吹雪に跡目を継がせたいからって、あからさま過ぎはしないか？」

太陽は、怒りを押し殺した声で言った。

『なんだ、藪《やぶ》から棒に？　ずいぶん、ご機嫌ななめじゃねえか？』

「鳳明寿香を、吹雪がさらった」

『ほう、やるね〜』

受話口越しに、大地の口笛が聞こえた。

「やっぱり、本当だったのか」

太陽の掌の中で、スマートフォンが軋《きし》んだ。

『なにがだ？』

「俺が松山海斗を三日後の午前零時までに連れて行けなかったら、鳳明寿香は吹雪の人質になるってことを認めたそうじゃないか」

『なんだ、そのことか。ああ、認めたよ』

大地が、悪びれたふうもなく言った。

「競争相手のターゲットを勝手にさらうのは、ルール違反だろう？　『浅井家十戒』を忘れたのか!?」

『忘れちゃいないさ。そもそも、先に吹雪がターゲットをさらうのを邪魔したのはお前なんだろうが？　吹雪からしたら、目には目を、ってやつだ』

「松山海斗のことか？　彼はターゲットなんかじゃない。ターゲットは鳳一馬で、松山海斗は恋人だ。吹雪は、『天鳳教』の次期教祖候補の鳳一馬と売れっ子俳優の松山海斗の同性愛を利用して、身代金を引っ張る算段だったのさ。だから、俺は吹雪が松山海斗をさらうのを妨害した。ルール違反を止めるためだ」

太陽は、すかさず否定した。

『そいつはおかしいな。俺が吹雪から聞いていたのは、松山海斗を使って鳳一馬を呼び出し人質にする……つまり、松山海斗はターゲットじゃなく撒《ま》き餌《え》ってやつだ。これのどこが、ルール違反なんだ？』

受話口から、大地の飄々《ひょうひょう》とした声が流れてきた。

「そんなの、でたらめだ。鳳一馬より松山海斗のほうが、人質としての価値が高いことに吹雪は気づいている。鳳神明も、一馬なら腰を据えて駆け引きできるが松山海斗だったらそうはいかない。有名人の松山海斗がゲイで、しかも交際相手が『天鳳教』の教祖の息子で後継者候補となれば、日本中がその話題一色となる。鳳神明としては、どんな犠牲を払ってでもスキャンダルの流出を防がなければという意識が働き、速やかに身代金を払うはずだ。加えて、一馬も父親に頼み込むだろうしな。吹雪は、すべてを計算の上で松山海斗をターゲットにしたのさ。妨害して、あたりまえだろう？」

太陽は感情的になりそうなのを堪《こら》え、淡々とした口調で言った。

『それは、お前の予想だ。吹雪が、松山海斗を餌に鳳一馬を誘《おび》き出そうとしたと言っている以上、信じるしかないだろう？』

暖簾《のれん》に腕押し——柳に風。のらりくらりと、大地が話の核心をはぐらかした。

「なるほどな。わかった。親父がそういうつもりなら、俺も好きにさせて貰う。後悔先に立たずって諺《ことわざ》を、思い知らせてやるよ」

太陽は一方的に言い残し、電話を切った。

「お父さん、なんだって?」

待ち構えていたように、星が訊ねてきた。

「三日後の午前零時までに松山海斗を引き渡さなければ、鳳明寿香は吹雪の人質になることを許可したそうだ」

太陽は吐き捨てるように言った。

「マジに!?」

星が素頓狂な声を上げた。

「お前の親父もエグいな。弟贔屓がみえみえじゃねえか!? もともとは、ターゲットじゃねえゲイ俳優を拉致ろうとした弟が悪いんだろうが!」

後部座席から身を乗り出した水谷が憤った。

「吹雪が松山海斗をさらおうとしたのは、鳳一馬を誘き出す撒き餌としてだからルール違反じゃないとさ」

嚙み締めた奥歯から絞り出した声で太陽は言った。

「私も最初は、吹雪の任務を妨害した太陽の自業自得だとも思ったけど、ここまであからさまに肩を持つのは、お父さんもやり過ぎよね。まあ、がっかりしないで。太陽には、美しくて優秀な妹がついていているから！」

星が朗らかな口調で励ましながら、太陽の肩を叩いた。

「おい、太陽、三日で松山海斗を拉致れなかったらどうする気だよ!?」

水谷が訊ねてきた。

「そうよ。太陽が鳳一馬との同性愛疑惑を直撃したから、しばらくは自宅マンションには寄りつかないわよ。このままじゃ、鳳明寿香が吹雪の人質になるのは決まったようなものだわ」

星が心配そうに、太陽の顔を覗き込んできた。

「それでいい」

太陽は、独り言のように呟いた。

「え？　どういうこと？」

「それでいいって、なんだよ？」

星と水谷が、揃って疑問符を浮かべた顔を向けた。

「鳳明寿香は、吹雪にくれてやるって意味だ」

太陽は、宙を見据えたまま言った。

「え!?　そんなことしたら、吹雪に負けちゃうよ!?」

「なに考えてんだよっ、お前は!?　みすみす、自分の餌を敵に差し出すのかよ!?」

星と水谷が、今度は揃って血相を変えた。

「ああ、差し出すよ。その代わり、俺はもっと上物の餌を頂く」

「上物の餌？」

星が鸚鵡返《おうむがえ》しに訊ねた。

「松山海斗は俺の人質だ」

「松山海斗を、人質にするつもり!?」

訊ねてくる星に、太陽は頷いた。

「太陽、怒りで思考がショートしちゃったの!?　ターゲットじゃない松山海斗を人質にするのはルール違反だから、吹雪を邪魔したんでしょ？　今度は、太陽がルール違反になっちゃうよ!?」

星は、本気で太陽が錯乱したと思っているようだった。

妹の心配とは裏腹に、太陽は驚くほどに冷静だった。

「目には目をだ。親父や吹雪がルールを無視するなら、俺も自由にさせて貰う。松山海斗を人質にして、『天鳳教』からごっそりと身代金を頂いてみせるさ」

太陽は、星と水谷の顔を交互に見ながら言った。

「でもさ、身代金を引き出せても、ルール違反だと言ってお父さんが認めてくれないんじゃないの？」

星が不安そうに言った。

「そうだよ。失格になるんじゃねえのか？」

水谷が、星の危惧を引き継いだ。

「それはない。あの人は、おかずがなくても金を眺めているだけで飯を食えるような人だからな」

太陽は、白い歯を見せた。


――俺が一番嫌いな言葉は、よくやった、とか、ベストを尽くした、ってやつだ。結果の出せない勤勉より、結果の出せる怠慢のほうが一万倍の価値がある。

脳裏に蘇る父の口癖――大地が評価するのは、過程ではなく金額だ。

「だけどよ、弟大好きな親父だろ？　万が一、失格ってことになったらどうするんだよ？　あのくそ生意気なガキが五代目なんて、冗談じゃないぜ！」

水谷が吐き捨てた。

「もしそうなったら、独立するさ」

太陽は、さらりと言った。

「独立!?　太陽、それ、本気で言ってるの!?」

驚愕《きょうがく》した星のハイボイスが、車内の空気を切り裂いた。

「ああ、本気だ。ルールを捻《ね》じ曲《ま》げてまで吹雪に跡目を継がせるような浅井家に未練はない」

太陽は、星の瞳を見据えた——瞳に映る自分自身に言い聞かせた。

「でもさ……」

「行くぞ。とりあえず、タクシーを拾おう」

星を遮り、太陽はヴェルファイアを降りた。

8

「役者なんて楽勝だと思ってたら、こんなに早くから大変なんだな」

ヴェルファイアのドライバーズシートに座った梶原が、大きな欠伸《あくび》をしながら言った。

中野区の「江古田《えごた》撮影所」の敷地内は、午前五時になったばかりだというのに慌ただだしく撮影スタッフが駆け回っていた。

「何時入りだったっけ？」

梶原が眠気覚ましのドリンクを飲みながら訊ねてきた。

「五時半入りの予定だ」

助手席で香盤《こうばん》表《ひょう》に視線を落としながら太陽は言った。

二日前……拉致した鳳明寿香を車に乗せようとしたときに、車内に潜んでいた吹雪に強奪された。

思い出しただけでも、胃壁が熱くなった。

獣が仕留めた獲物を巣穴に運ぼうとしたときに、奪われたようなものだ。

「苦労したんだぞ、それを手に入れるの」

梶原が、香盤表を指差した。

香盤表とはドラマや映画の撮影スケジュール……ロケ地や出演する役者の入り時間が細かく書いてある表のことだ。

「大手柄だよ。ご褒美《ほうび》を追加だ」

太陽は冗談めかして言いながら、眼気覚ましドリンクを梶原に渡した。

「ずいぶん安上がりなご褒美だね」

皮肉っぽく言いながら、梶原が受け取ったばかりの眼気覚ましドリンクを一息に飲み干した。

——僕の知り合いに、小劇団の売れない役者がいるんだけど、その中の一人が脇役で松山海斗が主演の映画に出るらしいんだ。

——スケジュール表、手に入るか？

——ああ、貧乏役者だから、いくらか小遣いを摑ませてあげればコピーさせてくれるよ。

梶原の言う通り、口止め料も含めて十万円で松山海斗の主演映画の香盤表を入手できた。

「ところで、もっとコンパクトで地味な車にしたほうがよかったんじゃないのか？」

梶原が訊ねた。

「ヴェルファイアはタレントの移動車として使用してる事務所が多いから、逆に怪しまれないさ」

太陽達が張っているのは、朝一番に撮影があるA1スタジオの建物近くの駐車場だ。

ほかにも、エルグランドやアルファードなど、ボックスタイプの車が何台か駐車されていた。

星と水谷は、別の車で「江古田撮影所」のタレント控室のある建物付近を張っていた。

松山海斗が建物から出てきたら、連絡がくる手筈《てはず》になっていた。

——いま、松山海斗が控室のある建物に入ったわ。事務所スタッフらしい男と女が一人ずつ、ついてたわよ。男は三十歳くらいでチビで痩せているから、楽勝じゃない？

——チビで痩せていても、元プロボクサーかもしれないだろう？ 先入観を持つのは危険だ。

星とのやり取りを、太陽は脳裏に思い浮かべた。

「あいつ、大丈夫かな……。はやまった真似《まね》をしなきゃいいけど」

梶原が、心配そうに呟いた。

「水谷か？」

太陽は、控室の建物がある方向に視線を向けながら訊ねた。

「うん。ああ見えて、責任感の強い奴でさ。自分のせいでターゲットを横取りされたから、自分の手で取り返してやろうなんて暴走しないか心配でさ」

梶原が、憂い顔で言った。

「大丈夫だろう。奴はいま、吹雪への復讐《ふくしゅう》に燃えている。吹雪に勝つには、是が非でも松山海斗の身柄を拘束しなきゃならないんだからな。スタンドプレイには走らないはずだ」

「いまさらながらだけど、お前のとこの家族って変わっているよな。先祖代々誘拐稼業をしているなんて、漫画や映画の世界だよ。しかも、父親が息子同士を競わせて跡目争いさせるって、ありえない展開だろう？」

梶原が、呆れたように首を振った。

「外から見れば、そうだろうな。物心ついたときには知らない大人が自宅の地下室に閉じ込められているのがあたりまえの環境だったからな。生まれたときから、親がサラリーマンっていうのと同じ感覚だよ」

太陽は肩を竦めた。

「ふ～ん、そんなもんなんだ。それにしても、弟はエグい性格だよな。いくら敵味方に分かれているからって、兄貴のターゲットを強奪するんだからさ」

梶原の言葉に、胃がキリキリと痛んだ。

「昔から、弟とは仲が悪かったのか？」

「いや。むしろ、子供の頃は仲のいい兄弟だったよ」

幼い頃の吹雪は気が弱く、いつも太陽の背中に隠れてあとをついて回るような子供だった。

「いつから、いがみ合うようになったんだよ」

梶原が、好奇の色を宿した瞳を向けてきた。


――ベス……ベス……。


クッションに横たわる柴犬……四肢が不自然に折れ曲がり破裂した内臓が裂けた腹から溢れ出すベスの傍らで涙する吹雪の姿が、十数年の時を超えて鮮明に蘇った。

吹雪が弟のようにかわいがっていたベスは、散歩に出かけようとしたときに猛スピードで走ってきたタクシーに撥ねられて即死した。


――あの野郎、器物損壊扱いだからって、たった十万しか置いていきやがらなかった。

運転手と話していた大地が、リビングに戻ってくると吐き捨てた。

――きぶつそんかいって、なに？

太陽は、大地に訊ねた。

――物を壊したときに弁償することだ。たとえば十万の物を壊したら、壊した人間が十万を支払うってことだ。

大地が、淡々とした口調で言った。

――ベスは物じゃない！　壊れたんじゃなくて、死んだんだよ！　ひどいよっ、お金を払って許して貰おうなんて！

太陽は、大地に食ってかかった。
ベスの亡骸《なきがら》の傍らで泣き崩れる吹雪が、不憫《ふびん》でならなかった。

――まったくだ。心配するな。十万なんかで済ませる気はねえ。奴の弱味を摑んで、五百万はふんだくってやるからよ。

——僕は、そういうことを言ってるんじゃない！　ベスが殺されたのに物みたいに言って、吹雪がかわいそうじゃないか！

——馬鹿野郎！　めそめそしたからって、ベスは生き返らねえっ。殺した野郎に一円でも多くの金を払わせるのが、ベスのためなんだよ！

——お父さんは間違って……。

——もう、いいよ。

反論しようとする太陽を、ベスと寄り添うように寝ていた吹雪が遮った。

いつの間にか、吹雪は泣《な》き止《や》んでいた。

——生き物の命って、たいしたことないんだね。

ベスに添い寝しながら、吹雪が独り言のように呟いた。

——吹雪、なに言ってるんだ？　生き物を殺したら、大変なことになる。お兄ちゃんが、ベスの仇《かたき》を……。

——だから、いいって。お父さんが言ってたように、もうベスは生き返らないんだ。

ふたたび太陽を遮る吹雪の暗く冷たい物言いが、幼心にも引っかかった。

——そうだ、吹雪、えらいぞ！　ベスは生き返らねえが、父ちゃんがきっちりと金を取ってきてやるからな。この世で一番大切なのは金だ。お前も、いまはつらいだろうが、この経験が大人になったら必ず役に立つからよ。

大地が嬉しそうに言いながら、吹雪を抱き上げた。

——うん。父さんや母さんが死んでも、僕は哀《かな》しまないから。

大地の腕の中で、吹雪が無表情に言った。

——おい、そりゃ、どういう意味だ？

予想外の吹雪の言葉に、大地が怪訝な顔で訊ねた。

——そうしないと、ベスがかわいそうでしょ？

大地をみつめる吹雪の暗く冷たい瞳は、いまでも忘れられない。

あの瞬間、吹雪の心は二度と融《と》けることのない氷壁に閉ざされた。


「その話は終わりだ」

太陽は、無理やり回想の扉を閉めて梶原に言った。

これ以上、記憶の海を彷徨《さまよ》っていると吹雪にたいしての情が芽生えてしまう。

いま一番の毒は、兄弟愛だ。情は判断力を鈍らせ、非情は判断力を研ぎ澄ます。

ベスの死から……いや、ベスが死んだときの大人達の対応から吹雪は悟った。

命を大事にする者を神は救ってくれないことを……金を大事にする者を神は救ってくれることを。

最愛の弟を失ってからの吹雪は、感情の扉をロックした。

いや、感情自体を喪失したのかもしれない。

「封印したい過去ってわけだ。まあ、人には思い出したくないこともあるからね。でも、大丈夫なのか？」

「なにが？」

梶原が、心配そうな顔を向けた。

「弟だよ」

「弟がどうした?」

「水谷を使い物にならなくしてお前から人質を横取りするなんて、相当な切れ者だろう?　勝算はあるのか?」

「勝算だと?　俺が、吹雪に負けるとでも?」

「そうは言ってないけど……お前の弟は、勝負に勝つためならなんだってやる非情な男だ。誘拐なんて非人道的な行為は、吹雪みたいな手段を選ばない冷血漢のほうが有利なんじゃないかと思ってな」

梶原が、相変わらず不安げな顔で言った。

「俺も……」

言いかけた太陽は口を噤み、記憶の扉を開けた。


——太陽ってガキを出せっ、ガキを!

吹雪の犬が撥ねられて数日後の夜、加害者のタクシーの運転手が血相を変えて浅井家に乗り込んできた。

——なんだてめえっ、人の犬を殺しておいて、ウチの息子になんの用だ!

怒鳴り返す大地の怒声が聞こえた。

――あんたの息子が、俺の仕事用の車を金属バットで叩き壊したんだよ！

――太陽がお前のおんぼろタクシーを叩き壊しただと!?　なに寝ぼけたこと言ってやがる！

――嘘だと思うなら、息子に訊いてみろ！

運転手が、半狂乱の声で叫んだ。

――本当なの？

リビングのソファで横になっていた吹雪が、ベスが死んでから初めて話しかけてきた。

――ああ、本当だ。ちょっと、行ってくる。

太陽は吹雪に言い残し、玄関に向かった。

――おう、太陽、ちょうどよかった！　お前、こいつのおんぼろタクシーを叩き壊してなんかいねえよな!?

——壊したよ。

握り締めた拳を、太陽は運転手に突き出しながら言った。

——このガキ……人の商売道具を壊しておきながら、反省もしてないのか！　まずは謝れ！　土下座して謝れ！

運転手が、太陽を指差し怒声を浴びせた。

——嫌だよ。おじさんが先にベスを殺したんじゃないか。でも、お金は払うから。おじさんのボロい車、いくらだったの？

人を食ったような太陽の言葉に、運転手が表情を失った。

——お前……それ……本気で言ってるのか!?

運転手が、激憤に震える声音で訊ねてきた。

――本気だよ。おじさんだって、ベスのときそう言ったじゃん。

――さすがは、俺の息子だ！　おい、お前の車はいくらだ？　まさか、スクラップ工場から拾ってきたんじゃねえだろうな？　まあ、それでも、息子の粗相の責任を取って一万は払ってやるよ。お前がベスの弁償に払った金から、返してやってもいいぞ。


「俺も……なんだよ？」

記憶の中の大地の高笑いに、梶原の声が重なった。

「いや、なんでもない。身代金をいかに早くいかに多く引き出せるかは、戦略と心理戦だ。吹雪に負ける要素は、万に一つもないよ」

太陽は、言いかけたこととは別の言葉を口にした。

わかっていた。

自らの内に潜む冷徹性や暴力性が、吹雪に負けていないことを……ベスの死がきっかけで非情になった吹雪と違い、自分は先天的に冷酷な資質を持ち合わせていたのではないかということを。

それを隠し通すために仮面を被った――ルールに拘《こだわ》り、ルールを破ろうとする者を許さなかった。

だが、大地は太陽の本質を見抜いていた。

本当に危険なのは、弟でなくて兄だということを——浅井家を破滅に導くのは、吹雪ではなく太陽だということを。

だからこそ大地は、五代目を吹雪に継がせたいのだ。

思い通りに、させる気はなかった。

吹雪を潰したいわけではない。

逆だ。

浅井家と弟を救いたいからこそ、大地と吹雪を阻止しなければならない。

ベスを撥ねた運転手のタクシーを復讐のために金属バットでスクラップにした兄と違い、ベスが死ぬ前の吹雪は心優しい少年だった。

そのときの印象で、大地が後継者として吹雪を考えたのは間違いない。

しかし、大地は見誤っていた。

吹雪の心は、あの事件を境に浅井家から離れている。

ターゲットを誘拐して身代金を奪うのも、稼業を継ぐためではなく私利私欲のためにやっている。

吹雪は、最愛の弟を殺した運転手以上に金で解決しようとしていた大地を恨んでいる。

——ベスのために、ありがとう。

運転手が帰ったあと、リビングに戻った太陽に吹雪が礼を言った。

——兄ちゃんは、あたりまえのことをやっただけだよ。

——でも、これからは僕がやる。

——僕がやるって？

——ベスの仇は、僕が取るから。

無表情に兄をみつめる弟の狂気の宿る瞳が、太陽の脳裏に昨日のことのように蘇った。

父と兄が見せた背中は、一切の感情を失ったモンスターを作り上げてしまった。

吹雪は、大地に従うふりをして五代目を襲名した瞬間に本性を現すだろう。本性——吹雪の目的は、七十年続いた浅井家の伝統を崩壊させることだ。

どんな手段を使ってでも、阻止しなければならない。

悪魔を止めるには悪魔になるしかないのなら、太陽は永遠に被り続けると誓った仮面を取ることも厭わない。

太陽の掌の中で、スマートフォンが振動した。

『荷物が建物から出てきたわ。お付きは男性マネージャーとヘアメイクらしい女性スタッフの二人よ』

受話口から、星の弾んだ声が流れてきた。

「了解。お前は予定通り、男性マネージャーを頼む」

太陽は念を押し、電話を切った。

星には男性スタッフに話しかけ、足止めする役割を与えていた。

水谷は松山海斗のあとを追い、A1スタジオ付近で待ち構える太陽達と合流する。

三人揃ったところで、実行に移す計画だった。

「頼むぞ」

黒キャップを被りサングラスをかけながら太陽は、ドライバーズシートの梶原に言った。

「任せてくれ」

梶原も太陽が電話をしている間に、キャップとサングラスで顔を隠していた。

太陽と揃いだと目立つので、梶原が身につけているのはネイビーのニットキャップと、形の違うサングラスだった。

太陽は頷き、助手席のドアを開けた。

ヴェルファイアを降りると、松山海斗を撮影するA1スタジオの建物に足を向けた。

グレイのロングTシャツにデニム……撮影所という場所柄、ときおり擦れ違うスタッフも振り返る者はいなかった。

キャップとサングラスで、演者だと思われているのかもしれない。

太陽が腰に巻くポシェットには、国内最強の電圧を誇るスタンガン「TITAN」が忍ばせてあった。

太陽がA1スタジオの建物の前に到着してからほどなくすると、およそ二十メートル先からこちらに向かって歩いてくる松山海斗と女性スタッフの姿が見えた。

星は、男性マネージャーをうまく引き留めているようだった。

撮影所の敷地内とあって松山海斗は、今日は変装はせずに素顔をさらしていた。

幸いなことに、いまのところ周辺に人の姿はなかった。スタジオで慌ただしく撮影の準備に追われているのだろう。

だが、実行するときにスタッフが出入りする可能性は十分にあった。

もちろん、対策は立てていた。

太陽はスマートフォンを取り出し、リダイヤルキーをタップした。

ワンコールで切った——取り決めた合図に、発進したヴェルファイアがゆっくりと太陽のほうに近づいてくると建物のドアを遮るように横付けした。

これで、スタジオからは死角になる。あとは、ヴェルファイアを挟んで反対側の人の目に気をつけるだけだ。

松山海斗と女性スタッフとの距離が、十メートルに縮まった。

太陽はポシェットのファスナーを開け、手を差し入れ「TITAN」のグリップを握った。

「おいっ、なにそんなところに停めてるんだよ！」

シナリオ通りの水谷の怒声に、反射的に松山海斗と女性スタッフが背後を振り返った。

「うるせえなっ、ちょっと停めてるだけだろうが！」

松山海斗と女性スタッフが、今度は太陽のほうを振り返った。

「てめえ、馬鹿か！　ここはスタジオなんだよっ」

血相を変えて、水谷が詰め寄ってきた。

「ナメてんのか!?　こらっ」

太陽も詰め寄った。

熱り立つ二人に挟まれる格好になった松山海斗と女性スタッフの顔が強張った。

太陽は、水谷に目顔で合図を送った。

バチバチっという音とともに女性スタッフが頽《くずお》れた。

「アキちゃんっ、大丈夫!?」

驚き腰を屈めた松山海斗の首筋に、太陽は素早く取り出した「ＴＩＴＡＮ」の電極を当てて放電した。

声を上げることもなく、松山海斗が俯《うつぶ》せに倒れた。

すかさず太陽は松山海斗の両手、水谷は両足を持ち抱え上げるとヴェルファイアの車内に連れ込みリアシートに寝かせた。

女性スタッフは放置したままでも、キャップとサングラスで顔を見られていないので脅威にはならない。

ナンバープレイトには泥を塗ってあるので、陸運局で車両を特定することはできない。日本中のヴェルファイアを虱潰《しらみつぶ》しにするのはほぼ不可能だ。

ヴェルファイアが急発進し、走りながらスライドドアが閉まった。

素早く太陽は気を失う松山海斗の手首を手錠で、足首を足枷《あしかせ》で拘束すると口に粘着テープを張ってアイマスクで視覚を奪った――耳にヘッドフォンを嵌め、スマートフォンから大音量の音楽を流し聴覚も奪った。

「さすが、匠《たくみ》の技だな」

水谷が、冷やかすように言った。

スマートフォンが鳴った。

「男性マネージャーはどうした？」

『引き留めるだけ引き留めて、置いてけぼりにしてきたわ。いま、集合場所の池尻《いけじり》のビルに向かってるところ。そっちは？』

「こっちも、いま向かっているところだ」

池尻のビル――今回の任務のために太陽が借りたレコーディングスタジオ。防音設備なので、松山海斗がどれだけ騒いでも声が漏れることはない。

『ねえ、せめて、監禁くらいはルール通りにウチにしたほうがいいんじゃないの？　なにからなにまでルールを無視すると、さすがにお父さんも見過ごせなくなるからさ』

星が、不安げな声で進言した。

「最初にルールを無視したのはあっちだ。心配するな。うんざりするほどの金を持ち帰ったら、恵比須顔《えびすがお》で俺らの勝利を認めるさ」

太陽は、星に言うのと同時に自らに言い聞かせた。

吹雪との実力の違いを証明して、必ず大地に跡目を譲らせてみせる。

太陽は、心で宣言した。

9

「あ～あ～かわいそうに、国民的イケメンが歌舞伎役者みたいに白くなってるぜ」

ミキサー室――フェイスマスクをつけた水谷が、レコーディングブースの片隅で震えている松山海斗を見て、茶化した口調で言った。

松山海斗の両手は手錠で、両足は足枷で拘束していた。

池尻のビルの地下にあるレコーディングスタジオに運び込んで三十分ほどで意識を取り戻した松山海斗は、しばらくの間パニックになり喚き散らしていたが、状況を認識するとともに恐怖に支配され委縮していた。

太陽の傍らにあるアクリルのトレイには、松山海斗から没収したスマートフォン、キーケース、財布が入っていた。

「前に観た映画じゃ、ヤクザに拉致されても男らしく戦ってたのにさ、なーんかがっかりだな」

桃色マスク――星が、残念そうに呟いた。

「あたりまえだよ。筋書きのある映画やドラマと違って、現実は主役が勝つとはかぎらないから」

梶原が呆れた口調で言った。

太陽、星、水谷、梶原のいるミキサー室は十坪ほどで、松山海斗を監禁している防音ガラス越しのレコーディングブースは三坪ほどだった。

防音仕様になっているので、音量のカフを上げないかぎりどれだけ喚き叫んでもこちら側には無声映画のようになにも聞こえない。

太陽がレコーディングスタジオを借りたのは約半年前のことだ。

いずれ、必要になる日がくるかもしれないと思い備えていた。

「なにか食べたいものは？」

カフを上げ、太陽はマイク越しに松山海斗に語りかけた。

『こんなところに閉じ込めて、ぼ……僕を、どうする気ですか!?』

松山海斗が首を擡《もた》げて訊ねるうわずった声が、ミキサー室の天井に設置してあるスピーカーから降り注いできた。

「『天鳳教』の教祖、鳳神明から身代金を貰うまでの人質だよ。おとなしくしていてくれれば、危害は加えないから」

　太陽は、場にそぐわない明るい口調で言った。

『「天鳳教」から身代金!?　ど……どうして僕が人質になるんですか!?　ぼ……僕は、身内でもなんでもない赤の他人ですよ！』

「ああ、でも、君が誘拐されたと知ったら、息子の一馬が黙っちゃいない。身代金を払うように、親父を説得するはずだ」

『な……なんで、僕が誘拐されると教祖の息子がそんなことをするんですか!?』

　さすがは役者だけあり、迫真の演技だ。

　カリスマ教祖の後継者と人気イケメン俳優の同性愛……松山海斗は、大スキャンダルになることを恐れているに違いない。

「俺はサクサク仕事を進めたいタイプだから、そういうのはいらないよ。だけど、俺はもう、鳳一馬とあんたの関係を知ってるからさ」

　太陽は、涼しい顔で言った。

『か、関係って……どういう意味……』

「とにかくあんたは、俺達の指示通りにしていてくれれば、傷一つつけないし、鳳一馬と恋人関係にあることも暴露しないから」

　太陽は遮り、一方的に言った。

『なっ……』

なにかを言いかけた松山海斗が絶句した。

「心配しないでも、あんたにやって貰うのは、鳳一馬に早く助けてほしいと言うだけだ」

『僕なんかがそんなこと言っても、身代金は払ってくれませんよ』

自らが危険な状況でも松山海斗は、一馬に迷惑をかけないようにしている。

「それは、こっちで判断する。とにかく、逆らわなければすぐに解放するから」

『すぐにって……いつですか!?　明日も、朝早くから映画の撮影が入ってるんですっ』

「悪いけど、一週間ほど休んで貰う」

『い、一週間休む!?　冗談じゃないですよ！　主役の僕がいなければ撮影に穴が開いて、莫大《ばくだい》な違約金が……』

「違約金なら、払ってやるから安心しろ」

太陽は、ふたたび松山海斗を遮った。

ハイバジェットの映画の撮影を一週間も止めたら、損害金は軽く七千万は超えるだろう。

だが、必要経費と思えばいい。

鳳神明から、最低でも十億の身代金は引き出すつもりだ。

『違約金を払えば済むって問題じゃありません！　僕の信用はどうなるんですか!?　主

役が撮影に一週間も穴を開けたとなると、もうどこからもオファーがかからなくなりますよっ』

松山海斗が、半べそ顔で訴えた。

「誘拐されたって、撮影所にいた女性スタッフが証言してくれるから大丈夫だよ。同情票が集まって、逆にオファーも殺到するんじゃないか？」

飄々とした口調で、太陽は言った。

『ひ、他人事だと思って、適当なことを言わないでくださいよ！　僕が被害者だとわかっても……オ、オファーは増えませんっ。芸能界は、イメージ商売ですっ。ネガティヴイメージのついたタレントなんて、縁起が悪くて誰も使ってくれませんよ！』

松山海斗が涙声で叫喚した。

「撮影を止めたぶんの損害金は全額負担する。悪いが、信用どうのこうのまでの責任は取れない」

太陽は、にべもなく言った。

「なんか、かわいそうになってきたな」

蒼白な顔を涙に濡《ぬ》らす松山海斗を見ていた水谷が呟いた。

「甘いわね。この稼業、同情なんて一円の得にもならないわ」

星が、冷めた声で囁いた。

「こんな薄情な女は、絶対に嫁にしたくねえな」

水谷が肩を竦め吐き捨てた。

「安心して。地球上に男一人になっても、あんたを旦那にしないから」

星が鼻で笑った。

『お願いします！　僕を解放してください！　お金なら、僕の貯金で払いますっ。一千万くらいなら、頑張って払えます！　頼みます！』

松山海斗が、なりふり構わず懇願した。

「その歳で一千万払えるなんて、さすが売れっ子俳優」

水谷が口笛を吹き、茶化すように言った。

「気持ちはありがたいけど、それじゃ全然たりないから」

『たりないぶんは事務所に頼んで……』

「そういう問題じゃないよ。鳳神明に金を出させなければ、意味がないんだ」

太陽は、淡々とした口調で言った。

『ど、どうして、「天鳳教」の問題に僕が巻き込まれなきゃならないんですか!?』

松山海斗が、声を嗄《か》らして訴えた。

「さっきも、言っただろう？　君が鳳一馬の恋人だからさ。彼の立場を大事に思うなら、いまの状況を黙って受け入れるんだ。抵抗すれば、マスコミに暴露しなければならなくなる」

太陽の恫喝《どうかつ》に、松山海斗が表情を失った。

「とりあえず、食事だ。リクエストがないようだから、こっちで適当にチョイスするよ」

一方的に言うと、太陽はカフを下げた。

「ねえ、どうするの？　本当に、このまま松山海斗を人質に鳳神明から身代金を引き出すつもり？」

待ち構えていたように、星が訊ねてきた。

「もちろん」

「もちろんってね、松山海斗は本来のターゲットじゃない上に吹雪の人質……」

「最初に俺の人質をさらったのは吹雪だ。何度も言わせるな。それより、買い出しに行ってきてくれないか？　適当な食べ物と飲み物……チョイスはお前に任せるよ」

「ちょっと、まだ話は終わってないわよ」

「いいじゃねえか。リーダーがそうするって言ってるんだから、俺らは従うしかねえよ。それに、あのくそ生意気な弟が先に仕掛けてきたんだから、自業自得っつうもんだ」

水谷がフェイスマスクをずらし口を出すと、煙草をくわえた。

「あんたは部外者だから黙ってて……」

「頼む」

太陽は水谷に牙を剝く星の手に、一万円札を握らせた。

「まったく……私は家政婦じゃないんだから！」

文句を言いながら星が席を立ち、スタジオを出た。

「お前の妹も、弟に似てかわいげがねえな」

水谷が吐き捨てた。

「でも、妹さんの言うことにも一理あるんじゃないの？」

それまで黙っていた梶原が、遠慮がちに口を挟んだ。

「なんだよ、お前、妹の肩を持つのか!?」

煙草の吸い差しを梶原に突きつけつつ、水谷が熱り立った。

「そういう稚拙なことを言ってるんじゃない。ただ、敵の人質で身代金を引き出すことに成功しても、浅井家の最高権力者の親父さんが失格と言ったらそれまでだ。勝たなきゃ、意味がないんだろう？」

対照的に、梶原が諭し聞かせるように言った。

太陽は無言でスマートフォンを手に取り、吹雪の番号を呼び出しタップした。

『松山海斗の身柄を確保しましたか？』

電話に出るなり、吹雪が人を食ったような口調で訊ねてきた。

「ああ、なかなか優秀だろう？」

太陽も、人を食ったような口調で返した。

『期限に間に合いましたね。さすがです』

「鳳明寿香は元気か？」

『ええ。男性より、胆の据わった方です』

「そうか。こっちの人質は、半べそ顔で取り乱してばかりだ」

太陽は、低く笑いながら言った。

『まるで、松山海斗は兄さんの人質みたいな言いかたですね』

「そうだ。それを言うために、電話をしたのさ」

『期日には、間に合ったんですよ？』

「お前が決めた期日だろう？　俺には関係ない。お前が鳳明寿香を強奪したときから、俺は松山海斗を人質にしようと決めていた」

『自分でなにを言っているのか、わかっていますか？　兄さんのターゲットは、鳳明寿香ですよ？』

吹雪が、冷静な声音で訊ねてきた。

「もちろん、わかってるさ」

太陽は即答した。

『松山海斗で鳳神明に身代金を払わせても、ルール違反で失格になると思いますよ』

「もちろん、わかってるさ」

太陽は、同じセリフを繰り返した。

『負けるとわかっているのに、松山海斗を人質にするんですか？』

質問を重ねてはいるが、吹雪が動じているふうはなかった。

「先に俺の人質を横取りしたのはお前だ」

すかさず、太陽は切り返した。

『その前に、僕が人質をさらうのを妨害したのは兄さんですよね？』

「松山海斗がお前の人質なら、妨害はしなかった。お前の人質は、鳳一馬だ」

『ええ、言われなくてもわかっています。僕は松山海斗を使って、鳳一馬を呼び出すつもりでした。勝手に勘違いして邪魔したのは兄さんです』

相変わらず吹雪の口調は冷静で、動揺しているふうは微塵もなかった。

「それを信じるほどお人好しじゃないし、寛容な兄でもない。俺は俺のルールでやらせて貰う」

『僕は人質を交換しても構いませんが、父さんがなんと言いますかね。失格になったら、兄さんの負けですよ』

本気でそう思っているのか、試しているのか、吹雪の真意は読めなかった。

「五代目がお前になるという意味なら、そうだろうな。だが、俺は鳳神明から先に身代金を支払わせたほうが勝ちだと思っている」

『なるほど。つまり兄さんは、父さんに失格扱いにされたら浅井家に見切りをつけるということですね？』

「嬉しいか？　目の上のたんこぶがいなくなって」

太陽が言うと、受話口越しに吹雪がフッと笑う声が聞こえた。

「なにがおかしい？」

『すみません。僕は兄さんと違って、浅井家の五代目に執着はありませんから。自分がやりたいようにターゲットを誘拐して、より早く、より高額な身代金を手にしたいんです。五代目になることで得があるとすれば、いままで以上に自由にできる……それだけです』

それを阻止するために五代目継承に執着した……口には出さなかった。

大地が吹雪を後継者候補と考えているとわかったいま、浅井家を守るということより吹雪に勝つことに執着していた。

吹雪に勝てば、大地も自分を五代目にするしかない。

五代目になれば、いまより吹雪の暴走をコントロールできるし、それが浅井家を守ることに繋がる……ずっと、そう言い聞かせてきた。

「わかった。親父に言っておいてくれ。失格にしたいなら好きにすればいいが、俺は松山海斗を独自の場所に監禁して鳳神明に身代金の交渉を続けるやりかたを変える気はない、ってな」

太陽は一方的に言うと、電話を切った。

「野郎、人質を奪われて悔しがってたろ？」

好奇の色が宿る瞳で訊ねてくる水谷を無視し、松山海斗のスマートフォンから鳳一馬の携帯番号を呼び出してタップした。

タダイマルスニシテイマスノデ……


コールが鳴らずに、すぐに留守番電話サービスのコンピューター音声が流れてきた。

「はじめまして。残念だが、この電話をかけているのは松山海斗じゃない。あんたの恋人の件で話があるから、メッセージを聞いたらコールバックしてくれ。もし、警察に相談したら恋人の安全は保証できない。じゃあ、待ってるから」

太陽は、早口で用件だけ告げて電話を切った。

「そんなんで大丈夫か？　警察に通報されるんじゃないのか？」

水谷が、不安げに言った。

「それはないよ。一馬にとって、松山海斗の身の安全が最優先だ。それに、下手に警察を介入させればマスコミが嗅ぎつける恐れがある。二人が同性愛者ってことがバレたら、大スキャンダルに発展してしまうからな」

太陽は言った。

警察よりも、鳳神明の出方が気になった。

恐らく吹雪は、今日中に鳳明寿香の身柄を預かっていると連絡をするだろう。

鳳神明からすれば、松山海斗の件だけなら早急に対処しようとする可能性もある。

だが、娘の明寿香まで誘拐されたとなると話は違ってくる。

鳳神明が警察に頼る恐れはない……頼る必要がないからだ。

「天鳳教」には、警護部と呼ばれる部署があり柔道やボクシングなどの格闘技経験者を中心とした腕自慢の教徒が五百人ほどいる。

ほかにも、諜報部《ちょうほうぶ》という元公安警察官や元探偵の教徒で成り立つ調査専門の部署もある。

「天鳳教」が、これまでヤクザや右翼の糾弾にあっても潰されなかったのは反社会的勢力に負けない武力と情報力があるからだ。

いや、宗教団体の仮面をつけてはいるが、その実態は莫大な献金により政治家にも影響力が及んでいるぶん、ヤクザや右翼よりも質《たち》が悪い。

長男の彼氏と長女を誘拐して身代金を要求してくる犯人に、鳳神明が素直に従うはずがない。自慢の情報力で犯人を炙《あぶ》り出し、自慢の武力で抹殺しようとするだろう。

だからこそ、吹雪は鳳一馬ではなく松山海斗に目をつけたのだ。

息子のスキャンダルを利用し、父親を封じ込める……息子を動かし、父親を説得させる。

鳳神明から身代金を支払わせるには、この方法しかない。

一馬が息子だから、頼みを聞くわけではない。息子のスキャンダルは自らのスキャンダル――「天鳳教」の命取りになりうるからだ。

実の娘の明寿香よりも松山海斗を優先するのは、鳳神明にとって家族よりも自分の地位と名誉のほうが大事だという証だ。

「僕もそう思うよ。ところで、弟は人質の交換を認めたの？」

梶原が訝しげに訊ねてきた。

「ああ」

太陽も、そこは気になっていた。

松山海斗と息子の件で揺さぶったほうが有利に事を運べるとわかっていながら、吹雪がおとなしく人質交換に応じた理由だ。

人質をあっさり譲ったのは、大地が自分を失格にすることを狙う作戦か？

すぐに、打ち消した。

吹雪は、自らも言っていたように五代目に執着するタイプではない。

目的を達成するためならどんな手段も厭わない男だが、反則勝ちを狙うタイプではない。

「弟は、なにか企んでいるんじゃないのかな？」

梶原の懸念——太陽も同感だった。

敢えて有利な獲物を譲った裏には、吹雪のしたたかな計算があるような気がしてならなかった。

「吹雪が、なにを企んでるって？」

買い出しから戻ってきた星が、レジ袋の中身……おにぎり十個、サンドイッチ五個、ミネラルウォーター三本、ウーロン茶三本、眠気覚ましドリンク五本をテーブルに並べながら訊ねてきた。

「松山海斗を太陽の人質にすると言っても抵抗しなかったらしいから、なにか魂胆があるんじゃないかと思ってさ」

梶原が説明した。

「すんなり受け入れたんだ？」

星が梶原から太陽に視線を移した。

「失格してもいいのかってことは言われたが、抵抗はしなかったな」

太陽は言いながら立ち上がり、鮭と明太子のおにぎり、タマゴサンド、ミネラルウォーターのペットボトルをレジ袋に入れてレコーディングブースのドアを開けた。

星があとに続いた。

松山海斗が、弾かれたように首を擡げた。

太陽に向けられた端整な顔立ちは、恐怖に強張っていた。

「怖がらなくていいよ。昼飯を持ってきただけだから」

太陽はレジ袋を松山海斗の前に置くと、手錠を外した。

「ご飯の間は外すから。おにぎりとサンドイッチだ。食べてくれ」

太陽が言うと、松山海斗はミネラルウォーターのキャップを開け半分ほど一息に飲んだ。

松山海斗は、虚《うつ》ろな瞳でおにぎりとサンドイッチをみつめていた。

「ほかの具がいいなら、持ってくるから。おにぎりは梅と昆布もあるし、サンドイッチはハムとツナもある」

浅井家では、目的はあくまでもターゲットに身代金を支払わせることで人質は大事なツールという教えだった。

吹雪のように手段のためなら人質を傷つける例外もいるが、伝統的に浅井家の人間は、いい、ツールを大切に扱っていた。

「食欲ありませんから……」

力なく、松山海斗が言った。

「気持ちはわかるが、鳳神明が身代金を支払うまで早くても一週間はかかる。それ以上の可能性も十分にあるから、割り切ってコンディションを整えることを考えたほうがいい」

太陽は、諭し聞かせた。

世話を焼くのは、同情心からではない。

問題行動を起こさないかぎり危害は一切加えないこと、長期戦になる可能性があることと――人質には、現実を教えて体力をつけさせておく必要があった。

恐怖心や早く出たい一心で食事もせずに睡眠も取らずにいたら、三日もすれば心身が衰弱する。

病気になっても病院に連れて行くわけにはいかず、かといって放置するわけにもいかず、結局大変になるのはこっちだ。

看病だけならまだましだが、最悪、殺人犯になる恐れもあるのだ。

「この状況で、なにも食べる気になんてなりませんよ……」

蚊の鳴くような声で、松山海斗が言った。

「料理作ってあげようか？　売れっ子スターさんが、コンビニおにぎりやサンドイッチじゃ口に合わないよね？　カレー？　ハンバーグ？　肉じゃが？　なにがいい？」

星が、横から口を挟んだ。

憎まれ口しか叩かない妹だが、母譲りで料理の腕はたしかだった。

浅井家の誘拐ビジネスが代々受け継がれてきた陰には、女性陣の功があった。

松山海斗が、力なく首を横に振った。

「そっか。でも、生きてるかぎりお腹《なか》は減るから、作ってほしくなったらいつでも言って」

星は優しく言い残し、ブースを出た。

いまはパニックになり精神的余裕はないが、星の存在は長期戦になれば松山海斗にとってオアシスになる。

人質の心理は誰しも、殺されるかもしれない、という恐怖に支配されている。

従順になってくれるだけならいいが、気の弱い人間は精神を病んでしまう。

そんなとき、若く美しい女子が優しく接することで恐怖心がいい具合に払拭されるのだ。

誘拐稼業で大事なのは、ターゲットから身代金が支払われるまでの間、人質を壊さないことだ。

「……さっきも言いましたが、僕なんかを人質にしても、彼のお父さんはお金を払いませんよ。スキャンダルなんて、あの人は簡単に揉み消してしまいますよ」

掠れた声で、松山海斗が言った。

政治家にも影響力を持っている鳳神明からすれば、テレビ局や出版社の上層部と通じていても不思議ではない。

大手の何社かは、封じ込めることはできるだろう。

だが、マスコミを完璧にコントロールするのは不可能だ。たとえ一社でも、「天鳳教」の後継者候補であり教祖の息子である鳳一馬と有名俳優の同性愛を報じたら、噂は野火のように一気に広まってしまう。

「それは、君が心配することじゃない。とにかく、無事に芸能界に復帰したかったら……」

掌の中……振動が、太陽の言葉を遮った。

着信しているのは、松山海斗のスマートフォンだ。

ディスプレイに表示される、一馬さん、の文字。

「貸してください……」

松山海斗が伸ばした手を払いのけ、太陽は通話キーをタップした。

「早いコールバックで助かるよ」

電話に出るなり、太陽は言った。

『お前は誰だ？』

低く押し殺した声で、一馬が訊ねてきた。

太陽がリサーチして得た情報……電話越しの一馬の印象は、好感度が高く紳士的な青年とは思えなかった。

「誘拐犯だよ」

太陽は、あっけらかんとした口調で言った。

『お前、なんのつもりだ？』

一馬が動転しているのは、うわずった声音でわかった。

「決まってるよ。あんたの恋人と引き換えに、お父上に身代金を払って貰おうと思ってさ」

『身代金だと!?　ふざけてるのか!?』

一馬の気色ばんだ声が、太陽の鼓膜に突き刺さった。

「ふざけて、売れっ子俳優を誘拐したりしないよ。単刀直入に要求を言うから。十億を一週間以内に用意してくれ。親父さんに頼めば、それくらいの現金は簡単に動かせるだろう？」

日本全国に三万人を超える教徒を持つ「天鳳教」の教祖の十億は、サラリーマンの百万程度の感覚に違いない。

『十億!? そんな大金、先生が払うわけないだろう！』

一馬の怒声がスマートフォンのボディを軋ませた。

松山海斗は、心配そうに太陽と一馬のやり取りをみつめていた。

「それを払わせるのが、あんたの役目だよ」

『どうして俺が……』

「大事な恋人がこのまま映画の撮影現場に戻れなくてもいいなら、俺は構わないよ」

一馬を遮り、太陽は切り込んだ。

『……海斗は、無事なのか？』

本当は、最初に訊きたかっただろうことを一馬がようやく口にした。

「ああ、いまのところはね。でも、この先の保証はできないよ。松山君が元気に職場復帰できるかワイドショーを騒がせることになるかは、あんたの協力次第だよ」

『あまり、先生を甘く見ないほうがいい。こんな卑劣な真似をする相手に屈しておとなしく金を払うような人じゃない。先生が本気になったら、お前の身元なんてすぐに割れてしまうぞ？』

一馬が、ドスの利いた声で恫喝してきた。

「そりゃそうだろう。あんたのパパは神の化身だから、なんでもお見通しでも驚かないさ」

太陽は、茶化すように言った。

一馬を馬鹿にするのが目的ではない。彼が崇拝している存在を小馬鹿にすることで、一馬の感情をかき乱したかった。

子育て、スポーツ、生け花、射撃……感情的になると人間は、冷静な判断力と集中力を失い本来のパフォーマンスが発揮できなくなる生き物だ。

太陽が調査したところ、鳳一馬は怜悧《れいり》で周到な男だ。

「天鳳教」の教徒集めのシステムやセミナーの企画など、一馬が仕切っているらしい。

そんな一馬を操るには、冷静さを奪い彼の思考力を低下させる必要があった。

『先生を冒瀆《ぼうとく》する気か⁉』

「息子にも先生って呼ばせてるのか？　俗物ほど、名誉をほしがるんだよな」

太陽は嘲るように言うと高笑いした。

『これ以上、先生にたいしての侮辱は許さない』

一馬の声は、激憤に震えていた。

どうやら、父親のことは本当に尊敬しているようだ。

「わかった。神パパいじりはこのへんにして、本題に戻るよ。松山海斗を無事に戻してほしければ、神パパから一週間以内に十億を出して貰うんだ」

『だから、そんな要求を先生が……』

「松山海斗の身の安否だけの話じゃない。あんたと松山海斗の同性愛スキャンダルがマスコミに流れたら、どうなると思う？　あんたはもちろん、神パパも最愛の恋人も社会的地位と名誉を失ってしまう可能性が高い。それでもいいのかな？」

畳みかける太陽に、電話越しに一馬が息を呑む気配が伝わってきた。

『先生に身代金を支払わせたいのなら、どうして息子の俺を誘拐しないんだ？』

太陽は、心でほくそ笑んだ。

いまの質問で、一馬が松山海斗を大事に思っていることが証明された。

いや、もしかしたならスキャンダルの流出を恐れてのことかもしれないが、どちらにしても一馬にとって松山海斗は救い出さなければならない存在だ。

「神パパは、あんたのためには金を払うのを渋るが、自らの首を絞める爆弾の松山君にたいしては一刻も早く処理しようとするはずだよ」

『そこまで計算しているなら、最初から先生に電話すればいいじゃないか？』

一馬が質問を重ねながら、目まぐるしく頭を回転させているだろうことはわかった。

この窮地を脱するための打開策を模索しているに違いない。

「計算しているから、まずはあんたにかけたのさ」

太陽は、間を置かずに切り返した。

『それは、どういう意味だ？』

「俺だけでなく、あんたからもせっつかれれば神パパのプレッシャーも倍になるだろう？」

『先生に大金を支払わせるのに、俺を利用しようって肚《はら》か!?』

「たしかにそうだけど、あまり他人事みたいに言わないほうがいい。松山海斗とのスキャンダルが世に暴露されたら、あんただって神パパに負けないくらいの致命傷を負うからね」

太陽は、含み笑いしながら言った。

「一馬君っ、僕は大丈夫だから！　おじさんに、身代金の話なんてしたらだめだ！」

松山海斗が、必死の体《てい》で叫んだ。

「愛の力は強いね～」

太陽は、からかうように言うと口笛を吹いてみせた。

『わかった。先生に交渉する』

あっさりと、一馬が白旗を上げた。

「ただし条件がある、だろう？」

すかさず、太陽は訊ねた。

『ああ、そういうことだ。俺個人なら、先生に頼らず二億までなら払える。二億で手を打つなら、三日で用意する』

予想通り……いや、予想以上に一馬にとっての松山海斗はアキレス腱のようだった。

十億が惜しくて、駆け引きでディスカウントしているのではない。

十億が二十億でも、鳳神明が払うぶんには一馬の腹は痛まない。

たとえ二億でも自腹を切ろうとするのは、一分、一秒でも早く松山海斗を救出したいという焦燥感にほかならない。

心が揺らがないと言えば、嘘になる。

仮にディスカウントであったとしても、三日で二億の身代金を払えるターゲットはそういない。

じっさい、太陽の過去を振り返っても最高金額だ。普通なら、条件を飲んだことだろう。

だが、今回は吹雪と同じターゲットに身代金を支払わせるという特殊任務だ。

太陽が一馬から二億を手に入れることに成功しても、吹雪が鳳神明からそれ以上の身代金を引き出すことに成功したら終わりだ。

仮に身代金の額が同じ二億だとしても、一馬から支払わせた太陽より鳳神明から支払わせた吹雪に軍配があがるのは目に見えている。

しかし、二億を突っ撥ねて鳳神明から十億を支払わせることに拘るのが果たして得策なのか？

太陽としては、後継者争いで吹雪に勝てれば金額などいくらでもよかった。

「その条件を飲むには、俺にも条件がある」

太陽は、胸奥で蠢《うごめ》く罪悪感から意識を逸らした。

勝つためなら、どんな卑劣な人間になることも厭わなかった。

「鳳明寿香……あんたの妹も誘拐されている」

『えっ!?　明寿香が誘拐って、どういうことだ!?』

血相を変える一馬の顔が目に浮かぶようだった。

仮面の下で血相を変えているだろう人間がもう一人……星が、物凄い勢いでブースに駆け込んできた。

「ちょっと！　そんなこと教えるなんて、正気なの!?」

星が太陽に物凄い剣幕で食ってかかってきた。

「仲間割れした一派が、鳳明寿香を人質に神パパに身代金を要求するつもり……いや、もう、要求しているかもしれない」

太陽は星に背を向け、淡々とした口調でタブーを犯した。

10

――太陽がこれほど最低な人間だと思わなかったわ！

――吹雪が鳳明寿香を人質にしていることをターゲットにチクって駆け引きの材料にするなんて、ルール違反の中でも最高に悪質よ！

——勝つために手段を選ばない太陽に、もう、吹雪のことを非難する資格はないわ！

ヴェルファイアのシートに背を預け眼を閉じる太陽の鼓膜に、星の非難する声が蘇った。


眼を開けた。

膝上に置いたタブレットのディスプレイには、四十坪のスクエアな空間が映し出されていた。

ＪＲ品川《しながわ》駅から十数分の一棟建て……水谷と梶原が便利屋稼業の際、客の荷物を預かる場所として借りている倉庫だ。

名義は二人と無関係の人間なので、万が一のときに足がつくことはない。

太陽は車を、倉庫の駐車スペースではなく建物から四、五十メートル離れた路肩に停めていた。

太陽には、確認したいことがあった。


——明寿香が人質に!?

太陽が密告した事実に、冷静な鳳一馬も驚きを隠せなかった。

――ああ。あんたの妹は、いま、囚われの身だ。俺は、その場所を知っている。

――どうして、それを俺に言う？

――俺にも、神パパから十億の身代金を引っ張る代わりに、あんたの二億で手を打つのに条件があると言っただろう？

――条件はなんだ？

――神パパが、娘のために身代金を払うことを阻止するんだ。

電話越しに、一馬が息を呑む気配があった。

それから、しばらくの間、沈黙が続いた。

――俺があんたに二億を払うと言ってるのに、どうしてそんなことをする必要がある？　先生が明寿香のために身代金を払っても、あんたには関係ないだろう？

――とにかく、それが条件だ。神パパが一円でも身代金を払ったら松山海斗を返したあとでも、あんたらの同性愛スキャンダルをマスコミに流すことになる。

ふたたび、電話越しに沈黙が広がった。

これが生放送のテレビなら、放送事故になるほどの長い沈黙だった。

——わかった。約束する。まあ、どっちにしても、先生が明寿香のために身代金を払うことはないがな。

——交渉成立。明日、二億を持ってきて貰おう。

——三日はかかると言っただろう!?

——五分の一の金額で恋人を返してやるんだから、それくらいなんとかしてくれ。無理なら、この話はなしだ。

——わかった……わかったから、その代わり、夜にしてくれ。


記憶の中の鳳一馬の声に、スマートフォンの振動音が重なった。

『一馬がくるの、九時だったよな？』

太陽がスマートフォンの通話キーをタップすると、受話口から水谷の声が流れてきた。

「ああ、あと三十分とちょっとってところだな」

太陽は、タブレットのディスプレイ――スマートフォンを耳に当てつつ檻の中の熊のように周回する水谷に視線をやりながら言った。

『おい、本当に大丈夫なんだろうな？』

「なにが？」

『大勢の仲間を引き連れて乗り込んでこないだろうなってことだ』

「可能性は低いけど、ないとは言えないかな」

『は!?　お前、なに呑気なことを言ってるんだよ！　ここには、俺一人しかいねえんだぞ!?』

水谷の大声が、スマートフォンのボディを軋ませた。

「万が一のことがあっても、大丈夫だって。なんのために、俺が外から倉庫を監視していると思ってるんだ？」

『万が一援軍を連れてきたら裏口から逃げろ、だろ？　裏口も固められていたらどうする気だ？』

「そのときは、命懸けで逃げてくれ」

太陽は、冗談めかした口調で言った。

可能性はゼロではないが、松山海斗を奪還するまで一馬は、武力行使には出られないはずだ。

取り引きの場に松山海斗がいるなら別だが、二億を無事に受け取った後に解放するという条件にしていた。

身代金の受け取り現場で襲撃されないためだ。

太陽が外で建物を監視しているのは襲撃を恐れてのことではなく、金を受け取り出てきた水谷を一馬か一馬の配下が尾行しないかどうかを確認するためだ。

太陽が取り引き後に松山海斗を解放するという約束を、一馬は鵜呑《うの》みにはしていないに違いない。

　恋人の監禁場所を突き止め、そこで初めて武力行使に出るはずだった。

『他人事だと思って、気楽に言いやがって』

　水谷が、吐き捨てた。

「切り札がこっちの手にある以上、奴は俺らに手を出せない。愛《いと》しのハニーの居場所を突き止めるまでは、襲撃はないから安心しろ。それでも怖いなら、職場放棄していいぞ」

　太陽は、わざと挑発的な言い回しをした。

『俺がビビるわけねえだろうが！　ただ、割に合わねえ仕事だと言ってるんだ』

　水谷が、不満たらたらの口調で言った。

　今回の任務の身代金の配分はいつもの稼業と違って、太陽、星、大樹、水谷、梶原の五人で二割ずつとなっていた。

「均等なのに、なにが不満なんだよ？」

　本当は、訊かずとも察しはついていた。

『お前はいいさ。でもよ、あのじゃじゃ馬女とジジイと同じなのは納得できねえ。こっちは命懸けでやってるのに、じゃじゃ馬女とジジイはなにもしてねえだろう!?』

「その言い草はひどいな。星は料理も作るし、俺らにできない細かな世話もする。それがどれだけ、人質にとって精神的な癒しになっているかわかるか？　人質が快適に過ごして精神的に安定してくれれば、俺らの仕事もはかどるってもんだ」

『まったく、誘拐しといてなにが快適に過ごすだ。ま、じゃじゃ馬女は大目に見るとして、ジジイが俺らと同じだけの金を手にするのはおかしいだろ？』

ディスプレイの中の水谷は、相変わらずスクエアな空間を周回していた。

「存在感だよ。祖父ちゃんがいるだけで、精神的に違う」

『また、精神的な話かよ？　あんなジジイ、喧嘩も弱いし動けねえし、チームにいたって使い物にならないだろう？』

水谷が、大樹にたいして毒を吐き続けた。

「知恵……祖父ちゃんには、経験からくる知恵がある。窮地に陥ったときに、祖父ちゃんの有難みがわかるよ。とにかく、いまは分け前のこととか考えてないで取り引きに集中……」

太陽の声を、振動音が遮った。

震えているのは、サイドシートに置いてある松山海斗のスマートフォンだった。

「すぐかけ直す」

ディスプレイに表示される一馬の名前を見て、太陽は水谷の返事を待たずに電話を切った。

「もしかして、道に迷ったとか？」

電話に出るなり、太陽は軽口を叩いて見せた。

『いま、画像を送るから見てくれるかな？』

一馬が、人を食ったような口調で言った。

「画像？　なんの画像だ？」

太陽の問いかけに一馬が答える代わりに、いままで水谷と話していた任務用のスマートフォンからLINEの着信音が鳴った。

一馬には、このスマートフォンの存在を教えていない。

送信主……梶原の名前を、太陽は二度見した。

梶原は、池尻のレコーディングスタジオで星とともに松山海斗を見張っているはずだ。

とてつもない嫌な予感に導かれるように、空いているほうの手で着信の赤いマークの付いたアイコンをタップした。

「なっ……」

表示された画像……椅子に縛り付けられた梶原の姿に太陽は絶句した。

『お前のスマホに送信するために、彼のスマホを借りたよ』

受話口から、一馬の低い笑い声が聞こえてきた。

「これは、どういうことだ？」

霧散しそうな平常心を掻き集め、太陽は訊ねた。

任務用のスマートフォンでのLINEのやり取りの際に、自分の名前を含めた個人情報や松山海斗の居場所については書かないようにしていた。

一馬が画像を送るのに使ったのも、梶原個人のスマートフォンではなく今回の任務のために太陽が用意したトバシの使い捨てだ。

だが、問題は、なぜ梶原が……。

太陽の思考が蒼褪《あおざ》めた。

『さすがに、動揺しているようだな』

太陽の心を見透かしたように、一馬が言った。

「なぜ彼がそこにいるのか、説明しろ」

言いながらも、頭の中では危惧と懸念が激しく渦巻いていた。

焦って情報を与えるような言動は禁物だ。

一馬が梶原を拉致しているからといって、池尻のレコーディングスタジオの存在が割れたとはかぎらない。

だが、それならばなぜ梶原が一馬の手に……。

もし、池尻のレコーディングスタジオが襲撃されたのなら松山海斗は？　星は？

脳内で、警報が鳴り響いた。

『誘拐犯の言葉とは思えないな。招待状を出したとでも、思ったのか？　拉致したに決まっているだろう』

一馬は、小動物をいたぶる猫のように愉しむ口調で言った。

「拉致？　どこで？」

太陽は、平静を装った。

『お前と、言葉遊びをしている暇はない。どこでさらったか、本当はわかっているんだろう？』

「さあ、さらったのは俺じゃないから、わからないな」

太陽はシラを切った。

一馬が、カマをかけて情報を引き出そうとしているのかもしれない。

『言葉遊びをしている暇はないと言っただろう。池尻のレコーディングスタジオだ』

ハッタリではないようだ。だからといって、嘘でない保証はない。

太陽は、めまぐるしく思考の車輪を回転させた。

一馬が池尻のレコーディングスタジオを口にしたからといって、そこで梶原を拉致したと決まったわけではない。

もしそうなら、梶原ではなく松山海斗をさらったはずだ。あるいはもう既に、松山海斗を奪還している可能性もあった。

その上で、自分に復讐しているのかもしれない。

すぐに、その推理を打ち消した。

一馬が自分に復讐するのなら、梶原ではなく星の画像を送ってきたほうが効果的だ。

それをしないのは、星がいないからだ。

だが、星は松山海斗の世話でスタジオにいたはずだ。

太陽は、あらゆる可能性を模索した。

たまたま星が出かけていたときに、一馬達が乗り込み松山海斗と梶原を連れ出した。

たまたま梶原が出かけたときに、待ち構えていた一馬達にさらわれた。

ふたたび、太陽は推理を打ち消した。

そもそもの疑問が、すべての仮定を否定する。

「その池尻のレコーディングスタジオとやらは、誰から聞いたんだ？」

太陽は訊ねた。

そもそもの疑問は、一馬がなぜ池尻のレコーディングスタジオの存在を知っているのか……それに尽きる。

『これでも、口が堅いほうでな。情報提供者を売るわけにはいかない』

池尻のレコーディングスタジオに松山海斗を監禁している情報を、誰かから得たのは間違いない。

「おかしいな。目的を果たしたなら、そいつをさらう意味はないと思うけどな。それとも、俺への復讐をしているつもりか？」

探りを入れた――松山海斗を奪還したのか否かを知りたかった。

『単刀直入に言おう。この男と海斗を交換するなら、いままでのことは不問にしてやってもいい』

一馬が恩着せがましく交換条件を出したことで、松山海斗を奪還していないのがわかった。

なぜ松山海斗は、レコーディングスタジオにいなかったのか？

なぜ星は、拉致されていないのか？

鳳一馬に情報を流したのは誰なのか？

矢継ぎ早に浮かぶ疑問から、太陽は意識を逸らした。

とにもかくにも、切り札が敵の手に渡っていないことで最悪の事態は免れた。

「あんた、なにか勘違いしてないか？　あんたにとっての松山海斗と俺にとってのその男が、釣り合うとでも思っているのか？」

太陽は、強気に出た。

少しでも弱味を見せたなら、嵩《かさ》にかかって攻め立ててくるだろう。

『強がるな。俺にはハッタリも駆け引きも通用しない。いま、俺の条件に応じれば、いままでのことは水に流してやると言ってるんだ。お前のほうこそ、勘違いしてないか？　俺にとっての海斗も、二億払ってまで救出するほどの価値はない』

ブラフ――駆け引きに出ているのは、一馬も同じだ。

「わかった。いまの言葉、そのまま彼に伝えるよ。マスコミの取材に、協力的になるだろうな」

太陽は、意に介さないといったふうを装った。

『好きにしろ。だが、そんなことして、お前になんの得がある？　たしかに、マスコミにあることないこと書かれるのは厄介だ。ただし、厄介なだけで致命傷にはならない。俺が否定すれば、それまでの話だ。そして、お前には一円の金にもならない』

　一馬もまた、平静を装っていた。

　二人には、わかっていた。

　少しでも先に動揺を見せたほうが負けであることが。

「否定して済む話かどうか、試してみればいいさ。俺は、あんたをマスコミに売ることをネタに神パパに身代金の交渉をするよ。もともと、神パパから十億を出して貰う算段だったわけだからな」

　太陽は、耳を澄ました。

　息遣いで、一馬の精神状態を窺《うかが》った。

　微《かす》かに息が荒くなっている気もしたが、動揺しているというほどではなかった。

　尤も、感情をコントロールする訓練を積んでいる人間ならば、平静を装うくらいは朝飯前だ。

『残念だが、今回、先生の全面協力を得て俺らは動いている。つまり、先生は一連の流れをすべてご存じだということだ。十億どころか、十円も支払うことはないだろう。ま、信じないなら、やるだけやってみるがいい』

　太陽は、眼を閉じた。

　正直、ハッタリか真実かの判断がつかなかった。

「天鳳教」の次期教祖候補を、少し甘く見過ぎていたのかもしれない。

「わかった。そうさせて貰う」

間を置かず、太陽は言った。

返事に時間をかけるほどに、一馬に手ごたえを与えてしまう。

『とはいえ、できるなら彼を無傷で帰してやりたい。我々は宗教家だからな。明日の正午までに海斗を解放したことが確認できれば、こっちも彼を解放する。これが、ラストチャンスだ』

一馬が、上からの物言いで条件を告げた。

「人質はいらないから、明日の正午までに二億を持ってこい。確認できたら、松山海斗を解放してやる。これが、ラストチャンスだ」

太陽も、一馬の物言いをまね、条件を告げると一方的に電話を切った。

二億だけ要求することで、太陽にとって梶原は必要のない男だと……手の内にある人質に価値がないと印象づけるのが目的だった。

電話を先に切ったのも、心理的に優位に立つためだ。

太陽は、すぐに星の電話番号を呼び出し通話キーをタップした。

オカケニナッタデンワハデンゲンガキラレテイルカ……

受話口から流れてくるコンピューター音声——太陽は電話を切り、リダイヤルキーをタップした。

オカケニナッタデンワハ……


三度目の電話をかけようとしたときに、着信が入った。

『わしじゃ』

通話キーをタップするなり、大樹の嗄《しやが》れ声《ごえ》が聞こえた。

「いま、星に連絡を取ってるところだから、折り返し……」

『星はその電話には出んぞ』

太陽を遮り、大樹が言った。

「え？　それ、どういうことだよ!?」

太陽は身を乗り出した。

『さっき、連絡があってのう。いま、荷物と一緒にある場所におるそうじゃ』

大樹が、のんびりとした口調で言った。

「荷物って、松山海斗のことか!?」

『そういう名前だったかのう』

「なんで、電話に出ないんだ!?　ある場所って、どこだよ!?　どうして、祖父ちゃんにはかけて俺にはかけてこないんだよ!?」

太陽は、質問を重ねた。

『詳しくは会ってからじゃ。すぐに、家にこい』

「家はだめだ。別の場所に……」

『心配せんでも、大地も吹雪もおらん』

大樹が、太陽を遮り言った。

「なんでだよ!? 吹雪のチームはそこに鳳明寿香を監禁してるんじゃないのか?」

『いいや。お前と同じで、別の場所に匿《かくま》っておるようじゃ。浅井家も、バラバラじゃのう』

大樹の場違いな高笑いが、スマートフォンのボディを軋ませた。

『とにかく、急ぐんじゃ』

言い残すと、大樹が電話を切った。

星はいったい……。

湧き上がる疑問を太陽はシャットアウトし、水谷の電話番号をタップした。

『一馬が仲間を連れてきたのか!?』

開口一番、水谷が硬い声で訊ねてきた。

「取り引きは中止だ」

『え!? そりゃ、どういうことだ!?』

「話はあとだ。すぐに車に戻ってくれ」

『おい、もしも……』

太陽は電話を切り、イグニッションキーを回した。

☆

「なあ、どうして家に向かうんだよ？　池尻のスタジオには行かねえのかよ？」

浅井家に向かうヴェルファイアの車内――水谷が、訝しげに訊ねてきた。

「梶原が一馬にさらわれた。星と松山海斗は、一足先にどこかに逃げたらしい」

太陽は、淡々とした口調で言った。

極力、水谷を刺激したくなかった。

「なんだって!?　そりゃ、どういうことだ!?　なんで、梶原だけさらわれるんだ!?」

予想通り、水谷が気色ばんだ。

「本当は松山海斗をさらうつもりが、梶原しかいなかったんだろう。一馬は、人質の交換を持ちかけてきたよ」

「それでお前は、なんて言ったんだよ!?」

「松山海斗を戻してほしければ二億を持ってこい……そう言ったよ」

「てめえっ、梶原を見殺しにする気か!?」

運転する太陽の肩を、水谷が鷲掴《わしづか》みにした。

「落ち着け。逆だ。梶原を守るためだ」

太陽は、水谷と対照的に冷静な声音で言った。

「二億を要求するどこが、梶原を守るためだっつうんだよ！」

水谷の怒声が、鼓膜に突き刺さった。

「冷静に考えてみろ？　梶原の奪還に躍起になるところを見せたら、奴らは梶原に利用価値があると考える。梶原に苦痛を与えれば、有利に事を運べると思わせたらそれこそ危険だ」

「だからって、二億を持ってこいなんて言ったら奴らを刺激して梶原が危険になるだろうが！」

「安心しろ。梶原に利用価値がないとわかったら、構わなくなるさ。それに、松山海斗がこっちの手にある以上、一馬はなにもできないよ」

太陽は、自信満々に言い切った。

嘘ではなかった。

だが、それは交渉相手が一馬と限定しての話だ。

――残念だが、今回、先生の全面協力を得て俺らは動いている。つまり、先生は一連の流れをすべてご存じだということだ。十億どころか、十円も支払うことはないだろう。

鼓膜に蘇る一馬の言葉が、真実か否かで戦況は一変する。

一馬の言う通り鳳神明が乗り出しているのなら、どんな出方をしてくるのか予測がつかなかった。

「じゃじゃ馬女と松山海斗だけ、なんで逃げられたんだよ!?」

水谷の疑問は、太陽の疑問でもあった。

「さあな。祖父ちゃんには星から連絡があったそうだ」

「どうしてお前には……」

「悪いけど、少し考える時間をくれ。とりあえず、祖父ちゃんに話を聞いてみなきゃ始まらない」

太陽は水谷を遮り、アクセルを踏み込んだ。

☆

「すげぇ……」

コンクリート壁に囲まれた空間、特大の超大型犬用のケージ——浅井家の地下の監禁室に足を踏み入れた水谷が、驚いたような表情で首を巡らせた。

「ここに、誘拐した人質を監禁してるのか……なんか、スパイ映画かなにかのセットみたいだな」

太陽は無言で部屋の片隅まで足早に歩き、壁のドアを開けた。

「ここは、なんだ？」

背後から水谷が訊ねてきた。

「戦略ルームだ」

太陽は短く答え、五坪ほどの小部屋に足を踏み入れた。

パイプ椅子に座った大樹は、膝上に競馬新聞を開いたまま居眠りしていた。

「このじいさんが精神的拠《よ》り所《どころ》か？　ただの耄碌《もうろく》ジジイじゃないのか？」

水谷が、耳元で囁いた。

「誰が耄碌ジジイじゃ？」

突然、大樹が眼を見開いた。

「わっ……起きてたのか……。いや、そんなこと言ってないっす」

慌てて、水谷が否定した。

「太陽、その野蛮で頭の悪そうな男は誰じゃ？」

大樹が、競馬新聞を顔前で開きながら訊ねた。

「野蛮で頭が悪そう!?　このくそジジ……」

「やめろ。適当に座っててくれ。彼は旧友で、今回チームで動いて貰っている。肚が据わって腕の立つ頼りになる男だよ」

太陽は水谷を遮り点在するパイプ椅子に促し、大樹に説明した。

大樹の正面に座る太陽の横に、舌を鳴らしながら水谷が腰を下ろした。

「信用できる男かのう?」

競馬新聞に視線を向けたまま、大樹が言った。

「ああ、親父や吹雪なんかより、よっぽどな。それより、星と松山海斗はどこにいるんだ?」

太陽は軽く皮肉を言うと、本題に切り込んだ。

「さあのう」

大樹が、馬柱《うまばしら》表《ひょう》に視線を這わせながら気のない返事をした。

「さあのうって……星から、電話があったんだろう!?」

「電話があったとは言ったが、場所を聞いたとは言っておらんぞ」

のらりくらりとした口調で、大樹が言った。

「おいっ、ジジイ! 競馬新聞なんか読んでないで人の話を……」

唐突に大樹が、丸めた競馬新聞を水谷の頭に叩きつけた。

「痛っ……いきなり、なにするんだ!」

「脇役が黙っておれ。いまは、主役同士の会話じゃ」

「脇役!?」

「話が進まないから、ここは俺に任せておけ。なあ、祖父ちゃん。それで星は、なにを言ってたんだ？」

水谷を制した太陽は、逸《はや》る気持ちを抑え大樹の言葉を待った。

「松山海斗を連れてある場所にいる。事情はあとで話す……そう言っておった。あ、そうそう、お前には落ち着いたら必ず連絡をするから、とも言っておったぞ」

大樹が、丸めた競馬新聞を広げながら淡々と言った。

「ある場所って、どこだよ？　どうして、あいつが松山海斗と一緒に別の場所にいるんだよ？　なんで、すぐ俺に連絡できないんだよ？」

太陽は、立て続けに疑問を口にした。

「あのじゃじゃ馬女、一馬達に襲撃されてパニクって、梶原を置き去りに自分だけ逃げたんじゃねえのか!?」

水谷が、怒りに震える声で口を挟んだ。

「いや、それはない。それなら、一人のはずだ。星は、松山海斗を連れている。なにかの事情があって、梶原と行動をともにできなかったんだろう」

言いながら、太陽には釈然としない思いがあった。

無意識に、その思いから視線を逸らしている自分がいた。

「だいたいよ、奴らは大勢で乗り込んできたんだろうから、じゃじゃ馬女が人質連れて逃げ出すなんてできねえだろうが？」

水谷が、釈然としない太陽の思いを見透かしたように言った。

「梶原が襲撃されている隙に、逃げたのかもしれないな」

その可能性は低い……言葉とは裏腹に、太陽の培った経験が告げた。

思考のスクリーンには、目まぐるしく様々なシーンが浮かんでは消えた。

「お前、本気でそう思ってんのか？　じゃじゃ馬女が人質を連れて逃げることができるなら、梶原だって捕まらなかったはずだ。だろう!?」

水谷が、太陽に同意を求めた。

言われなくても、わかっていた。

わかっていたが、ほかの可能性を考えたくはなかった。

「今週のメインレースは、とんでもない穴馬が潜んでいそうじゃな」

大樹が、くしゃくしゃになった競馬新聞を睨みつつ渋い顔で独《ひと》り言《ご》ちた。

「ジジイっ、こんなときに呑気に競馬の予想なんかしてんじゃねえぞ！　太陽っ、お前からもなんとか言ってやれ！」

水谷の言葉は、太陽の耳を素通りした。

大樹は呑気に競馬の予想をしているわけではなく、独特な比喩で太陽にあるメッセージを送っていた。

「星が俺を裏切った。祖父ちゃんは、そう言いたいんだな？」

押し殺した声で、太陽は訊ねた。

「わしを悪者にするんじゃないわ。お前も、端《はな》からその線もありうると考えておったはずじゃ」

大樹が、競馬新聞から太陽に視線を移し黄色く濁った瞳で見据えた。

——吹雪が鳳明寿香を人質にしていることをターゲットにチクって駆け引きの材料にするなんて、ルール違反の中でも最高に悪質よ！

鼓膜に蘇る星の非難の声——妹が兄を見限る理由は十分にあった。

「じゃじゃ馬女が、鳳一馬にチクったたって言うのかよ!?」

水谷が、驚愕したように大声を張り上げた。

「ちょいと違うが、結果的にはそういうことになるかのう」

大樹が意味深な口調で言った。

「なんでだよ!?　どうして、妹が兄貴を裏切るんだよ!?　まさか……直接一馬と交渉して、一人で身代金を横取りしようっていうのか!?　あのじゃじゃ馬女、とんでもねえ女《め》狐《ぎつね》だ！」

水谷が熱り立った。

「やっぱり、こやつは頭が悪い男じゃ」

大樹が、小馬鹿にしたように言った。

「なんだと、もう一度言って……」

「どうやって星は、鳳一馬の連絡先を知るんじゃ？　交渉は、太陽がやっておるはずじゃ」

水谷を遮った大樹が、試すように訊ねた。

「じいさんこそ、ボケたんじゃねえのか？　そんなの、松山海斗から聞いたに決まってて……」

「あんたの友達が人質を監視しておったんではないのか？　トイレに立った隙くらいで、そんな交渉はできんだろうて。浅いのう～」

立て続けに水谷を遮った大樹が、ふたたび小馬鹿にした。

「じゃあ、梶原が裏切ったって言いてえのか！」

水谷が椅子を蹴り、怒声を浴びせた。

「じゃったら、なんで人質にされておるんじゃ？　ちいとは、ここを使わんか、ここを」

大樹が、自分のこめかみを人差し指でノックした。

「胸糞が悪いジジイだ」

水谷が毒づきつつ、椅子に腰を戻した。

「星が俺を裏切ったのなら、どうして一馬のところに行ってないんだ？　別の場所で、一馬と身代金の交渉をするつもりなのか？」

太陽は、パズルのピースを嵌めていくように可能性を一つずつ挙げた。

「最初はそう考えたが、だったらわしに電話なんてしてこないはずじゃ」

「俺らを裏切り、鳳一馬に池尻のレコーディングスタジオの場所を密告した。だが、奴らが到着する前に松山海斗を連れてどこかへ逃げた……」

太陽は、独り言のように仮説を口にした。

星が密告しておきながら、一馬達が到着する前に姿を消したのはなぜか？

太陽と同じで一馬を信用しておらず、身代金を受け取ってから松山海斗を引き渡そうと考えたのか？

一緒の空間にいたはずの梶原が、スタジオから出て行こうとする星と松山海斗を黙って見送ったのはなぜか？

星に、梶原を納得させて人質を連れ出すことなどできるとは思えない。

できたとしても、梶原から太陽か水谷に報告の連絡が入るはずだ。

「どうしても、辻褄《つじつま》が合わないな」

太陽は、ため息交じりに言った。

「そうかのう？　ある人間が糸を引いていたと考えるなら、辻褄が合うと思うがな」

大樹が意味深な口調で言うと、競馬新聞に視線を戻した。

「ある人間が糸を引いていた？」

太陽は、鸚鵡返しに訊ねた。

「そうじゃ。鳳一馬の連絡先を知っていて、星に松山海斗の監禁場所を探ることの可能な人間、星にお前を裏切らせれば得する人間じゃよ」

　大樹の言葉に、蒼褪めた太陽の脳裏に一人の男の顔が浮かんだ。

「まさか……」

　掠れた声が、唇を割って出た。

「鳳一馬に交換条件を提示し、星を抱き込むことのできる人間……そんなことのできる穴馬は、吹雪しかおらん。面白くなってきたのう」

　大樹がくしゃくしゃに丸めた競馬新聞を太陽に放り投げると、入れ歯を剝き出して笑った。

「吹雪……あのくそ野郎が黒幕だったのか！」

　水谷の怒声が、戦略ルームに響き渡った。

「これこれ、野獣みたいな声を出すんじゃないわい。鼓膜が破れるじゃろうて。知能レベルも獣並みじゃな」

　大樹が、耳を小指でほじりつつ顔を顰《しか》めた。

「なんだと!?　ジジイ！　だいたい、じゃじゃ馬女が敵に寝返って、糸を引いていたのが弟だと判明したっつうのに、なにが面白いんだよ!?」

　水谷が大樹に食ってかかった。

「わからんのか？　兄と弟と妹が騙し合い裏切り合う……こんなに面白い見せ物はないわい」

大樹が、皺だらけの顔をさらに皺くちゃにして笑った。

「おいっ、こんなときにふざけて……」

「水谷っ、やめろ。いまは、内輪揉めしている場合じゃない」

太陽は、さらに突っかかろうとする水谷を制した。

「ほ～れ、怒られた」

大樹が、おちょくるように言った。

「ったく！」

水谷が舌を鳴らし、大樹を睨みつけた。

「祖父ちゃんも、そのへんにしてくれ。星を捕まえて松山海斗を連れ戻すのを急がなきゃならない」

言いながら、太陽は脳内を飛び交う様々な懸念を整理した。

星が吹雪に唆され、松山海斗の監禁場所を教えた。

吹雪はすぐに、星から訊き出した池尻のレコーディングスタジオの住所を一馬に伝えた。

なんらかの理由で気が変わった星は、松山海斗を連れ出しどこかへ身を隠した。

身代金を、独り占めしたくなったのか？

それとも、吹雪と合流して一馬を脅すつもりか？

気が変わり、自分達のもとへ戻ってくるつもりか？

いずれにしても、一刻も早く星に連絡をつける必要があった。

「ところで、梶原をどうするつもりだよ!?　一馬が切った期限は、明日の午前中なんだぞ?　まさか、本当に二億を持ってこさせるつもりじゃねえだろうな?」

水谷が、疑心の眼を太陽に向けた。

「もちろん、そのつもりだ」

太陽は、にべもなく言った。

「は!?　ふざけんな!　梶原の身になにかあったらどうするんだよ!」

水谷が気色ばみ、腰を浮かせた。

「心配しなくても、一馬は梶原に手を出せないさ」

「どうして、そう言い切れるんだ!?」

「いま説明するから、とりあえず座れよ」

太陽の言葉に、水谷が渋々と椅子に腰を戻した。

「車の中でも言ったが、松山海斗がこっちの手にある以上、一馬はへたなことはできない。梶原を拉致してジャブを放ってみたもののこっちが動じないから、内心、相当に焦っているはずだ」

「こっちの手って、松山海斗はじゃじゃ馬女の手にあるんだろうが!?」

「一馬からしたら、俺も星も同じだ。奪還できない以上、奴が枕を高くして寝ることはできない」

「だからって、梶原を拉致られたままにしておくつもりか!?」

「誰もそんなことは言ってないさ。一刻も早く梶原を助け出すために、星の居所を突き止めなければならない。松山海斗さえ取り戻せば、一馬は必ず身代金も梶原も差し出して……」

いきなり、戦略ルームのドアが開いた。

現れた人影を見て、太陽は息を吞んだ。

「てめえ！　なにしにきやがった！」

水谷が気色ばみ、腰を上げた。

「やめろっ」

太陽は、水谷を制した。

「どういうつもりだ？」

太陽は、無表情に椅子に座る吹雪に問いかけた。

「わしが呼んだんじゃ」

大樹が、入れ歯を剝き出して笑った。

「なんだと!?　ジジイっ、なんでそんなことをした!?」

席に腰を戻した水谷が、大樹に食ってかかった。

「俺も訊きたい。どうして、吹雪を呼んだんだ？」

太陽も、大樹に詰め寄った。

「どうしてって、吹雪に頼まれたからじゃ」

大樹が、何食わぬ顔で言った。

「頼まれた？　どういうことだ？」

太陽は、吹雪に視線を移した。

いつでも飛びかかれるように臨戦態勢を取る水谷が視界に入らないとでもいうように、吹雪はリラックスした様子でスマートフォンをイジっていた。

「呉越同舟《ごえつどうしゅう》で行きませんか？　という提案をしにきました」

吹雪が、スマートフォンに視線を落としたまままさらりと言った。

「呉越同舟!?」

太陽は、思わず素頓狂な声を上げた。

「おい、ごえつなんとかって、なんだよ？」

水谷が、太陽に訊ねた。

「いい年して、そんなことも知らんのか？　学がないのう〜。呉越同舟は、敵同士が同じ目的のために一時的に手を組むということじゃ」

大樹が、呆れたように言った。

「なんでてめえと、手を組まなきゃなんねえんだよっ」

水谷が吹雪に咬みついた。

「あなたとじゃなく、兄さんに組まないかと言いにきたんです」

吹雪が、小馬鹿にしたように言った。

「てめえ……」

「お前、自分がなにをしてきたか、わかって物を言ってるのか？」

太陽は、水谷を遮り吹雪を睨みつけた。

「これから、なにをするかのほうが大事だと思いますけど」

吹雪の口角が吊り上がった。

太陽は眼を閉じ、昂《たかぶ》る気持ちを静めた。

感情的になれば、冷静な判断ができなくなる。

「おいっ、太陽！　こんな奴、叩き出そうぜっ」

太陽は、水谷のいら立った声を受け流した。

「理由を言ってみろ。どうして急に、手を組もうって気になった？」

太陽はおもむろに眼を開け、吹雪を見据えた。

「なに言ってんだっ。こんな奴の話なんて聞かねえで、叩き出そうぜ！」

水谷が、太陽のぶんまで憤りを露《あら》わにした。

「星を捕まえて、松山海斗を取り戻すためです」

「星を捕まえる？　元はと言えば、お前が描いた絵だろうが？」

喉元まで込み上げた怒声を飲み下し、太陽は吹雪に言った。

「たしかに、僕は星から人質の監禁場所を聞き出し、鳳一馬に取り引きを持ちかけました。僕に身代金を支払うなら、松山海斗の監禁場所を教えると」

「てめえっ、しゃあしゃあとなに抜かしてやがる！」

「待てっ」

吹雪に摑みかかろうとする水谷を、太陽は制した。

「吹雪。俺を敵に売ったお前が、なんで呉越同舟を持ちかける？」

「星が裏切ったからですよ。一刻も早く、松山海斗を押さえる必要があります」

「敵の俺と、同じ船に乗る理由がないだろう？」

太陽は質問を重ね、吹雪の腹を探った。

また、なにかを企てている可能性があった。

「理由はありますよ」

「言ってみろ」

「星が裏切るかもしれないというのは、想定の範囲でした。でも、そのときは罪悪感で兄さんのもとへ戻るものと考えていました。でも、星は松山海斗を連れて消えてから、兄さんにいまだに連絡を取っていません。この行動がなにを意味するか、わかりますよね？」

吹雪は他人事のように、淡々と説明した。

「身代金の独り占めか？」

太陽は、実現してほしくない可能性を口にした。

吹雪が頷いた。

「だが、しっくりこないな。星は家族を裏切ってまで、金に執着するタイプじゃない」

太陽は、すぐに否定した。

希望的観測ではなく、本当にそう思っていた。

「たしかに、そうですね。でも、金以上に、兄弟間の覇権争いには興味がないタイプです。いや、興味がないどころか、僕達の争いを嫌悪していました。だからこそ、兄さんを裏切るように唆す僕の誘いに応じたんです。僕に加勢したというより、終わらせたかったんでしょう。彼女にとっての、兄弟の不毛な戦いをね」

吹雪が肩を竦めた。

「なら、どうしてお前のところに行かずに姿を消した？」

太陽は、疑問を口にした。

「気づいたんでしょう。どっちが覇権争いに勝っても、なにも変わらないって。だったら、大金を手にして浅井家と縁を切って自由に生きたほうがいいと」

吹雪が、冷めた口調で言った。

「『天鳳教』は、星が一人で渡り合えるような相手じゃない」

太陽の脳内で、危惧と懸念が競うように膨らんだ。

「だから、休戦して星を連れ戻そうと言っているんです」

「一見、筋道が通っているような話だが、俺に協力を求めてくるなんてお前らしくないな」

「僕だって、できれば兄さんと手を組みたくなんてありませんよ。でも、松山海斗が一馬の手に戻ったら、『天鳳教』から身代金を引き出すことは難しくなります。それどころか、星から情報を得た奴らが逆襲に転じてくるでしょう。いまは、兄弟でいがみ合っている場合じゃないんです」

吹雪が、太陽を見据えた。

そのガラス玉の瞳からは、一切の感情は窺えなかった。

「鳳明寿香がいるだろう？」

「人質が彼女では、十分じゃありません。鳳神明も一馬も心配なのは、娘よりも『天鳳教』を崩壊に追い込み、一馬の人生を破滅させるスキャンダルの種の松山海斗です。それがわかっているから、兄さんだって彼を人質にしたわけでしょう？」

図星だった。

鳳明寿香より松山海斗のほうが身代金の交渉を有利に運べる……たしかに、そう思っていた。

「だからって、娘を見殺しにするわけないだろう」

太陽の発言は鳳神明の父性を信用しているわけではなく、吹雪の肚の内を探る時間を稼ぐのが目的だった。

「見殺しにするなんて、言ってませんよ。後回しにすると、言っているだけです。鳳父子は人を騙すのが生業《なりわい》のインチキ宗教だから、洞察力は優れています。電話でのやり取りだけで、僕達が人質を殺すことはないと見抜いたはずです。しかし、身代金を早く支払わせるために、一馬と松山海斗のスキャンダルはバラす可能性がある。だから、明寿香を盾に金を引き出そうとしても、そう簡単には応じません。ああだこうだと時間稼ぎをして、対策を立てようとするでしょう。知っての通り、『天鳳教』の警護部は全国で五百人を超え、武闘派として有名でヤクザにも一目置かれています。僕が兄さんと手を組んででも、松山海斗をふたたび人質にしなければならないと決意した理由、これで納得して頂けましたか？」

たしかに、吹雪の言う通り「天鳳教」の警護部と正面から戦って勝てる見込みは万に一つもない。

これまでは、松山海斗が抑止力になっていただけだ。

絶対的切り札がいなくなった以上、いままでのようにはいかない。一馬は血眼になって松山海斗を奪い返しにくるだろう。

明寿香というもう一枚の切り札だけでは、劣勢になるのは目に見えている。

それだけではない。

もし、星が太陽と吹雪を出し抜き、一馬に身代金交渉をしようとするならば命が危ない。

「わかった。だが、手を組むのは、あくまでも星と松山海斗を取り戻すまでだ」

「おいっ、ちょっと待て！　俺はこんな野郎と手を組まねえぞ！」

事のなりゆきを見守っていた水谷が、血相を変えて訴えた。

「お前の気持ちは察するが、いまはそんなことを言っている場合じゃない。ここは、堪えてくれ」

太陽は、諭すように言った。

「忘れたのか!?　こいつがじゃじゃ馬女から訊き出した監禁場所を、一馬にチクったせいで梶原がさらわれたんだろうが！」

水谷が立ち上がり、口角泡を飛ばしながら吹雪を指差した。

「お友達は、なにか忘れていませんか？」

吹雪が、水谷にちらりと視線を投げた。

「は!?　なにを忘れてるっつうんだよ！」

「兄さんが鳳一馬に、駆け引きの材料として妹も人質に取られているとリークしたことを知らないとでも？　僕だけが卑劣な男みたいに言われるのは心外ですね」

吹雪が、片側の口角を吊り上げた。

「そんなもん、てめえら兄弟の話で俺と梶原には関係ねぇ……」

「馬鹿もんが！」

それまで黙っていた大樹が、いきなり水谷を叱責した。

「な、なんだよ、びっくりするじゃねえか！」

「太陽の手伝いをしておる時点で、もうチームの一員じゃ！　無関係なわけないじゃろうが！」

「俺が言ってるのは兄弟喧嘩に巻き込むなって……」

「兄弟喧嘩じゃなくて、リーダー同士の争いじゃ！　お前のボスに従えんのなら、いますぐチームから出て行け！」

大樹のこんなに怒りを露わにした姿を見るのは初めてだった。

「いまさら、出て行けるわけねえだろ。それに、梶原を助け出さなきゃならねえ……」

「じゃったら、ごちゃごちゃ言わんと太陽の指示に従うんじゃ！」

みたびの怒声――水谷が、不満げな顔で口を噤んだ。

大樹が浅井家の三代目のときの、片鱗《へんりん》を見たような気がした。

「ここはお互い様ということで、力を合わせたほうがいいと思うがのう」

いつもの飄々とした雰囲気に戻った大樹が、どちらにともなく言った。

「僕は、そのつもりでここにきてますから」

吹雪が言うと、ふたたびスマートフォンをイジり始めた。

「ほれ、吹雪はこう言っておる。お前はどうなんじゃ？」

大樹が、太陽に顔を向けた。

「吹雪と手を組んで松山海斗を取り戻したあと、どうするんだ？　今回の任務は、俺と吹雪の後継者争いじゃないのか？　まさか、二人で仲良く身代金を手に入れて引き分けって幕引きか？」

　太陽は、皮肉っぽく質問を重ねた。

「それは、松山海斗を取り返してから考えればいいじゃろ？　お前の言っておることは、取らぬ狸《たぬき》の皮算用じゃ」

　大樹の言うことは、尤もだった。

　とにもかくにも、まずは星を捜し出し切り札を手にすることが最優先だ。

「わかった。お前と手を組んでやるから、松山海斗を取り戻すまでは裏切るなよ」

　太陽は、吹雪に念を押した。

「取り戻したあとは、裏切ってもいいみたいな言いかたですね」

　吹雪が、スマートフォンに顔を向けたまま言った。

「もともと、手を組むのは松山海斗を取り戻すまでの約束だろ？　そこからあとは敵同士に戻るんだから、裏切るもなにもないだろう」

　太陽は言いながら腰を上げ、吹雪からスマートフォンを奪った。

「たしかに、そうでした。では、交渉成立ということで」

　吹雪も立ち上がり、スマートフォンを奪い返すと右手を差し出した。

「どうする気だ？　星に電話しても出ないし、行き先の見当はついてるのか？」

　太陽は吹雪の右手をやり過ごし、椅子に腰を下ろした。

「いいえ。もし心当たりがあったとしても、そういうところに星が寄り付くとは思えません」

吹雪も気を悪くしたふうもなく、席に座った。

「祖父ちゃんが、電話してみるのはどうだ？　唯一星から連絡が入ったわけだから、もしかしたら出るかも……」

「様子を窺っただけですよ」

太陽の説明を最後まで聞かずに、吹雪が言った。

「様子を窺う？」

「ええ。罪の意識に苛《さいな》まれているふうを装い、お祖父さんに電話して兄さんの様子を探るためにかけてきたんですよ。星が本当に悪いと思っているなら、真っ先にチームリーダーの兄さんにかけるべきですからね」

「さすがに太陽には、かけづらかったんじゃねえのか？」

「まさか」

水谷が口を挟むと、吹雪が鼻で笑った。

「そんな殊勝なタマなら、人質を連れて単独交渉しようなんて気は起こしませんよ。普通ならせいぜい、長男から次男に寝返る程度です。彼女は、浅井家を裏切り一人勝ちしようとしているわけですから」

「妹のことなのに、ひでえ言いようだな。お前も、同じ意見か？」

水谷が、視線を太陽に移した。

「正直、あいつがなにを考えているかわからない。だが、俺のやり方に反発して松山海斗を連れて飛び出したものの、浅井家を裏切るとまでは思いたくない」

「相変わらず、兄さんは甘いですね。独り占めする気じゃないのなら、せめて僕には連絡してくるはずです。星は、欲に眼が眩《くら》んだんですよ。数億という金は、人を変えるのに十分な額ですからね」

吹雪が、抑揚のない口調で言った。

「星は、お前とは違う。兄弟の骨肉の争いに嫌気が差した……俺はそう信じる」

太陽は、吹雪に……というよりも自らに言い聞かせた。

「どっちにしてもじゃ、星が人質を連れて姿を消した事実は変わらん。はよう星の居所を突き止めんとな」

大樹が、太陽と吹雪を交互に見た。

「星は捜しません」

吹雪が、涼しい顔で言った。

「捜さないって、どういうことだ？」

太陽は、怪訝な顔で訊ねた。

「僕には、秘密兵器があります」

「秘密兵器？　なんじゃそれは？」

大樹が瞳を輝かせた。

「まずは、場所を移動しましょう。星が密告するかもしれませんし、捕まって口を割らされているかもしれませんし」

「いくらなんでも、それは言い過ぎだろう」

太陽は、すかさず吹雪を窘めた。

「それと、秘密兵器を紹介できますので。表に車を待たせていますから、行きましょう」

太陽の声など聞こえないとでも言うように、吹雪がみなを促し戦略ルームをあとにした。

☆

「おい、さっきからグルグルなに同じところを回ってんだよ？」

アルファードの後部シートから、水谷が焦《じ》れたように助手席の吹雪に訊ねた。

「尾行の確認です。『天鳳教』の教徒が浅井家周辺を張っていた可能性がありますからね」

「尾行って……おかしな奴はついてきてねえだろう？」

「すぐにバレるようなら、尾行とは言えないからな」

水谷の隣に座る太陽は言いながら、首を後ろに巡らせた。

目黒区《めぐろ》東山《ひがしやま》の閑静な住宅街には、怪しげな車もバイクも見当たらなかった。

アルファードは人通りの少ない裏路地を、さっきから三十分近く周回していた。

「そういうことじゃ。本当に、単細胞じゃのう」

最後部のシートで競馬新聞を開いていた大樹が、水谷を小馬鹿にした。

「うるせえっ。ジジイは黙って、当たらねえ予想でもしてろ」

水谷が吐き捨てた。

いがみ合ってばかりだが、大樹と水谷は意外にウマが合うようだ。

「南條《なんじょう》、そこで停めてください」

吹雪が、ステアリングを握る百九十センチはありそうな巨体の男……南條に命じた。

吹雪のボディガードなのだろう、初めてみる顔だった。

黒い長袖シャツの下で隆起する肩や胸の筋肉は、プロレスラー顔負けだった。

黒のキャップにサングラスをかけているので顔立ちはわからないが、二十代前半であろうことは肌の質感で予想できた。

「あの迷彩柄のキャップ男はどうした？」

太陽は、以前、松山海斗のマンションの前で吹雪が連れていた小柄で筋肉質な男のことを思い浮かべていた。

吹雪が所属していたキックボクシングジムの後輩で、東という名だった記憶がある。

太陽は向き合ったときに、東が卓越した戦闘能力の持ち主であることを感じた。

「東は、秘密兵器の警護をしています」

「秘密兵器の警護？　どういう意味だ？」

「すぐに、わかりますよ」

吹雪が、意味深な言い回しで太陽の質問を受け流した。

東に南條……太陽が把握しているだけでも、吹雪には強力な配下が二人いる。

いまは同じ船に乗っているが、ふたたび敵同士になったときに二人は厄介な存在になる。

だが、対「天鳳教」ということを考えれば心強い援軍だ。

スローダウンしたアルファードは、打ちっ放しのコンクリート壁の瀟洒なマンションの前で停車した。

「ここは？」

太陽は訊ねた。

「秘密兵器を匿っているマンションです」

吹雪が答えるのが合図のように、スライドドアが開いた。

☆

エレベーターホールに辿《たど》り着くまでに三つのオートロックのドアを通らなければなら

ない、厳重なセキュリティのマンションだった。

吹雪が借りたのか知り合いのマンションなのかは、わからなかった。

「立派なマンションじゃのう。お前が借りたのか？」

エレベーターに乗り込みながら、大樹が太陽の疑問を口にした。

「まあ、そのうちにわかりますよ」

吹雪がさらりと躱し、八階のボタンを押した。

エレベーターの扉が開き、先頭で降りた南條が周囲に鋭い視線を巡らせながらベージュのカーペットの敷かれた廊下を先導した。

「あのゴリラみたいな男は、お前の部下か？」

大樹が、南條の大きな背中を指差し吹雪に訊ねた。

「ええ。彼は高校時代の後輩で、一年生のときに柔道の全国大会で準優勝したほどの猛者《もさ》です」

吹雪が淡々と説明した。

「なるほど、あのゴリラは柔道家か」

大樹が納得したように頷いた。

「図体がでかい筋肉オバケは、すぐにガス欠するから実戦じゃ使い物にならねえ奴が多いんだよな」

水谷が吹雪に続きながら、独り言のように皮肉を口にした。

「あなたを仕留めるくらいのスタミナはありますよ」

振り向かず、吹雪が皮肉を返した。

「なっ……」

吹雪の背中に突っかかろうとする水谷の腕を摑み、太陽は無言で首を左右に振った。

最奥のドアの前で足を止めた南條が、スマートフォンを取り出し誰かに電話をかけ始めた。

部屋の中にいる人間と、連絡を取っているようだった。

ほどなくすると、ドアが薄く開いた。

吹雪に促され、太陽、大樹、水谷の順で室内に足を踏み入れた。

「行きましょう」

「お疲れ様です」

目の前に立っていたのは、さっき話題にした東だった。

この前と同じ迷彩柄のキャップを目深に被り、カーキ色のマスクをつけていた。

「問題はありませんか？」

吹雪が靴のまま廊下に上がり、東に訊ねた。

「はい。いまのところ異状なしです」

「土足のままで構いませんから」

吹雪は言いながら廊下を奥に進んだ。

左右にドアがいくつかあり、パッと見ただけで部屋数の多いマンションだということがわかった。居住用には最適だが、人質の監禁用には向いていないような気がした。

鳳明寿香は、別の場所に匿っているのだろうか？

「こちらです」

廊下の突き当たりのドアを、吹雪が開けた。

十五畳はあろうかという広々とした洋間の中央に、十数人は座れそうな白革の長ソファがL字型に設置してあった。

室内には、背を向けて座っている女性が一人いるだけだった。

「おう、きたか」

太陽は、弾かれたように声のほうに視線をやった。

女性の隣――背凭れ越しにむっくり起き上がった中年男……大地が手を上げた。

「なんだよ？　何年振りの再会みてえな顔してよ」

「あら、遅かったじゃない」

背を向けていた女性……海が振り返り微笑んだ。

「親父、お袋……ここで、なにをしてるんだ？」

太陽は、狐につままれたような顔で両親に交互に視線をやった。

「なにって、このマンションは俺の別宅だ」

「なんじゃと!?　お前、わしに黙ってこんな贅沢《ぜいたく》な家を買っておったのか!?」

大樹が太陽の前に歩み出て、非難の口調で言った。

「財テクだよ、財テク。さ、父さんも太陽も、そんなところに突っ立ってねえでこっちに座れや」

大地が、手招きした。

「親父のマンションなのか?」

太陽は、ソファに座りながら訊ねた。

「おう、五年前に二億で購入したんだが、いまは三億八千万に値上がりした。ここだよ、ここ!」

大地が、突き出した右腕を左手で叩いた。

「わしに一言も言わんで、こんな豪華なところに住みおって……この、親不孝もんが!」

大樹が丸めた競馬新聞で大地の脳天を叩き、ソファに腰を下ろした。

「いいじゃねえか、てめえの稼いだ金でなにを買ったってよ。じゃあなにか? 父さんは、俺が愛人を囲っても報告しろって言うのか?」

大地が、ヤニで黄ばんだ歯を剝き出して笑った。

「あら、あんた、そんなことしてるわけ?」

海が大地を睨みつけた。

「た、たとえだよ、たとえ。俺が、お前以外の女に興味を持つわけねえだろ?」

大地がしどろもどろに、海の機嫌を取った。

「そんな話より、事情を説明してくれ。どうして、みんなしてここにいるんだ？　星が松山海斗を連れて姿を消したことは知ってるのか？　それから、鳳明寿香はどうしたんだ？」

「おいおいおい、質問は一つずつにしねえか。まず、ここに移ったのは吹雪の提案だ。なんでも、星がターゲットにチクるかもしれねえから家を出たほうがいいなんて言うからよ。鳳明寿香についちゃ、お前から説明しろや」

大地が、ソファの手すりに腰かけていた吹雪に視線を移した。

「はい、みんなこれをつけて」

海が大地に金、吹雪に黒、太陽に白、大樹に銀、東に青、南條に緑、水谷に紫のフェイスマスクを配って回り、そして最後に自分が赤のフェイスマスクをつけた。

「なんで？」

太陽は、海に訊ねた。

「いいから、さっさとつけなさい」

海が質問に答えずに命じた。

「ここからは、名前で呼ぶのは禁止です。僕らはフェイスマスクの色で呼び合っています。念のために言っておくと、兄さんは白マスク、お祖父さんは銀マスク、水谷さんは紫マスクですから、間違って名前を呼ばないようにしてください」

唐突に、吹雪が説明を始めた。

「人質もいないのに、なんでわざわざそんなことをするんだよ？」

「すぐにわかりますよ。青マスクさん、頼みます」

吹雪が、リビングのドア口に立ち青色のマスクをつけた東に合図した。

東が部屋を出た。

入れ替わるように、緑のマスクの南條がドア口に立った。

万が一の襲撃に備えて、警護しているのだろう。

「誰かさんと違って、黒マスクのボディガードはしっかりしているのう」

銀色マスクの大樹が、水谷を見ながらからかうように言った。

「ジジイ、なにか勘違いしてるみてえだけど、俺は太陽……いや、白マスクのボディガードじゃなくて、バディだ、バディ！　つまり、対等の立場だ。わかるか？」

「なにがバディじゃ」

水谷が言うと、大樹が鼻で笑った。

「鳳明寿香はどこに……」

「お連れしました」

太陽が言いかけたときに、東が戻ってきた。

「お前！」

ショートカットが似合う掌に収まりそうな小顔、黒真珠のような円らな瞳、ほどよく豊満な胸に括れたウエスト……東の背後に佇むモデル並みにスタイルのいい長身の女性をみて、太陽は思わず大声を張り上げた。

海がみなにフェイスマスクをつけさせ、吹雪が名前で呼ぶことを禁じた意味がわかった。

「こちらが、松山海斗さんを誘拐した別チームのリーダーの白マスクさんです」

吹雪が、女性に太陽を紹介した。

「お前っ、人質になにを言ってるんだ!?」

太陽は、血相を変えて吹雪に抗議した。

「それに、どうして拘束してないんだ!?」

「その必要はありません」

吹雪が、冷静な声音で言った。

「どうして、拘束の必要がないんだ!?」

太陽は、わけがわからず質問を重ねた。

「どうも。鳳明寿香です。これから、よろしくね」

女性……鳳明寿香が太陽に歩み寄り、右手を差し出してきた。

「これは、なんの真似だ？　悪い冗談も、度が過ぎるとシャレにならないぞ」

太陽は明寿香の右手を無視し、吹雪に押し殺した声で言った。

「冗談なんか、言ってませんよ」

吹雪が、いつもと変わらぬ抑揚のない口調で言った。

「お前、俺を馬鹿にしているのか!?」

太陽は、吹雪に食ってかかった。

「僕は、至って真面目な話をしています」

明寿香は右手を引っ込め腕組みをすると、太陽と吹雪のやり取りを他人事のように見ていた。

「なあ、親……金マスクさん、この茶番劇はなんなんだ!?」

太陽は、大地に視線を移した。

「黒マスクはお前を馬鹿にもしてねえし、冗談も言ってねえし、茶番劇でもねえ」

大地の声の調子から、ふざけているふうではなかった。

「白マスクさん、僕がなんと言ってここに連れてきたかを忘れたんですか？」


――僕には、秘密兵器があります。


目の前の吹雪の声に、記憶の中の吹雪の声が重なった。

「まさか、お前の言っていた秘密兵器って……」

太陽は、あまりに突拍子もない言葉の続きを呑み込んだ。

「ええ。『天鳳教』の副本部長であり鳳神明の長女である鳳明寿香さんが、僕の言う秘密兵器です」

吹雪が、太陽が呑み込んだ突拍子もない言葉の続きを口にした。

「嘘だろ……」

二の句が継げなかった。

「嘘じゃねえ。これからこの姉ちゃんは、俺らのパートナーってわけだ」

大地の声が、耳を素通りした。

「白マスクさん、改めてよろしくね」

動転と狼狽《ろうばい》に翻弄される太陽に明寿香が、なにごともなかったようにふたたび右手を差し出してきた。

「おい……いったいどういうことなのか、俺にわかるように説明しろ」

太陽は明寿香の右手を払いのけソファから立ち上がると、吹雪に詰め寄った。

「私から説明するわ」

吹雪に詰め寄る太陽に、明寿香が微笑み交じりに言いつつソファに座ると、ミニスカートから伸びた九十センチはありそうな美脚をこれみよがしに組んだ。

「そうやって、ずっと突っ立っているつもり？」

明寿香の不敵にも見える言動は、とても人質のものとは思えなかった。

絹の光沢を放つ黒髪、細く長い首の上に載った小顔、黒く吸い込まれそうな円らな瞳、シミや吹き出物とは無縁の雪肌、高く整った鼻梁《びりょう》にシャープな顎のライン……間近で見る明寿香の美しさは、マネキンさながらに非の打ち所がなかった。

「どうしてお前が、自分をさらった敵の俺らに協力するんだ？」

太陽は、立ったまま明寿香に訊ねた。

「敵の敵は味方って言うじゃない」

明寿香が、ポーチから電子タバコを取り出した。

「おいおい、宗教家が煙草なんぞ吸うのか？」

大樹が、電子タバコの薄い煙を糸のように吐き出す明寿香を咎めた。

「そりゃちっと違うぜ。こいつは、マリア様の仮面を被ったメデューサってところだ」

明寿香の隣……いつの間にか缶ビールを飲み始めていた大地が、茶渋のようにヤニが付着した歯を剝き出して笑った。

「メデュ……なんじゃそれは？」

「なんだ？　知らないのか？　髪の毛が毒ヘビで、見た相手を石にするギリシャ神話の魔女だよ、魔女」

「黙って聞いてれば、ひどくない？　人のこと、魔女扱いしないでくれる？」

明寿香が、笑いながら抗議した。

「魔女じゃなかったら聖女とでも言いたいのか？　救済者みてえな顔して、裏では教徒からどうやって財産を搾り取ろうかを考えているだろうが？　お前らのやってることなんて、だまくらかしばかりじゃねえか？　目的のためならヤクザもん顔負けの暴力を使うしよ」

「まあ、否定はしないけど」

明寿香が、挑発的に微笑んだ。

「そんなことより、敵の敵が俺らなら、お前にとっての敵は『天鳳教』だとでも言いたいのか？」

太陽は、話を引き戻した。

「ビンゴ」

明寿香は言うと、紫煙を太陽に向かって吐き出した。

「お前は教祖の娘で副本部長だろう？　将来を保証された何不自由ない生活……しかも家族を裏切る動機がどこにある？」

太陽は明寿香を見据え、意識を研ぎ澄ました。

ほんの僅かな嘘やブラフを見逃さないために……明寿香の真の狙いを突き止めるために。

「動機なんて、いくらでもあるわ。白マスクさんからしたら将来を保証された何不自由ない生活に見えるかもしれないけど、私に言わせればいまの環境と状況は最悪よ」

明寿香が吐き捨てた。

「なにが不満だ？」

「全部よ」

すかさず、明寿香が答えた。

巨大カルト教団のナンバー3にとって、この程度の嘘は息をするようなものに違いない。

「それじゃわからない。もっと、具体的に話せ」

「兄が跡目で、私が教祖になれないからよ」

当然、といった顔で明寿香が答えた。

「それで、教団を裏切るってわけか？」

明寿香が頷いた。

「教団を裏切るくらいなら、一馬と争えばいいじゃないか？　謀反を起こすなら親父まで敵に回さなければならないが、後継者争いなら相手は兄貴だけだ」

太陽はジャブを放ち、様子を窺うことにした。

「ちょいちょいちょい、待てや。せっかく協力してくれるって言ってるのによ、お前はなにを絡んでばかりいるんだ？　お？」

大地が、イラ立った口調で問い詰めてきた。

「協力？　罠《わな》だったらどうするんだ？」

すかさず太陽は切り返した。

「それは大丈夫だ。俺らも、お前がくる前にみっちり事情聴取ってやつをしてるからよ。それに、俺だけなら心配かもしれねえが、黒マスクが大丈夫だって言ってるんだからな」

「黒マスクが、騙されてる可能性もあるだろう?」

ふたたび、太陽は切り返した。

「奴が抜かりがねえ性格だってのは、お前が一番よく知ってるだろうが」

「桃色マスクに騙された男のことか?」

太陽は、皮肉を交えて言った。

「憎まれ口ばかり叩くんじゃねえっ。『天鳳教』のナンバー3が寝返って俺らに協力するって言ってるのに……」

「僕は、大丈夫ですよ。白マスクさんの気の済むようにやらせましょう」

吹雪が、大地を遮り言った。

「なら、そうするよ。お前が父親と兄貴を敵に回してまで『天鳳教』を裏切ろうとしている理由を、もっと納得できるように説明してくれ」

太陽は、吹雪を無視して明寿香を促した。

吹雪の洞察力が鋭いのは、大地の言う通りだ。

だが、星に裏切られたという事実も大地に言った通りだ。

星もかなりの女狐だが、明寿香も負けてはいないだろう。

いままでは吹雪のしくじりは太陽のチャンスだったが、これからは違う。吹雪が下手を打てば、太陽もピンチに陥ってしまうのだ。

ターゲットはこれまでとは違い、資金力が潤沢で暴力装置を備えた巨大組織だ。

「天鳳教」は、ミスなく完璧に立ち回っても勝てる保証のない強敵だった。

「わかってないわね。争っても無駄よ。父は兄に教祖の座を継承させると決めているんだから」

明寿香が、鼻を鳴らした。

「鳳神明は実力至上主義で、兄と妹を競わせて有能なほうに跡目を譲るというスタンスなのは有名な話だ」

ワイドショーや週刊誌の報道を、鵜呑みにしているわけではない。

明寿香の腹の中を探るために、揺さぶりをかけるのが目的だ。

「それは、私と競わせて兄を安心させないための建前よ。わかりやすく言えば、私は兄の咬ませ犬ってこと」

明寿香が、ふたたび吐き捨てた。

「それは、勝手にお前が思っていることだろう？　もしかしたら、逆にお前のやる気を出させるために焚きつけているのかもしれないじゃないか？」

太陽は言いながら、明寿香の表情の変化を観察した。

表情からは、明寿香が自分達を騙そうとしているのか否かの判別はつかなかった。

教団を裏切ると見せかけこちらを油断させて、鳳神明にまとめて引き渡そうと考えても不思議ではない。

いや、むしろ、そのほうが可能性としては高い。

「慈愛や平等を説いているけど、父は典型的な差別主義者で男尊女卑なの。女で妹の私を、兄を差し置いて教祖にするわけがないわ。兄が死ぬか、失踪しないかぎりね」

明寿香が、片側の口角を吊り上げた。

「まさか、俺らに示唆してるのか？」

太陽は、めまぐるしく思考の車輪を回転させた。

試しているのか？

明寿香の真意がわからなかった。

「どっちだと思う？」

明寿香が、意味深な言い回しで質問してきた。

「お前と言葉遊びをする気はない。父親と兄貴を敵に回すことを信じたと仮定して訊くが、お前は鳳一馬をどうしたいんだ？」

ふたたびのジャブ——相変わらず、明寿香の腹の内が読めなかった。

「社会的抹殺」

「社会的抹殺？」

太陽は、鸚鵡返しに訊ねた。

「本当はこの世から抹殺してほしいんだけど、あなた達は殺しのプロじゃなさそうだし、警護部の猛者がうようよいる『天鳳教』に武力じゃ太刀打ちできないわ。でも、ここを使えば兄を社会的に抹殺することくらいはできるから」

明寿香が、己のこめかみを指差しつつ薄笑いを浮かべた。

「なにを協力してほしい？」

戦略転換――太陽は、明寿香に乗ったふりをした。

少しでも油断させて、綻びをみつけたかった。

「松山海斗を捕まえて、記者会見をやらせるのよ」

太陽は、弾かれたように吹雪に顔を向けた。

「協力して貰うために、彼女には経緯をすべて話しました。桃色マスクが裏切って、松山海斗を連れ去ったこともね」

吹雪が、悪びれたふうもなく言った。

「お前、俺に相談もなく、なに勝手なことをやってるんだ!?　人質にそんな情報まで話して、どういうつもりだ!?」

太陽は、吹雪に詰め寄った。

「白マスクさん、なにか忘れていませんか？　僕達はいまでこそ呉越同舟をしてますが、もともとは敵同士ですよ？　なぜ、敵の大将にいちいち許可を取らなければならないんですか？」

淡々と語る吹雪に憤りを感じたが、反論の言葉は続かなかった。

たしかに、吹雪の言う通りだ。

自分と吹雪は浅井ファミリーの同志でも兄弟でもなかった。

いまの二人は、五代目の座を勝ち取るために互いを蹴落とし合う関係だ。

じっさい、太陽自身も鳳明寿香が吹雪に人質として囚われていることを一馬に内通して、取り引きをしようとしたのだ。

「まあ、内輪揉めはそのへんにして。白マスクさん。不毛な時間につき合っている暇はないから、私が父や兄にあなた達を差し出すための芝居を打っているんじゃないって証拠を見せてあげるわ。黒マスクさん。私のスマホを貸してくれるかしら？」

明寿香が、吹雪に視線を移した。

「なにをする気です？」

吹雪が、警戒の声音で訊ねた。

「心配しないでも、父や兄にサインを送ったりしないわよ。スマホに、あなたにも教えていない父の秘密が入っているの」

明寿香が言うと、吹雪が無言で上着の内ポケットからスマートフォンを取り出した。

「ありがと……」

手を伸ばした明寿香から、吹雪はスマートフォンを遠ざけた。

「信用するかどうかは、僕が決めます。その、鳳神明の秘密というものを先に教えてください」

太陽は安堵した——同時に、改めて吹雪に警戒心を強めた。

全面的に手を組んでいるように見せて、肝心な札は伏せていた。

家族である教団を裏切ってまで協力しようとしている明寿香さえも、使えるだけ使って消耗品として切り捨てるつもりなのかもしれない。

その冷徹さが吹雪の強みであり、大地が兄より弟を五代目に相応しいと考えるようになった源だ。

「疑り深い人ね。黒マスクさんも、白マスクさんと同類じゃない」

さりげない明寿香の言葉が、太陽の胸に突き刺さった。

「僕は、白マスクさんみたいに詰めは甘くないですが」

吹雪が、さらりと皮肉を口にした。

「じゃあ、スマホは渡さなくていいから、私の言う通りに操作してちょうだい。まずアルバムを開いて。そしたらシークレットフォルダの指紋認証のロックを解くから」

言い終わらないうちに、明寿香が腰を浮かせてタッチパネルの認証センサーに小指を当てた。

「父と書いてある動画ファイルを、開いてくれる？」

明寿香の言う通り、吹雪がタッチパネルを人差し指でタップした。

「ディスプレイに、なにも映っていませんよ」

怪訝な顔で、吹雪が明寿香を見た。

「音声だけだから」

吹雪が、ふたたびタッチパネルをタップした。

スマートフォンのスピーカーからは、ギイギイというなにかが軋むような音が聞こえてきた。

「なんじゃ？　この耳障りな音は？」

大樹が顔を顰めた。

「いまにわかるわ」

明寿香が、意味ありげな含み笑いを浮かべた。

「生意気なおなごじゃのう。目上の者に敬語も……」

「静かに」

不満を口にする大樹を、明寿香が唇に人差し指を立てて遮った。

呻いているような苦しげな男性の声と、荒い呼吸が聞こえてきた。

よくよく聴いていると、呻き声ではなく喘《あえ》ぎ声《ごえ》のようだった。

『せ……先生……』

若い男の声……聞き覚えのある声が流れてきた。

「ん？　誰だこいつは？　生徒が学校の先生と禁じられた遊びでもしてんのか？」

耳に手を当てながら、大地が訊ねた。

『二人の……ときは……その……呼び方はするなと……言ってる……だろう』

上ずってはいるが、よく通る太い声にも聞き覚えがあった。

『す……すみません……父さん……本当に信じても……いいですか？』

「なんだなんだ!?　まさか、鳳神明と一馬の近親相姦か!?」

大地が身を乗り出し、素頓狂な声を上げた。

二人の会話の間中、パンパンパンパンパン、という肉と肉がぶつかり合う音が鳴り続けていた。

「しかも男同士でか!?」

大樹の声も、裏返っていた。

「近親相姦で同性愛！　ドラマや映画を超えてるわね！」

海が、興奮気味の口調で叫んだ。

「マジか、ありえねえだろ……」

水谷が、胸糞《むなくそ》悪そうに呟いた。

『何度も……言わせるな。跡目は……お前と決めておる……』

快楽に酔いしれうわずる鳳神明らしき男の言葉に、太陽の聴覚が反応した。

『でも……先生は明寿香にも同じことを……あっ……』

肉と肉がぶつかり合う音がボリュームアップし、一馬らしい男が恍惚の声を上げた。

『気にするでない……お前の支えとするために……やる気を起こさせているだけ……うぉ……』

鳳神明らしき男が、気色の悪い呻き声を漏らした。

肉と肉がぶつかり合う音のピッチが速くなり、二人の男の息遣いと喘ぎ声が交錯したところで音声が途切れた。

「メモリの容量を確認しておくべきだったわ。クライマックスで切れちゃって残念だわ」

明寿香が、冷笑した。

「これは、鳳神明と一馬なのか？」

太陽は、平静を装い、吹雪からスマートフォンを奪うように受け取ると、もう一度ファイルを再生し訊ねた。

内心、驚いていた。

一馬が松山海斗と性的関係があることも衝撃的だったが、この音声の主が鳳神明と一馬だったら衝撃度はその比ではない。

「声を聴いてわかるでしょう。それから、私がなぜ教団と家族を裏切るかの理由もね」

明寿香の顔を、無言でみつめた。

頷かなかったのは、音声が偽物だと疑っているからではなかった。

九十九パーセント以上、音声の主は本物だ。

教祖である父は長男と肉体関係を結び、次期教祖の座を約束していた。

明寿香が教祖に謀反を誓い、父を軽蔑するには十分な理由だった。

だからといって、明寿香を全面的に信用できるかと言えば、それはまた別の話だ。

「週刊誌とワイドショーが涎《よだれ》を垂らしそうな爆弾を手に入れたってのによ、なんでわざわざイケメン俳優に記者会見なんてやらせるんだよ?」

「そうよ。この音声を流せば、鳳神明父子は終わりでしょうよ」

大地と海が、太陽の疑問を代弁した。

たしかに、爆弾は一つよりも二つのほうが威力倍増だ。

だが、二つ目の爆弾を手に入れるには危険が伴う。

星が一馬と手を組んでいた場合、トラップが仕掛けられている可能性があった。

飛んで火に入る夏の虫というやつだ。

「父の力を、甘く見てるわ。声は似ていても顔が写っているわけじゃないから、平気で否定するでしょうね。それどころか、跡目争いで兄に負けそうだから逆恨みしてスキャンダルを捏造《ねつぞう》したと、私を陥れようとするわ」

「こんなもん流されたら、どう聞いても鳳神明と一馬のもんだってわかるだろうよ」

「私も同感よ。視聴者はそんなに馬鹿じゃないわ。これを聞いたら、偽物か本物かわかるわよ」

ふたたび、太陽の心に過った疑問を大地と海が代弁した。

「視聴者という生き物は、テレビと週刊誌が流す情報を真実だと思い込むものよ。『天鳳教』は各民放テレビ局にもスポンサーで入ってるし、主要な大手出版社にも月に億を超える広告を出してるから、刺激するようなスキャンダルは自粛したいはずよ。でも、松山海斗がウェブの生配信で兄との関係をカミングアウトする記者会見を開いたら、一気に拡散されていくら父でも防ぎようがないわ。そうなったら、この音声が活きてくるのよ。松山海斗の衝撃のカミングアウトの直後にウェブで流せば、局や出版社を相手するときみたいに父の圧力も通じないし、どんなに否定しても誰も信用しないでしょうね。それこそ、たとえ根も葉もない嘘でも視聴者は信じるわ。視聴者なんて、そんなものよ」

明寿香が、馬鹿にしたように肩を竦めた。

「明寿香さんの言う通りだと思います。みなさんは、どうですか？　まだ彼女の話が信用できない人は、挙手して貰えますか」

吹雪が、みなの顔を見渡した。

大地、大樹、海が挙手をしない中、太陽だけが手を上げた。

「白マスクさんは、明寿香さんが信用できないというわけですね？」

太陽は頷いた。

「おいおい、白マスク。姉ちゃんの肩を持つわけじゃないが、この話は信用してもいいんじゃねえのか？」

すかさず大地が、太陽を諭した。

「わしも、そう思うぞ。あの喘いどったおっさんと若いのは、教祖と息子の声だったんじゃろう？　それも疑わしいというのならこの娘を信用できないのもわかるが、どうなんじゃ？」

　大樹が太陽に訊ねた。

「鳳神明と一馬の声に間違いないよ」

　太陽は即答した。

「だったら、どうして彼女の話を信用しないのよ？」

　海が、怪訝そうに言いながら太陽に顔を向けた。

「話は信用してるさ。鳳神明と一馬の父子を超えた関係性と音声の会話を聞いていると、彼女に教祖の目はないだろう。父親を恨む気持ちもわかる」

　太陽は、淡々と言った。

「だったら、なんで手を上げ……」

「白マスクさんは、話は信用できても鳳明寿香さんのことが信用できないんですよね？」

　大地を遮り、吹雪が口を挟んだ。

「そういうことだ。桃色マスクさえ、俺らを裏切った。こいつが欲に目が眩んでそうなる可能性は高い」

「僕も同感です」

　予想に反して、吹雪が太陽に賛同した。

「明寿香さん。あなたと協力して松山海斗を奪還して、『天鳳教』に身代金を支払わせます。無事にお金が手に入ったら、あなたの望み通りに松山海斗にウェブの生配信で会見をやらせます」

「でもそれじゃあ、父や兄との約束を反故《ほご》にしてしまうことになるわよ」

明寿香が、念を押すように言った。

「身代金が入れば、『天鳳教』がどうなろうと構いませんよ。それに、先に裏切ったのはあなたのお兄さんですから。ただし、明寿香さんには僕達が身代金を手にするまではここにいて貰います」

「つまり、私が寝返るかもしれないから監禁するってことね」

「申し訳ありませんが、もともとはそのつもりでしたから。でも、素晴らしいお土産をプレゼントしてくれたので、僕達も『天鳳教』壊滅に協力しますよ。この条件で、いかがですか？」

「別に、それでいいわよ。もともと裏切る気はないけれど、あなた達が信用できないというのならね」

明寿香が、太陽と吹雪を交互に見た。

「白マスクさんも、それでいいですか？」

吹雪が確認してきた。

「ああ、彼女を絡めないいならな」

やはり、吹雪は侮れない男だ。

太陽と同じ危惧を抱き、星のときの二の舞にならないシナリオは既にできあがっているのだ。

「では、決定ですね。早速ですが、松山海斗を取り戻すために桃色マスクの居場所を特定しなければなりません。誰か、桃色マスクが頼りそうな場所の見当……」

「その前に、確認したいことがある」

吹雪を遮り、太陽は大地に顔を向けた。

「なんだ？」

「ここは、桃色マスクには教えてないよな？」

「ああ。桃色マスクだけじゃなく、黒マスクにもお前にも教えてなかったからな」

大地が、当然、といったふうに言った。

「悪い。話を続けて……」

ヒップポケットが震えた。

引き抜いたスマートフォンのディスプレイに浮かぶ名前を見て、太陽は息を呑んだ。

「お前、どういうつもりだ？」

電話に出るなり、太陽は訊ねた。

みなの視線が、一瞬で太陽に注がれた。

『許されることじゃないのはわかっているけど……ごめんなさい』

憔悴《しょうすい》し切った声で、星が詫びてきた。

「いま、どこにいる？」

『友人のところよ。これから、松山海斗さんを連れて戻りたいんだけど……許してくれるかな？』

「それは、戻ってくる交換条件のつもりか？」

太陽は、怒りを押し殺した声で言った。

星が裏切らなければ、いま頃太陽は有利に事を運んでいたはずだ。

『こんなこと言えた立場じゃないけど……一度だけチャンスをくれないかな？』

「寝返ったくせに、どうして戻ってくるんだ？」

『もともと私は、太陽のチームだから』

星が即答した。

「だったら、どうして裏切った？」

他人なら、この質問はしないだろう。

誘拐を稼業にしているような人間なら、裏切りも頭に入れておかなければならない。

だが、星は身内だ。幼い頃から苦楽をともにしてきた妹から裏切られたショックは大きい。

しかも、寝返った相手が同じ兄であり競争相手の吹雪ということが太陽のショックに拍車をかけていた。

『鳳明寿香を吹雪が人質にしているとか、敵の鳳一馬に情報を流したりするから……そんな太陽を信じられなくなっちゃって。でも、よくよく考えてみたら吹雪も似たようなことをやってるわけだし、太陽を裏切るのは違うな……そう思った。だけど、松山海斗を連れ出して逃げちゃってるし……どうしていいかわからなくて、友人のところに身を隠していたの。本当に、ごめんなさい』

星が、消え入りそうな声で詫びた。

「勝手な奴だ。だが、お前の裏切りのせいで、俺と黒マスクは手を組むことになった。お前が、身代金を独り占めにしようとしたんじゃないかと思ってな」

『黒マスク……ああ、吹雪のこと？　鳳明寿香が、そこにいるのね？』

瞬時に、星が察した。

「そういうことだ。俺はよくても、黒マスクが許すかどうかだ。お前は、奴のことも裏切ったわけだからな」

太陽は、吹雪を横目で見ながら言った。

『私、どうしたらいい？』

「とりあえず、一度電話を切って黒マスクと話してからかけ直すから、待機してろ」

『わかったわ。でも、吹雪は許さないでしょうね』

星のため息が、太陽の鼓膜を不愉快に震わせた。

「勘違いするな。俺もお前を許してないぞ。あとでな」

一方的に言うと、太陽は通話を切った。

「なんじゃ？　桃色マスクか？」

嗄れ声で訊ねる大樹に、太陽は頷いた。

「あの裏切りじゃじゃ馬は、戻りたいってか？」

濁声《だみごえ》で訊ねる大地に、太陽は頷いた。

「松山海斗を連れて、戻りたいらしい。俺を裏切ったことを、後悔しているとな」

太陽は、誰にともなく言った。

「それであなた、どうする気？」

「お前はどうしたい？」

海の問いかけを、そのまま吹雪へと投げた。

「僕ですか？　異論はありませんよ。ただ、このマンションを教えるのはやめたほうがいいですね」

吹雪の言わんとしている意味——星の罠。

「同感だ。だが、本当だった場合は俺らにとって大チャンスだ。とりあえず、日程と時刻だけ桃色マスクに告げる」

言いながら、太陽は星の番号をタップした。

『どうだった？』

一回目のコールの途中で電話に出るなり、星が訊ねてきた。

「黒マスクも納得した。明日の正午。場所は都内だが、追って連絡する」

『いまいる場所を教えないってことは、また私が裏切ると疑ってるのね？』

「逆に信じて貰えると思ってるのか？　とにかく、こっちからの連絡を待て」

ふたたび一方的に告げ、太陽は電話を切った。

「なんじゃ？　おぬしら、桃色マスクを疑っておるのか？」

大樹が怪訝そうな声で言った。

「ジジイっ、あたりめえだろ！　あのじゃじゃ馬のせいで俺のダチが……」

「部外者は、黙っていて貰えますか？」

吹雪が、熱り立つ水谷を遮った。

「なんだと!?　てめ……」

太陽は右手を上げて、吹雪に咬みつこうとする水谷を制した。

「桃色マスクに、どこの住所を教える気ですか？　彼らや援軍……総勢二、三十人は待機できるような場所がベストです」

吹雪が配下の二人……小柄で筋肉質な東とゴリラ並みの巨体の南條に視線を投げた。

「ほう、おぬしは、そんなに若い衆を抱えておるのか？　味方にしておいて、よかったのう」

大樹が、丸めた競馬新聞で太陽の肩を叩いた。

「呑気なことを言ってないで、移動する用意をして！」

黙って事の成り行きを見守っていた明寿香が、アーチ型の眉を吊り上げ叫んだ。

「なんで移動しなきゃなんねえんだよ？」

大地が、明寿香の美脚に舐《な》めるような視線を這わせつつ訊ねた。

海が、大地の脇腹に肘を打ち込んだ。

「ターゲットに油断させておいて、速攻で襲撃する。父と兄の常套手段よ」

明寿香が、切迫した表情で言った。

「いったい、なんの話じゃ？」

「『天鳳教』の刺客が襲撃してくるということですか？」

吹雪が、大樹の質問に質問を重ねた。

「その可能性が高いということ」

明寿香が答えると、瞬時に室内の空気が張り詰めた。

「桃色マスクは、この場所を知らない。だろう？」

太陽は、大地に視線を移した。

「ああ、さっきも言った通りだ」

「桃色マスクが俺らを嵌めようとしていたとしても、知らない情報を一馬に伝えることはできない」

太陽は、明寿香に視線を戻した。

「だから、百パーセントそうだとは言ってないでしょう!?　あくまでも、可能性が高いと言っただけよっ。でも、このパターンで奇襲をかけるやりかたを何十回も見ているわ。

可能性がゼロじゃないかぎり、場所を変えたほうがいいわ」

明寿香が、相変わらず切迫した様子で諭してきた。

彼女の言いぶんには、一理あった。

それに、太陽達を嘘で移動させて明寿香が得することがあるとは思えない。

「その二、三十人の配下っていうのは、周辺に待機していないのか？」

太陽は吹雪に訊ねた。

「一時間あれば、揃うと思いますが」

「それじゃ遅いのよっ。私の勘が当たってるなら、これまでは十五分以内で襲撃可能な態勢になったときに繋ぎ止めの電話を入れさせていたわ。死にたくないなら、早く移動するべきよ！」

明寿香が、強い口調で訴えた。

「姉ちゃん、ご忠告はありがてえが、おめえのパパがどんなに力を持っていようと、超能力じゃねえかぎりここを襲撃するのは不可能だ。念には念をっつう気持ちもわかるが、この大人数でいたずらに動けばそれこそ奴らの犬にみつかるかもしれねえ。だから、俺らはここに……」

大地の言葉を、インターホンが遮った。

瞬間、みなの視線が壁に埋め込まれているセキュリティモニターに注がれた。

モニターには、配送会社のユニフォームを着た男が映っていた。手には、一メートル四方の段ボール箱を持っていた。

帽子を目深に被っているので、顔は見えなかった。

明寿香がモニターに駆け寄り、配送員を凝視していた。

「なんか頼んだか？」

「いいえ」

大地の問いかけに、海が首を横に振った。

「僕も頼んでいませんよ」

大地から問いかけられる前に、吹雪が答えた。

「ウチの警護部の人間よ！」

明寿香の叫び――大地が弾かれたように立ち上がった。

「ついてこい！」

言い終わらないうちに、大地がバルコニーに出た。

「どこに行くつもりだ!?」

太陽は、大地の背中に問いかけた。

「いいから、黙ってついてこい！　全員外に出たか？」

大地は最後の水谷がバルコニーに出てきたのを確認し、窓枠のサッシの丸い突起を押した――窓の内鍵がロックされた。

「これで、バルコニーに出たとは思われねえ」

言いながら、大地がヒップポケットから取り出したリモコンのスイッチみたいなものを押した。

隣の住居との間を仕切る防火壁が、回転扉さながらにゆっくりと回り始めた。

「なんじゃこれは……」

「いつ作ったのよ!? こんな仕掛け扉を！」

大樹が言葉の続きを失い、海が素頓狂な声を上げた。

「話はあとあと！」

大地、太陽、海、吹雪、明寿香、吹雪のボディガード二人、大樹、水谷の順で隣のバルコニーに移動すると、回転していた扉が止まりなんの変哲もない防火壁に戻った。

「どうぞ、お入りくださいませ」

隣の住居のバルコニーの窓を開けた大地が、おどけた調子で一流ホテルマンさながらに胸に手を当て恭しく頭を下げた。

「あんた……」

部屋に入りかけた足を止め、太陽は大地をまじまじと凝視した。


一体、何者だ？

呑み込んだ言葉の続き——太陽は心で問いかけた。

11

いままでいた隣室と同じ間取りのリビングルームに入るなり、大地は窓とカーテンを閉めた。

中央に設置してある十数人が座れそうな白革の特大ソファまで、さっきの部屋のものと同じだ。

「この部屋はなんだ？　それに、さっきの仕掛け扉は……」

「話はあとだ！　とりあえず、適当に座れや」

太陽の質問を遮り、大地がソファの中央に陣取るとリモコンを手に取りスイッチを押した。

壁に埋め込まれている大型のモニターに、隣室のリビングルームが映し出された。

大地を挟み、左隣に太陽、右隣に吹雪が座った。

ほかの面々も、モニターに視線を奪われたまま次々と腰を下ろした。

「隣の部屋に隠しカメラをつけているんですか？」

吹雪が、いつもと変わらぬ冷静な口調で訊ねた。

「ああ、万が一に備えての避難部屋も同時に購入しておいたっつーわけだ。いまから、面白いショーが……」

大地の言葉を遮るように、モニターから衝撃音と複数の足音が聞こえてきた。

モニターの中——リビングのドアが蹴破られ、複数の男達が雪崩《なだ》れ込んできた。

男達は映っているだけで、二十人前後はいそうだった。

配送員のユニフォームを着ている者が二人、ほかは全員黒のスーツ姿だった。

「言ったでしょう？　やっぱり、警護部の連中よ」

吹雪の隣……モニターに顔を向けたまま、得意げに明寿香が言った。

『おいっ、誰もいないじゃないか!?　どういうことだ!?』

『なんだこりゃ!?　蛻《もぬけ》の殻《から》だぞ！』

『ほかの部屋も捜せ！』

『トイレやシャワールームも確認しろ！』

『ガセだったのか!?』

『本部長がガセを摑ませるわけねえだろ！』

熱り立ち気色ばんだ男達の怒声や焦燥の声が、競うようにスピーカーから流れてきた。

半数以上がリビングから飛び出し、残った男達がクロゼットやバルコニーをチェックしていた。

十分ほどあちこちを確認していた残りの男達も、リビングから消えた。

「残念だが、隠しカメラはリビングにしかつけてねえんだ。姉ちゃん、本部長っつうのは、鳳一馬のことだろう？」

大地が、明寿香に訊ねた。

「そうよ。兄の指示で警護部が動いたっていうことは、桃色マスクとかいう人がマンションの存在を知っていたことになるわね」

明寿香が、大地、吹雪、太陽の順に視線を巡らせた。

「一馬がここを知っているということは、その可能性が高くなる。本当に、桃色マスクに教えてないのか？」

太陽は、大地に詰め寄った。

「何度も言わせるんじゃねえ。このマンションは、今回使うまでは赤マスクにも教えてねえんだからな。俺は、こう見えても口が堅いんだよ」

「本当よ。私もびっくりして、めちゃめちゃ怒ったんだから」

得意げな大地を、海が睨みつけた。

この状況で、大地や海が嘘を吐く必要はない。

だとすれば、どうして……。

「お前は、どう思う？」

太陽は、吹雪に訊ねた。

単純に吹雪の考えを聞いてみたいというのもあるが、太陽はまだ弟の関与を疑っていた。

星に裏切られて太陽に呉越同舟を求める芝居を打つ……吹雪なら、それくらいのシナリオを平気で描くだろう。

だが、そのシナリオを描くには、このマンションの存在を吹雪が知っていなければならない。

大地が嘘を吐いていない以上、吹雪が星経由で一馬に襲撃場所を密告するのは不可能だ。

尤も、大地が吹雪と手を組んで自分を嵌めようとしているのなら話は別だが、それは考えづらい。

大地と吹雪が星と通じているのなら、松山海斗も手中におさめているはずで、一馬との身代金交渉を有利に運べるはずだ。

大掛かりに、太陽を嵌めるような手間をかける必要はない。

推理すればするほど、真実から遠ざかっていくような気がしてならない。

「この中に、敵の内通者がいるんでしょう」

涼しい口調で、吹雪が言った。

「内通者？　なんのために？　ここに松山海斗はいない。一馬がここにいる誰かと通じているなら、松山海斗がいないこともわかっているのに襲撃させる意味がないだろう」

太陽は、率直な疑問をぶつけた。

「襲撃に意味があるかないかは、その人の目的によります。白マスクさんのいう目的ならここを襲撃する意味がなくなりますが、内通者の目的が別ならそうとも言えなくなります」

「松山海斗を餌に『天鳳教』から身代金を引き出す。ここにいる面子《メンツ》で、それ以外の目的で動く人間がいるのか？」

　吹雪に訊ねながら、太陽は改めて内通者の可能性を思索した。

　身代金以外の目的で敵と手を組み仲間を裏切る……それだけの魅力的な餌がほかにあるとは思えない。

「さあ、それはわかりません。ただ、確実なのは間違いなく内通者がこの中にいるということです」

　吹雪の確信しているような口ぶりが気になった。

「その内通者って、誰？　本当は、見当がついているんじゃないの？」

　明寿香が訊ねた。

「他人事みたいに言わないで下さい。あなたも、内通者候補に入ってますから」

　すかさず、吹雪が切り返した。

「あら、それを言うなら、黒マスクさん、あなたも立派な候補であるのを忘れないで」

　負けじと、明寿香も切り返した。

「あなたがそう思うのは、構いませんよ。僕は自分が内通者じゃないと知っているので。ここにいるみんなが、自分以外の誰かが犯人だと警戒したほうがいいと思います」

　たしかに、吹雪の言うことにも一理ある。

身内だからと気を許し、寝首をかかれた星のときの二の舞を演じるのはごめんだ。

「おめえの言うようにこの中に内通者がいるなら、じきにここも襲撃されちまうな」

大地が、吹雪をチラ見しながら言った。

「いやねえ、内通者だなんて。あなた達の連れてきた人は大丈夫なの？」

海が、太陽と吹雪に訊ねた。

「ざけんじゃねえぞ！　おばはん！　俺はダチが人質にされてんだぞ！」

水谷が、海に食ってかかった。

「失礼ね！　マスクしてるのに、どうしておばさんだなんてわかるのよ！　二十代の可能性もあるでしょうに！」

海が立ち上がり、抗議した。

「ふざけんな！　さっき素顔を見せてるだろうが！　だいたい、そんな嗄れた声した二十代がいるか！　それに二十代が、でしょうに、なんて昭和みてえな言葉遣いしねえよ！」

「まあ、歳の話はおいといて、あんた、友達が人質にされているから自分はシロだと言ってるけど、私から言わせれば余計に怪しいわ」

海がソファに腰を戻し、意味深な言い回しをした。

「なんでだよ!?」

「友達が人質になっているということは、あんたが弱味を握られているということよ。

友達が無事解放されるためなら、鳳一馬の言いなりになっても不思議じゃないでしょうが」

「適当なこと言ってんじゃねえよ！　外様《とざま》が疑われるんなら、あいつらのほうが怪しいだろうが！」

水谷が、吹雪の背後に立つ南條と東を指差した。

「は!?　てめえ、喧嘩売ってんのか!?」

巨体を揺すり足を踏み出そうとした南條を、俊敏な動きで前に出た東が遮った。

「疑われて腹を立てるのはわかるが、八つ当たりは迷惑だ。そもそも俺らが、黒マスクさんを裏切るような真似はしない」

東が、冷静な口調で疑惑を一蹴した。

「それを言うなら、俺だって白マスクを裏切るような男じゃねえぞ！」

水谷が己の胸を叩いた。

太陽は、外様三人について思考を巡らせた。

水谷を信頼してはいるが、妹が裏切る以上、内通者としての資格は十分にある。

だが、太陽と水谷がこのマンションの存在を知ったのは襲撃のおよそ一時間前だ。

ずっとそばにいたので、彼が誰かに電話をするのは不可能だが、ＬＩＮＥやメールをこっそり送信するのは可能だ。

南條や東に至っては、水谷以上に一馬に連絡を取るチャンスがあっただろう。

動機は金だ。

吹雪との絆《きずな》がどれほど強いかは知らない。

また、金の前ではどんなに強固な絆も断ち切れるということを星が教えてくれた。

だが、この三人に限定するなら海の言う通りに梶原を人質に取られている水谷が裏切る可能性が高い。

「黒マスクが内通者なら、こやつらが裏切ったことにはならんじゃろうて」

大樹が、人を食ったような口調で言った。

「ということは、桃色マスクは実は裏切ってなくて僕と通じているということですよね？　もしそうなら、こんな回りくどいことをしなくても松山海斗の身柄を押さえた時点でさっさと一馬に身代金交渉をしていますよ」

吹雪が、肩を竦めて見せた。

孫を疑うとは、さすがは誘拐一家三代目の家長だ。

吹雪が、一馬に通じていても不思議ではない。

目的のために家族を出し抜き敵に襲撃させることくらい、吹雪には朝起きて歯を磨く程度のことだろう。

しかし、今回にかぎっては自分以外の誰が内通者であっても驚かない。

しかも、本人も言っていた通り、星を操っているのが吹雪なら真っ先に一馬と身代金交渉をするはずだ。

むしろ吹雪より、大地や海のほうが怪しい。

「天鳳教」の桁違いの資産と松山海斗という絶対的切り札を目の前にした二人が、息子と祖父を騙して大金をせしめようと考える可能性は十分にありうる。

祖父も例外ではない。

七十を過ぎても、大樹の欲は涸《か》れていない。

涸れるどころか、年老いてなお盛んだ。

正直、外様の三人よりも身内が「天鳳教」と通じていると太陽は疑っていた。

水谷、南條、東には大金を手に入れたいという金銭欲はあるが、裏を返せばそれだけだ。

金銭欲というものは、命の危険が迫れば弱まるものだ。

だが、快楽は違う。

強大な敵から数千万、いや、場合によっては数億の身代金を吐き出させることに快感を覚えるのが、先祖代々誘拐稼業を生業にしてきた浅井家の面々だ。

もともと浅井家が誘拐を生業にするようになったのは家族や人助けのためであり、私利私欲のためではなかった。

なので、ターゲットは悪人だけに絞り身代金を支払わせるという絶対的な掟《おきて》があった。

それは、いまでも受け継がれている。

どんなに金持ちで危機管理が甘くても、世間に害を及ぼしている人間でなければターゲットにはしない。

浅井家が的にかけて大金を支払わせるのは、いまでも悪党だけに限られている。

だが、そうだからといって、浅井家の面々が正義感に満ちた善人というわけではない。

初代の頃には存在しただろう大義は、四代目の大地にはない。

あるのは、シナリオ通りに事を運び、ターゲットから悪事で貯め込んだ大金を吐き出させる快感だ。

金だけが目的なら、圧倒的な政治力、経済力、武力を誇る「天鳳教」に立ち向かったりせずに楽なターゲットを数多く狙うことだろう。

ターゲットが手強《てごわ》ければ手強いほどに、イニシアチブを握り屈服させることで至極の境地となるのが、浅井家の血だ。

「どうかのう？　身代金より優先せねばならんことがあったら、回りくどいことでもするんじゃないのかのう〜」

相変わらず人を食ったような口調で、大樹が言った。

「銀マスクさんは、どうあっても僕を内通者に仕立て上げたいようですね。僕だって傷つきますよ」

言葉とは裏腹に、吹雪は少しも傷ついていないようだった。

吹雪が傷つくのは家族に信じて貰えないときではなく、家族に負けたときだ。

「心にもないこと言うんじゃないわい。それに、お前だけを疑わしいと思っとるわけじゃない。白マスクのこともお前と同じくらい疑いたいところじゃが、今回はわしが一緒におったからな。もちろん、わしの目の届かんところで内通しとったかもしれんが、お前は百パーセント目の届かんところにおったからのう」

身内のことを堂々と信用できないと言い放つあたり、浅井家の血は争えない。

「おいおい、それを言うならよ、俺はほとんど黒マスクと行動をともにしてたが、白マスクの動きは知らねえから疑わしいって言ってるようなもんだぜ」

大地が、挑むような口調で大樹に言った。

二人の言葉は当てにならない。

大地と大樹が潔白という前提の話だが、それぞれ、自分と吹雪のことを同じくらいに疑っているだろう。

眼が届くとか届かないとかは、チームという建前上、本音を隠すためのまやかしに過ぎない。

「お前も役者じゃのう。白マスクも赤マスクも信じてなんぞおらんじゃろうて」

大樹のマスク越しに、入れ歯がカタカタと鳴った。

「そりゃあんたも同じだろうが？　自分以外は犬猫のことも信用しねえ猜疑心《さいぎしん》の塊みてえな男のくせによ」

大地が吐き捨てた。

「おう、そうじゃ。お前のことなんぞ、ガキの頃から信用しとらんわ」

ふたたび、マスクの下から入れ歯が鳴った。

もともと、一枚岩の家族というわけではなかった。

表面的には信頼し合っているように繕っても、内心では気を許さないという警戒心が家族からは窺えた。

それでも、表立って対立が見えていたのは太陽と吹雪くらいのものだった。

星が裏切った瞬間に、互いにたいしての疑心が一斉に噴出した。

皮肉にも、星の背信行為が家族の本音を炙り出す結果になってしまった。

「もう、二人とも、やめてくださいな。身内でいがみ合ってどうするの？」

海が呆れたように、大地と大樹を諭した。

「なに他人事みたいに言っておるんじゃ。もともとは、お前がこの能無しを疑い始めたんじゃろうが」

大樹が、水谷を指差し海を咎めた。

「誰が能無しだ！　このくそじじい……」

「あんたら、いい加減にしなよ！　警護部が乗り込んできたんだから、このままじゃ済まないわ。いま、犯人捜しをしている場合じゃないでしょう!?」

それまで黙っていた明寿香が、痺れを切らしたように水谷を遮った。

「そんなことは、お前に言われなくてもわかっている。だが、内通者を放置したままだとこっちの動きが一馬に筒抜けだからな」

太陽は言いながら、立ち上がった。

「だからって、いつまでも犯人捜しをしてても先に進まないってことを言ってるの！」

「たしかに、その通りだ」

あっさり認める太陽を、明寿香が拍子抜けしたような顔で見上げた。

「だから、内通者がわからないうちは、みんなで見張り合うことにする」

「見張り合うとは、どういう意味じゃ？」

大樹が、訝し気に訊ねてきた。

「まずは、勝手にこの部屋から出ないこと。次に、携帯を回収するから協力してくれ」

「携帯を回収するだと!?　勝手なことを決めるんじゃねえぞ」

大地が、露骨に不快感を表した。

「そうよ。なんで、あんたがリーダー面するのよ」

海が大地に追従した。

「別に、リーダー面なんかしてないさ。疚《やま》しいことがなかったら、出せるだろ？　さあ、早く」

太陽は淡々とした口調で言いながら、大地と海を促した。

「わしも、反対じゃな。内通者を突き止めるのは賛成じゃが、このやり方は好かん。わしは、お前の奴隷じゃないぞ」

二人に続き、大樹も反対した。

「俺だって、できるならこんなことやりたくないさ。だが、彼女が言うように犯人捜しをしている間に、一馬がどんな二の矢を放ってくるかわからない。しかも携帯を持ったままだと、内通者がこっそりメールで一馬とやり取りしてもわからないだろう？　子供みたいに意地を張ってないで、潔白なら出してくれ」

太陽は言い聞かせるようにしながら、みなを見渡した。

「私も賛成よ。父や兄と通じていないのなら、四の五の言ってないでさっさと出してちょうだい！」

明寿香が、強い口調でみなを促した。

真っ先に、吹雪がテーブルにスマートフォンを置いた。

太陽が自分と明寿香のスマートフォンを置くと、水谷、南條、東が続いた。

「なんだなんだ、白マスクと敵の娘に仕切られておめえは平気なのか？」

驚いたような顔を、大地が吹雪に向けた。

「仕切るとか仕切られるとか、関係ありません。潔白を証明するのに、携帯を出すだけです。これ以上、情報が敵に漏れるのは困りますからね。二人も、早く出してください」

物静かに命じる吹雪に、渋々と大地と海がスマートフォンをテーブルに置いた。

「ほら、銀マスクさんだけだよ」

太陽は、催促するように大樹に手を差し出した。

「まったく、身内を疑うなど世も末じゃのう」

大樹が文句を言いつつ、スマートフォンを太陽の手に載せた。

「なに言ってんだか、このジジイは！　あんたが一番、身内のこと疑ってたじゃねぇか！　狸ジジイが！」

水谷が大樹に浴びせた罵声に、バイブレーションの音が重なった。

みなの視線が、一斉にテーブルの上に注がれた。

震えているのは、太陽のスマートフォンだった。

ディスプレイには、☆……星を表す絵文字が表示されていた。

太陽はスマートフォンを手に取った。

「お前、やってくれた……」

『ラストチャンスを与える』

太陽の言葉を遮ったのは星の声ではなく、若い男の声だった。

「鳳一馬か？」

太陽の口から出た名前に、みなの表情が瞬時に険しくなった。

『声だけでわかってくれて光栄だな』

「どうしてお前が、この電話を使っている？」

太陽は、動揺が声に出ないように落ち着いた口調で訊ねた。

『気になるだろうから、教えてやる』

不意に、振動音が聞こえた。

振動音は数秒で止まった。

みなの視線が、太陽からテーブルの上に集められたスマートフォンに移った。

『鳴った携帯を見てみろ』

一馬が、平板な口調で命じてきた。

「どういうことだ？」

『見たらわかる』

太陽は送話口を手で塞いだ。

「誰の携帯だ？」

太陽が訊ねると、吹雪が無言でスマートフォンを手に取った。

「彼の電話を、なんのために鳴らした？」

送話口から手を離し、一馬に訊ねた。

『彼？　もう、ボカさなくてもいい。太陽さん、お前の弟……吹雪君の電話にかけたのさ』

一馬が、人を食ったように言った。

「誰から聞いた？」

『お前の疑問は解消してやるから、早く吹雪君の携帯を見てみろ』

嫌な予感に導かれるように、ふたたび送話口を掌で塞いだ。

命じる前に、吹雪はスマートフォンを操作していた。

「動画を送信したみたいですね」

吹雪は言いながら、スマートフォンをテーブルに戻してディスプレイをタップした。

再生された動画に、スマートフォンを覗き込んでいたみなの表情が強張った。

動画には、椅子に縛りつけられている星が映っていた。

星の右目の周囲は、ディスプレイ越しにもわかるほどに赤紫に内出血していた。唇も切れ、血が滲んでいた。

太陽はマスクを取った。

一馬に素性がバレた以上、明寿香に隠す必要はなかった。

「おい、なにしてんだよ!?」

すかさず大地が言った。

「もう、一馬は俺と吹雪の名前も関係も知っている。星から訊き出したんだろう」

太陽は言いながら、ディスプレイを凝視した。

吹雪は既に、マスクを取っていた。

舌を鳴らし大地がマスクを外すと、海、大樹、水谷、南條、東が続いた。

『こんなことになって……ごめん。太陽と吹雪を出し抜いて、私は単独で鳳一馬と身代金の交渉をしていたの。そしたら、この様よ……。隠れ家を急襲されて、松山海斗もろとも拉致されたわ。太陽、吹雪。一馬が私を人質になにを言ってきても、絶対に屈しちゃだめよ！　こうなったのは自業自得だから、私はどうなってもいい。だからみんなで力を合わせて……』

動画が、星の言葉の途中で切れた。

「こんな動画を送りつけて、どういうつもりだ？」

太陽は、平静な声音を保った。

傷を負っていると悟られたら、一馬を調子づかせ戦局がさらに不利になる。

たとえ深い傷を負ったとしても、掠り傷のように振舞わなければならない。

『スピーカーをオンにしろ。どうせ、雁首揃《がんくびそろ》えて電話の会話に耳をそばだてているんだろう？』

一馬が余裕たっぷりの声で言った。

太陽は、スマートフォンをハンズフリーにした。

『状況は、もう察しているはずだ。女を捕らえたということは、お前らの切り札を取り戻したということだ。つまり、お前らは「天鳳教」に身代金を支払わせる術《すべ》を失った。今度は、こっちがいろんな要求をさせて貰う番だ』

大地の顔が紅潮し、海が表情を強張らせた。

水谷、南條、東は険しい顔になり、吹雪だけは例のごとくポーカーフェイスを崩さなかった。

明寿香は薄笑いを浮かべ、細長い紙巻き煙草を吸っていた。

大樹は、信じられないことにこの状況で競馬新聞を開いていた。

「『天鳳教』の次期教祖さんは、ずいぶん楽観的なんだな」

太陽は、おかしくてたまらないというふうに言った。

本当は、そんな余裕はなかった。

数十秒の間に、せめてイニシアチブを互角に保つ対応策を考えなければならない。

『俺が楽観的？　どういうことだ』

「わからないのか？　海斗がいなくても、お前らが恋愛関係なのを暴露することもできる」

太陽は、百パーセントの自信を持って言った。

ほんの少しでも弱気になれば、瞬時に一馬に伝わってしまう。

『なんだ。そんなことか。勝手にすればいい』

一馬が、微塵《みじん》の動揺もなくあっさりと言い放った。

それがハッタリでないことは、すぐにわかった。

「なら、勝手にさせて貰うが、本当にいいのか？　天下の『天鳳教』の教祖の息子であり後継者が、人気俳優と禁断の同性愛。法に触れることじゃないにしろ、連日マスコミが大騒ぎするだろうな。もっと、置かれている状況を把握したほうがいい」

『状況が見えていないのは、お前のほうだ。犯罪家族が持ち込んだ情報なんか、誰が信じる？　松山海斗の証言もない。関係を証明する動画も写真も音声もない。第一俺と海斗の関係は、誰かが匿名でSNSの掲示板に拡散した根も葉もないデマだ。逆にお前らは家族ぐるみの誘拐集団で、いまも先生の娘を拉致している。捏造同性愛スキャンダルをマスコミに持ち込んでる余裕なんて、お前ら犯罪家族にはない。こっちが通報すれば、指名手配され警察に追われる身だ』

やはり、一馬は頭の切れる男だ。

星から訊き出したのだろう、こっちの手札を知った上で冷静に分析して確実に勝てると踏んだに違いない。

しかも、録音されていることを計算の上で、己と海斗の関係も捏造だと全面否定した。

「こっちも、ウチの家族を拉致して暴行をくわえた動画を警察に持ち込むこともできるってことを忘れてないか？」

『持ち込んでもいいが、ミイラ取りがミイラになるだけだ。そもそも、この女は松山海斗を人質にウチの教団に十億を要求してきた』

「十億だと!?」

大地が素頓狂な声を張り上げた。

『俺は交渉に応じるふりをして、三億に値切った。端から支払うつもりはないから十億が二十億でも構わなかったが、女を信じさせるために金額交渉に時間をかけた。結局、中間の五億で互いに手を打った。もともとは、お前の弟……吹雪と一緒になって俺に寝返ろうとしていたらしいが、金を独り占めにしたくて実の兄を裏切ったってわけだ。その前に、もう一人の兄貴を裏切ってるんだったな』

スピーカーから漏れる一馬の笑い声が、リビングに響き渡った。

「調子に乗りやがって」

水谷が、拳で己の太腿を殴りつけた。

録音してるのか？

大地の唇の動きを読んだ太陽は頷いた。

だが、音声が決定打になることはないだろう。

一馬は録音されていることを前提で、言葉を選んでいた。

『欲の皮が突っ張った女狐だったが、しょせんは女だ。海斗さえ人質にしていれば俺らが手も足も出せないと過信してたのか、取り引き現場にのこのこと一人で出てきたよ。海斗を別の場所に置いてきたから、引き渡すまではこっちが下手なことはできないと高を括《くく》っていたようだ。拘束して、ちょっと問い詰めたらすぐに海斗の居場所を吐いた。あとはもう、言いなりだ。さっきお前に詫びの電話を入れたのも、俺の命令だ。もう、わかったか？　警察沙汰になっても、うちには捕まる要素はなに一つない。友人を誘拐して五億を要求してきた犯罪家族の一人を誘き出して捕らえた……犯罪どころか、警視総監賞ものだよ』

一馬の高笑いが、胃壁をちりちりと焼いた。

悔しいが、なにからなにまで一馬の思い通りに進んでいる。

「天鳳教」が裏でどれだけあくどいことをやっていたとしても、浅井家の面々が松山海斗と鳳明寿香を誘拐して身代金を要求しているという事実は動かせない。

松山海斗を奪還され星を拉致され……本来なら絶体絶命のはずだが、こっちにはもう一枚の切り札がある。

その切り札を使えば、「天鳳教」とのパワーバランスは五分……いや、それ以上になるだろう。

だが、起死回生のカードを切る前に確かめておかなければならないことがある。

内通者の有無次第では、逆転した形勢をふたたび引っくり返される恐れがあるからだ。

「参ったよ。悔しいが、俺達に勝ち目はないようだ」

『やっとわかったか。とりあえず、犯罪家族の雁首揃えて「天鳳教」の本部長室にこい。今回の大罪を、まずは詫びて貰おうか。もちろん、詫びて済むことじゃないが、お前らの誠意次第では情状酌量を考えてやらないことはない』

「鳳神明に許しを乞うのか？」

『自惚《うぬぼ》れるな。お前らごとき害虫が、先生の尊顔を拝することができると思っているのか？　俺に許しを乞え。誠意として、これまで稼いだ汚い金をすべて「天鳳教」に布施すれば、綺麗に浄化してやる。それが、贖罪《しょくざい》というものだ。反省の意が伝わったら、今回だけは警察に突き出すのを考え直すかもしれない』

一馬が、持って回った言いかたで太陽を促した。

大地の顔が茹でだこのように赤らみ、大樹が呆れたように口を開けた。

「害虫はあんた達よ！」

海が太陽の持つスマートフォンに向かって罵声を浴びせた。

吹雪は表情を変えず、明寿香は薄笑いを浮かべていた。

水谷と南條はこめかみに血管を浮かべ、東は鋭い視線で宙を睨みつけていた。

それぞれの表情で、騙されてはならない。

ここにいるほとんどが、海千山千の曲者《くせもの》ばかりだ。

「結局は金か？」

挑発的な口調で、太陽は言った。

時間稼ぎをしているのではなく、一馬との会話をしながらみなを観察していた。

いまの太陽にとって急務なのは、浅井家にネズミがいるのかいないのかを見極めることだった。

『布施と言っただろう？　これ以上、お前と言葉遊びする気はない。三時間以内にこい。約束を違《たが》えれば……言わなくてもわかるよな？』

「最後に教えてくれ。手下に襲撃させたマンションは、星からの情報なのか？」

ようやく、太陽は本題に切り込んだ。

『クライアントの守秘義務があるから、その質問には答えられないな』

人を食ったように、一馬が言った。

これ以上、食い下がっても一馬が内通者について語るとは思えなかった。

「わかった。いまから、そっちに行ってお前に許しを乞おう……と言いたいところだが、その必要はなくてね」

太陽は明寿香に目顔で合図しながら、逆に小馬鹿にしたような物言いをした。

明寿香が立ち上がり、スマートフォンを太陽に手渡した。

『それは、どういう意味だ？』

太陽は一馬の問いに答えず、動画の再生キーをタップした。

『せ……先生……』

『二人の……ときは……その……呼び方はするなと……言ってる……だろう』

うわずる一馬と鳳神明の音声が流れた瞬間、受話口から息を呑む気配が伝わってきた。

『す……すみません……父さん……本当に信じても……いいですか？』

喘ぐように訊ねる一馬の声に続き、パンパンパンパン、という肉と肉がぶつかり合う音がスピーカーから漏れてきた。

『おい……これはいったい……』

「黙って聴け」

一馬の強張った声を、太陽は遮り命じた。

『何度も……言わせるな。跡目は……お前と決めておる……』

『でも……先生は明寿香にも同じことを……あっ……』

『気にするでない……お前の支えとするために……やる気を起こさせているだけ……うぉ……』

一馬と鳳神明の喘ぎ声と呻き声のボルテージが上がったところで、太陽は再生を停止した。

「どうだった？　自分と親父のよがり声を聴いた気分は？」

『こ……こんなもの……どこで？』

一馬の声は、電波が悪いのではないかと錯覚しそうなほどに切れ切れだった。

「ざまみろ！　調子に乗りやがって！」

大地が、喜色満面の表情でガッツポーズした。

「神も仏もおらんのう」

大樹が皮肉を言うと、入れ歯をカタカタと鳴らし笑った。

「お前と話したいっていう人がいるから代わるよ」

太陽は、明寿香にスマートフォンを渡した。

「兄さん、大丈夫？」

『お前……明寿香なのか？　どうして電話に……人質なのに……まさか……』

黒幕の存在に気づいたのだろう、一馬が言葉を失った。

「ごめんね。盗み録りしちゃった」

場違いな明るい声音で、さらりと明寿香がカミングアウトした。

『盗み録り……どうして……明寿香っ、お前……』

「サプライズだろう？」

スマートフォンを明寿香から受け取った太陽は、一馬に言った。

『こ、こんなことして、いったい……なにが目的だ？』

音声を聴くまでの憎たらしいほどに余裕綽々《よゆうしゃくしゃく》だった男とは別人のように、一馬の声は動揺していた。

「その目的を話したいから、俺の指定する住所にきてくれ。あんたと星と梶原の三人でこい。こっちは、待ち合わせの住所の周辺に監視要員を配置している。わかっているだろうが、星と梶原がいなかったり、少しでもおかしな動きがあったら速攻でＳＮＳで、お前と親父の近親相姦の音声ファイルを拡散することになるから、くれぐれも注意してくれ。じゃあ、住所はあとからこの携帯にメールする」

太陽は一方的に告げると電話を切り、眼を閉じた。

一馬を呼び出すと同時に、潜んでいるだろうネズミをいぶり出すシナリオを描くために、目まぐるしく思考の車輪を回転させた。

12

ＪＲ荻窪《おぎくぼ》駅から徒歩二十分のビルの駐車場——ヴェルファイアのリアシートから降りた水谷が、白壁のビルを見上げた。

「ここは？」

「レンタルスペースだ」

答えながら、太陽はエントランスに足を踏み入れた。

「レンタルスペース？　兄を、ここに呼び出すつもり？」

太陽と水谷のあとに続く明寿香が訊ねた。

「詳しくは、中に入ってからだ」

エレベーターに、太陽、水谷、明寿香、吹雪、南條、東の順に乗り込んだ。

六人は、三階で降りた。

左右に四つずつ、白ペンキ塗りのスチールドアが並んでいた。

左側の手前のドアから、Ａ号、Ｂ号、Ｃ号、Ｄ号、右側の手前のドアからＥ号、Ｆ号、Ｇ号、Ｈ号とプレイトが貼ってあった。

太陽はＡ号室のカギを開けてから、Ｈ号室のドアを開けた。

た。

「入ってくれ」

壁際にコンテナが積み上げられた二十坪ほどの縦長な空間に、太陽は五人を招き入れた。

「適当に座ってくれ」

太陽に促され、ランダムに置かれた丸椅子にそれぞれが座った。

「みんなのスマホは、ここに置く」

太陽はテーブル代わりに置かれたコンテナの上に、自分を含めたここにいる六人と大地、大樹、海から没収したスマートフォンを並べた。

誰が内通者かわからないので、勝手に連絡ができないようにするためだ。

電話がかかってきたとき、かけなければならないときは、みなの見ている前でスマートフォンを手に取るルールにしていた。

「こんな狭苦しいところに、鳳一馬を呼び出す気か？」

水谷が、怪訝な顔で室内を見渡した。

「A号室ですね」

吹雪が、無表情に呟いた。

「さすがだな」

太陽は言いながら、コンテナの上のノートパソコンを開いた。

「A号室？　どういうことだよ？」

水谷が質問を重ねた。

「こいつで安全を確認してから、袋の鼠《ねずみ》にする」

太陽は立ち上げたノートパソコンを指差した。

四等分にされたディスプレイには、ビルのエントランス、A号室のドアの前、A号室の室内、D号室の室内が映し出されていた。

「なるほど！　一馬の下種《げす》野郎が部下を引き連れてこないかを監視するんだな！」

水谷が、興奮気味に大声を張り上げた。

「でも、A号室に兄を呼び出すなら、どうしてD号室も監視してるの？」

「取り引き場所が確定した瞬間に、一馬は近くに待機させている配下にメールで報《しら》せるかもしれない。袋の鼠にしたつもりが、こっちが袋の鼠になるのはごめんだからな」

太陽は、肩を竦めた。

「つまり、兄にはA号室だと思わせておいてスマホを預り、D号室に誘導するってわけね？」

訊ねる明寿香に、太陽は頷いた。

「そのために、A、D、Hって、三部屋も借りてるのか!?」

水谷が、驚いた顔で言った。

身代金の受け渡しや身を潜めなければならないときに備え、太陽はスタジオやレンタルスペースを都内に何ヵ所か月契約していた。

マンションやホテルを借りるよりも足が付きにくく、コストパフォーマンスもいいからだ。

「それで、兄をどうする気？　簡単に身代金を払うタマじゃないわよ」

「あんたの爆弾があれば、支払わざるを得ないだろう。マスコミやネットに流されたら、一馬も『天鳳教』も終わりだ」

「いくら要求する気ですか？」

それまで黙ってやり取りを聞いていた吹雪が口を開いた。

「星が独り占めしようとした金額だ」

「まさか、十億⁉」

水谷が素頓狂な声を上げた。

「ああ。それくらい、余裕で払える体力はあるはずだ」

「そりゃ金はあるだろうが、一馬が動かせる額じゃなければ意味はねえだろうが？　欲をかかないで、五億……いや、三億でもいいじゃねえか」

「いいや、十億だ。忘れたのか？　あの音声には、一馬だけじゃなくて教祖も登場している。次期教祖候補最有力の息子との近親相姦が世の中に知れ渡ったら、鳳神明の力を以《もっ》てしてもどうすることもできない。ファイルを買い取るためなら、十億が二十億でも出すはずだ」

太陽は、片側の口角を吊り上げた。

「お前、どうしたんだ？　なんだか、別人みたいだな」

水谷が、しげしげと太陽をみつめた。

「僕は、賛成です。兄さんが言うように、十億でも安いくらいです。でも、お金に興味のなかった人が額に拘るのは珍しいですね」

吹雪が、皮肉っぽい口調で言った。

「金に興味がなかったら、誘拐稼業なんて継がないさ」

太陽はさらっと受け流した。

吹雪の言うように、金に興味はなかった。

ただし、いままでは、だ。

これから……いや、今回は違う。

吹雪との跡目争いから端を発した浅井家の内部抗争は、星まで反旗を翻す骨肉の争いに発展した。

吹雪とのチーム戦を休止し、呉越同舟をすることになったとはいえ、跡目を諦めたわけではない。

浅井家の五代目を襲名するに相応しいと認めさせるには、圧倒的な成果を上げる必要があった。

圧倒的な成果――浅井家七十年の歴史の中で最高額の身代金……十億を「天鳳教」から引っ張り出すことだった。

「僕も五分の立場で協力しているということを、忘れないでくださいね」

吹雪の口もとには薄い笑みが湛えられていたが、太陽を見据える眼は笑っていなかった。

「もちろんだ。呉越同舟だと言っただろう？　今回のヤマが終わるまでは、お前とは同じ船だ」

太陽は、微笑みながら言った。

そう、同じ船に乗りながら、兄との実力の違いを吹雪に見せつけるまたとないチャンスだ。

「ちょっと、あなた達、兄弟の結束もいいけど、こっちの兄妹《きょうだい》の争いを忘れていないでしょうね？　私の目的は十億なんかじゃなく、父と兄の失脚よ。身代金を支払わせる交換条件で、私はあなた達に協力してるのよ？　十億が入ったらファイルを兄に渡したり……」

「見くびるな。言っただろう？　こっちは身代金さえ入ったら、『天鳳教』がどうなろうと構わない。十億を手にしても、音声を渡す気はない。記者会見をするなりSNSに拡散するなり、好きにすればいいさ。それに、俺らの正体はバレてるんだから、お前にとっては一番の保険だろう？」

太陽は、明寿香を遮り言った。

「まあ、信じたことにしてあげるわ。でも、警告しておいてあげるけど、私が通報しなくてもあなた達、刑務所に入ったほうがいいわよ」

明寿香が、みなの顔を見渡した。

「なんでだよ!?」

即座に、水谷が反応した。

「十億を取られた上に近親相姦の音声ファイルを公開されて、父や兄が黙っていると思う？　諜報部と警護部の猛者が地の果てまで追ってくるわよ。あ、言っておくけど、ファイルを渡してもそれは同じよ。裏切った星とかいう妹が、知っている情報を全部喋ってるだろうから」

明寿香が、薄笑いしながら言った。

「マジか……おい、太陽。どうするんだよ!?　『天鳳教』って、教徒が二万も三万もいるんだろう？　そんな大群から追い込みかけられて、逃げ切れると思ってんのか!?」

水谷が強張った表情を太陽に向けた。

「心配するな。その中で動くのは警護部の五百人ってところだ」

太陽は、涼しい顔で言った。

「五百人だって、大変な数だろう!?　こっちは使い物にならないジジイや女を入れても十人足らずだ」

「だったら、降りますか？　足手纏《あしでまと》いがいると、僕らも迷惑ですから」

吹雪が、冷え冷えとした眼で水谷を見据えた。

「なんだと！　喧嘩売ってんのか……」

「喧嘩している場合じゃないでしょ！」

吹雪に摑みかかろうとする水谷を、明寿香が一喝した。

「兄を、いつ呼び出すのよ？」

明寿香が、視線を太陽に移した。

「あと、どのくらいで集まる？」

明寿香の問いに答えず、太陽は吹雪に訊ねた。

「二時間ってところです」

「なら、余裕を持って四時間後の午後二時に一馬を呼び出す」

「おい、誰が集まるんだ？」

水谷が、怪訝な表情で訊ねた。

「兵隊だよ。本意じゃないが、万が一に備えは必要だからな」

「一馬をボコるつもりか!?」

「まさか。奴が配下を連れてきたときの保険さ。荒事は好きじゃない。こっちの描いたシナリオに嵌めて、無血革命で十億を頂く」

太陽は、自信満々に言った。

本当は、言葉ほどに余裕はなかった。

一馬が例のファイルを恐れず鳳神明に泣きつき、「天鳳教」を挙げて追い込みをかけてきたら、たとえ何人の助っ人を集めても太刀打ちできるものではない。

だが、恐れてばかりいてもなにも始まらない。

松山海斗と鳳明寿香を誘拐した時点で、賽《さい》は投げられたのだ。

後に退《ひ》けない以上、自らの頭脳と経験を信じて攻め続けるのみだ。楽な戦いにならないことはわかっていたが、太陽の言葉にハッタリはなかった。

ファイルがある以上、一馬は迂闊《うかつ》な真似はできない。

理由は明白だ。

一馬が最も恐れるのは、誰よりも尊敬し誰よりも畏怖している神であり父であり恋人である鳳神明を巻き込み、世のさらし者にすることだ。

松山海斗が誘拐されたときにも一馬が恐れていたのは、彼の芸能人としての名声や自分の立場が傷つくことよりも、絶対神である父に被害が及ぶことだったのだ。

太陽の読みが当たっているならば、明寿香が手に入れたファイルの内容は一馬にとって最高の脅威だ。

ファイルを手に入れるまで一馬は、どんな要求にも怒りを殺しプライドを捨ててでも応じるに違いない。

太陽達の素性がバレても報復はないだろうと踏んでいる理由は、ファイルをコピーされている恐れがあるからだ。

一馬の危惧通り、もちろんコピーはしている。警護部の連中が隣室に踏み込み、皆がモニターに目を奪われていたときだ。

ただし、二度、三度と身代金を強請《ゆす》り取るネタにするためではなかった。

命を守るための保険だ。

「あのさ、ずっと気になっているんだけど、ここにいるメンバーはネズミじゃないって判断で選抜したわけ？」

思い出したように、明寿香が太陽に訊ねてきた。

「可能性はゼロじゃないけど、残してきたメンバーよりは確率は低いかなっていう程度だ」

「意外だわ」

「なにが？」

「だって、弟さんとは犬猿の仲で、一番信用してないと思ってたから」

明寿香が、吹雪に視線をやりながら言った。

「吹雪のやりかたは好きじゃないが、一番信用してないとは言ってない。それに、親父、お袋、祖父ちゃんよりも若くて体力があるのも吹雪を選んだ理由だ」

「選抜メンバーに指名されて光栄です。でも、兄さんもネズミ候補の一人だということを忘れないでくださいね」

吹雪が、人を小馬鹿にしたような言い回しをした。

だが、吹雪は自分を疑っていないだろうことはなんとなく伝わった。

「残してきた三人の誰が、ネズミの有力候補だと思っているの？」

明寿香が、好奇の色を宿した瞳で太陽をみつめた。

肚が据わった女だ。

彼女は、この状況を楽しんでいる節があった。

「さあな。だが、誰がネズミでもファイルのコピーをある人物に転送しておいたから、一馬は俺らに下手な手出しはできない」

「は？　いつの間にコピーしたのよ!?　それに、誰が転送をしていいなんて言った!?」

明寿香のそれまでの好奇な顔が、一転して険しくなった。

「勘違いするな。どうして許可を取る必要がある？　吹雪や親父の扱いは知らないが、俺にとってあんたはいまでも人質だ」

太陽は、にべもなく言った。

「そのファイルのおかげで、あなた達は死ななくて済んでることを忘れた？」

「わかってるさ。だから、あんたを拘束もしないで仲間にしてるんじゃないか。だけど、これ以上、恩着せがましくしないほうがいい。このファイルがこっちの手に入ったいま、あんたなしでも一馬をコントロールすることはできるからな」

太陽は言いながら、内心、自らの言葉に驚いていた。

お前、変わったな。そんなに、卑劣な男だったか？

脳の奥から、声がした。

それとも、仮面を被っていただけで、もとから卑劣漢だったのか？

また、声がした。

「恩を仇《あだ》で返すなんて、あんた最低の男ね」

明寿香が、侮蔑の響きを帯びた声で言った。

「最低でも最悪でもいいから、俺に従うしかない。そうしたら、悪いようにはしない」

「わかった。とりあえず、私は父と兄を追い落とすことが目的だから協力してあげるわ。でも、もし裏切ったら、『天鳳教』に寝返って全力であなた達一家を潰すから覚悟してね」

明寿香が、鋭い眼で太陽を睨みつけ恫喝してきた。

「裏切らないから、安心しろ」

太陽は言うと、コンテナに並べられたみなのスマートフォンの中から自分のぶんを手に取り、一馬の番号をタップした。

嘘ではなかった。

太陽の頭には、「天鳳教」から十億の身代金を引き出し浅井家の五代目に相応しいのは自分だと、大地や吹雪に知らしめることしかなかった。

五代目になるのは、浅井家を守るためではなかったのか？

浅井家を守るために、吹雪の跡目襲名を阻止すると誓ったのではないのか？

このままでは、お前が五代目になっても浅井家は崩壊してしまうぞ？

太陽は、自問の声を無視した。

やっぱり、変わったな。

ふたたびの声を、太陽は受け流した。

13

「あと十五分か……一馬の野郎、約束を守るかな？」

一時四十五分――水谷が、スマートフォンのデジタル時計と建物のエントランスを映し出すディスプレイに交互に視線をやりながら独り言を呟いた。

コンテナに寄りかかり眼を閉じる吹雪、吹雪のぶんまでモニターを凝視する南條と東、椅子で長い足を組みネイルを塗り直す明寿香——太陽が一馬に電話を入れてから四時間弱、それぞれのスタイルで敵が現れるのを待った。

スマートフォンの振動音が、沈黙に支配された空気を震わせた。

コンテナの上に並ぶスマートフォン——震えているのは、吹雪のものだった。

「現れましたか?」

スマートフォンを手に取り耳に当てた吹雪が、すぐさま訊ねた。

「わかりました。バレないように、尾行してください」

吹雪が冷静な声で指示を出し、電話を切るとコンテナに戻した。

「一馬が現れたのか!?」

水谷が、弾かれたように吹雪を振り返った。

「建物から三十メートル地点の配下からです。鳳一馬がタクシーから降りてこっちに向かっているそうです。それから、手付金が入っていると思われる大型のキャリーケースを、二つ引いていると報告がありました」

およそ二時間前から、吹雪が集めた二十人の配下が建物周辺に待機していた。

「警護部の連中は?」

太陽は訊ねた。

「いません。一馬一人です。ただし、星も梶原もいなそうですがね」

「なんだって!? 約束が違うじゃねえか! どうして野郎は、梶原を連れてこねえんだ！」

　水谷が気色ばんだ。

「連れてくるわけないでしょう？　妹と仲間を素直に差し出したら、兄は丸腰になってしまうわ。だけど、配下を連れずに一人で乗り込んできたから、ファイルをすぐにマスコミやＳＮＳに流されることはない。つまり、交渉の余地を残したってことよ。そんなことも、わからないの？」

　明寿香が、熱り立つ水谷に呆れたように言った。

「ど、どっちにしても、お前の兄貴が約束を破ったことに変わりないじゃねえか!?　人を馬鹿にしたような眼で見やがって……ナメてんのか!?」

　水谷が、耳朶《じだ》を赤くして反論した。

「まあまあ、落ち着けよ。星と梶原を人質に取られたところで、こっちの優位性は変わらない。現に奴は、手付の二億を持ってくる。今日の交渉の目的は、星と梶原の引き渡しと残金の八億を持ってこさせる日程を決めることだ」

「次までの間に、梶原になにかあったらどうするんだよ!?」

　水谷が、怒りの矛先を太陽に向けた。

「そうするつもりなら、手付金持って一人で交渉にはこないさ」

「でも……」

「主役の登場ですよ」

吹雪が水谷を遮り、エントランスホールに現れた一馬を映すモニターを指差した。

報告通り一馬は配下を連れてきておらず、自ら二つのキャリーケースを引いていた。

太陽は吹雪のスマートフォンを回収し、コンテナの蓋を開け、みなのものとともに中にしまった。

一馬がエレベーターに乗り込んだのを確認した水谷、東、南條が、段取り通りに部屋を出た。

ほどなくして、A号室のドアの前に一馬が現れた。

その直後、一馬が弾かれたように振り返った。

三人が一馬を取り囲み、D号室に促した。

険しい表情でなにかを言っている一馬の両腕を、東と南條が左右から挟み込むようにロックすると、水谷がボディチェックを開始した。

水谷が振り返り、二台のスマートフォンを持った両手をカメラに向かって突き出した。

一馬がD号室に連れ込まれるのを見届け、太陽は部屋を出た。

背後から、吹雪と明寿香が続いた。

太陽は素早くD号室に踏み入った。

「現れたな、ドブネズミが。ずいぶんな歓迎の仕方だな」

室内の中央……椅子代わりのコンテナの上に座らされた一馬が、太陽に皮肉っぽく言った。

「愛しの妹を連れてきてやった俺に、ドブネズミはないだろう？　せめて、ハムスターとかにしてくれよ」

太陽は、軽口を叩きながら一馬の正面のコンテナに座った。

「元気そうね。できるなら、こんな形で会いたくなかったわ」

明寿香が、太陽の隣に腰を下ろし足を組んだ。

「お前、こんなことしてただで済むと思っているのか？」

一馬が、明寿香を睨みつけた。

「こんなことしなければ、私が教祖になれたの？」

人を食ったような調子で、明寿香が言葉を返した。

相変わらず吹雪は二、三メートル離れた場所で、壁に寄りかかり様子を窺っていた。

水谷、南條、東は一馬を取り囲み、一挙手一投足に眼を光らせていた。

「いったい、なにが不満なんだ!?」

「決まってるでしょう？　兄さんが教祖に内定していることよ」

「俺は長兄だから、ある意味当然の結果だろう!?　それに、俺が跡目を襲名したらお前だって本部長じゃないか！　どこが不満なんだ!?」

一馬が、いら立たしげに訴えた。

「教祖じゃなければ、ナンバー2も平教徒も同じよ」

明寿香が、吐き捨てるように言った。

「そんなことはない。俺とお前の身体には、神の化身である先生の聖血が流れているんだぞ？　ナンバー1とか2とか、そんな世俗的なことを口にして恥ずかしくないのか？」

一馬が、諭すように言った。

「は？　それ、まさか、本気で言ってる？」

「本気に決まってるだろう」

「息子とアナルセックスするようなド変態が神の化身なら、この世に神も仏もないわ」

明寿香が鳳神明を愚弄した。

「なんだと！」

気色ばみ立ち上がろうとする一馬の前に、南條と東が立ちはだかった。

「取り消せ！　すぐに取り消せば、いまの暴言は聞かなかったことにしてやる！　さあ、先生を侮辱した悪魔の言葉を取り消せ！」

一馬が充血した眼を吊り上げ、明寿香を指差した。

「おい、兄妹喧嘩なら取り引きが成立してからにしろ。金を検《あらた》めさせて貰うぞ」

太陽は一馬に言うと、水谷に目顔で合図した。

「お前らも手伝えよ」

水谷がキャリーケースの一つを引き摺りながら、東と南條に言った。

「勝手に触るな！」

一馬が腰を上げ、水谷と南條の手から一つ十キロの札束が詰まるキャリーケースを奪うと軽々とテーブル代わりのコンテナに置いた。スーツ越しから窺えるスリムな体型とは裏腹に、意外に力がある男だった。

「ほら、二億だ」

一馬が、キャリーケースのファスナーを開いた。

「すげえっ！　これが二億か！　こんな札束、映画でしか見たことねえよ！」

水谷が、興奮気味に叫んだ。

「お前らで確認してくれ」

太陽は三人に命じた。

「なんで、あんたに命令されなきゃならないんだよ。俺らは、吹雪さんの……」

「言う通りにしてください。いまは、敵味方じゃありませんから」

吹雪が、南條の反論を遮った。

「さあ、俺は約束を守った。今度はそっちだ。ファイルを渡して貰おうか？」

一馬が開き直ったように言いながら、コンテナに腰を下ろした。

「冗談を言ってるのか？　約束は十億と二人の人質を返すことだろう？　すべてを手にするまで、ファイルは渡せない」

太陽は、突き放すように言った。

「前金の二億をちゃんと持ってきただろう？　わかってるのか、二億だぞ!?　俺を信用するには十分な額じゃないか！」

一馬が血相を変えて訴えた。

「ファイルは、約束の残り八億と二人の人質をこっちに渡してからだ」

太陽は、繰り返し同じ言葉を口にした。

「ふざけるな！　なにもかも渡して、お前が約束を守るっていう保証がどこにあるんだ!?」

一馬が、二億の札束に掌を叩きつけた。

「そんな保証はない」

「なんだと!?　お前、約束を守らないって堂々と宣言してるのか!?」

「約束を守らないとは言ってない。約束を守る保証なんてないと言っただけだ。つまり、お前には選択肢はないってことだ。心配しなくても、約束を果たせばファイルを渡してやる。その言葉を信じて、八億と人質を連れてくるしか道はない。まあ、お前の尊敬してやまない鳳神明先生が、息子と肉欲に耽《ふけ》る変態インチキ教祖だと世間に知られてもいいなら別だけど？」

太陽は、一馬にウインクした。

「明寿香……お前、本当にそれでいいのか？　こんなことしても、十億を手にするのはこいつらだけで、お前になんの得がある？　教祖になれないから教団に反旗を翻したんじゃないのか!?　それとも、分け前を貰う話にでもなっているのか？　もしそうなら、こいつらが払う以上の金をお前に渡すから、考え直すんだ！」

一馬が、懸命に明寿香を説き伏せにかかった。

「教祖になれないなら、『天鳳教』なんて潰したほうがまし……これが、私の出した結論なの。だから、私を懐柔しようとしても無駄よ」

明寿香が、取り付く島もなく言った。

「正気か!?　お前は、実の父と兄を裏切って教団を潰してしまおうというのか!?　なあ、頼むから考え直して……」

「諦めろ。どれだけ粘っても無意味だ。ファイルの入ったスマホは別の人間が預かっている」

太陽は、一馬を遮り言った。

まさか目の前のテーブル代わりのコンテナに爆弾（スマホ）が入っているとは、夢にも思わないことだろう。

一馬が歯ぎしりしながら、太陽を睨みつけた。

「まずは、人質だ。いまから、星と梶原を監禁している場所に案内して貰おうか」

太陽は、一馬とは対照的に涼しげな瞳で見据えながら言った。

「いまから!?」

一馬が素頓狂な声で繰り返した。

「ああ、いまからだ。俺と二十人の配下が付き添う。わかっていると思うが、俺の身になにかがあったら、ファイルは吹雪と妹さんがＳＮＳに流すことになる。人質の次は八億だ。全額手に入った段階で、ファイルを渡す」

太陽は、一方的に告げた。

「勝手に話を進めるなっ。これじゃ、交渉にならないだろう!?」

一馬が、必死に抵抗した。

「その通りだよ。これは、交渉じゃない。俺が指示を出しあんたが従うということを前提とした取り引きだ。ということで、俺が留守の間を頼む」

太陽は、吹雪に視線を移して言った。

「わかりました」

吹雪が素直に従った。

いくら呉越同舟とはいえ、吹雪の従順さが気になった。

「電話を使いますよ」

吹雪がコンテナの蓋を開け、自分のスマートフォンを取り出した。

「スパイ防止のためよ」

怪訝そうにコンテナの中に視線を向けていた一馬に、明寿香がメンソール煙草に火をつけながら説明した。

「身内を疑ってるのか？」

「白々しい。誰がネズミか知ってるんでしょう？　この状況じゃネズミの使《つか》い途《みち》もないんだから、白状しなさいよ」

　明寿香が、窄《すぼ》めた唇から吐き出した細い紫煙を一馬の顔にかけた。

「俺はネズミなんて飼ってない。情報は、こいつの妹から得たものだ」

　一馬が、太陽を顎で指した。

「だから、妹に内通したネズミの正体を……」

「いまはやめとけ。まずは、人質と身代金だ。ネズミ捜しは、それからでも遅くはない」

　太陽は、追及モードに入る明寿香を制した。

　最優先すべきことは、一分でも早く人質と身代金の残額を手にすることだ。

　時間をかけるほどに、ネズミが新たな情報を一馬に流すかもしれないからだ。もたもたしていれば、自棄《やけ》になった一馬が鳳神明に泣きつくかもしれない。

　一馬が自分で処理しようとしているうちに一気に畳みかけ、目的を達成した後にゆっくりとネズミ捜しをすればいい。

「いま、配下に車を回させます」

　吹雪は言うと、番号キーをタップした。

「車を下につけてください。三台に分かれて、全員招集です。兄さん、あと三、四分で準備できます」

　短く用件だけ告げ電話を切った吹雪が、太陽に言った。

「吹雪」

「なんです？」

「なんだか、お前らしくないぞ。素直過ぎないか？」

太陽は、ジャブを放ち吹雪の様子を窺った。

「そうですか？　その言葉、そっくりお返しします。兄さんこそ、いつもと違ってすべてにおいて強引過ぎますよ。なにをそんなに、逸っているんですか？」

吹雪が、顔色一つ変えずに言った。

心を、見透かされている気分だった。

今回のヤマで圧倒的なリーダーシップと知略をみせつけ、吹雪との五代目争いに決着をつけるつもりだった。

「まあいい。とにかく、目的達成までは同じ船に乗った同志だ」

太陽の言葉が終わるのを待っていたかのように、ドアが開いた。

吹雪の配下三人が、ドア口に佇んでいた。

「いま行くから、下で待機しててくれ」

太陽は三人に指示し、粘着テープで一馬の両手首を後ろ手に拘束した。

「なんの真似だ!?」

「わからないのか？　ここに足を踏み入れた瞬間から、あんたは人質だ」

「なっ……」

「さあ、立つんだ。行くぞ」

一馬を強引に立たせて振り返った太陽は、息を呑んだ。

吹雪の配下が、三人から十人以上に増えていた。

「下で待ってろと言っただろう？」

太陽が言うと、吹雪がゆっくりと歩み寄ってきた。

「すみません」

吹雪が詫び、右手を太陽の喉もとに突き出した。

右手の先には、鈍く光るナイフが握られていた。

いつの間にか背後に東と南條が忍び寄り、太陽の左右の脇腹にナイフの切っ先を突きつけてきた。

「これは……どういうつもりだ？」

掠れ声が、太陽の喉から剝がれ落ちた。

「いま、この瞬間から、兄さん達も人質です」

吹雪の言葉が合図のように、二十人近い男達が一斉に雪崩れ込み、太陽、明寿香、水谷に革手錠と足枷を嵌めた。

「なにするのよ！　離しなさい！」

「てめえっ、裏切りやがったな！」

明寿香と水谷の怒声が、室内の空気を切り裂いた。

た。

「お前が……ネズミだったのか？」

太陽は、平常心を掻き集め訊ねた。

動揺している様を、見せたくはなかった……いや、吹雪に動揺などするはずがなかった。

「僕のプライドに誓って、それは否定します。最初から、兄さんのお膳立てが終わったら大魚を横取りする計画でしたから」

「貴様っ……」

手足の自由を奪われ横に倒された太陽は、奥歯が砕け散るほど顎を嚙み締めた――燃え立つ瞳で、吹雪を睨みつけた。

「兄さんと明寿香さんのお蔭で、一馬さんと二億、そしてファイルが労せずして手に入りました。感謝します。ありがとうございました。お友達は、ここで兄さん達のお相手をしていてください」

吹雪が二億の入ったキャリーケースを手に、慇懃な仕草で太陽と明寿香に頭を下げると、みなのスマートフォンが入ったコンテナを持った東と南條とともにドアに向かった。

ドアの向こう側に消える吹雪の背中を、赤く燃え盛る視界で見送るしかできない無力な自分を太陽は呪った。

「くそっ、あの野郎！　やっぱり、裏切りやがった！　ぶっ殺してやる！」

灼熱のアスファルトの上に転がるミミズのように激しく身体を捩《よ》じらせる水谷の怒声

が、室内に響き渡った。

太陽、水谷、鳳明寿香は革手錠と足枷で手足の自由を奪われて床に転がされていた。

「落ち着け。怒っても、なにも解決しない」

太陽は、自らに言い聞かせた。

本当は、声帯が傷つくほどに叫びたかった……身体中の血液が沸騰するほどに怒りの感情が渦巻いていた。

だが、憤怒《ふんぬ》の激流に呑み込まれてしまえば吹雪の思う壺《つぼ》だ。

いまは、この桎梏《しっこく》を打破する方法を考えるのが最重要だ。

「なにを他人事みたいに言ってるのよ！　あんたのせいで、こんなことになったのよ！　兄もファイルも奪われて、どう責任を取るつもり!?」

明寿香がもがきながら身を起こし、コンテナを背に座ると太陽に詰め寄った。

太陽も体幹を駆使して身を起こし、明寿香と向き合うようにコンテナを背にした。

水谷一人だけが、相変わらず床でくねくねと暴れていた。

「いま、俺の責任を追及している場合じゃない」

「自分のマヌケなミスを棚に上げて、開き直るつもり!?」

明寿香の切れ長の目尻が吊り上がった。

「ミスは認める。ネズミに気を取られて、吹雪への警戒が薄れていた。だが、いまはとにもかくにも吹雪を阻止するのが先決だ。口論している間に、吹雪がすべてを手にして

わ……」

「端から私の目的はお金じゃないから！　あんたの弟がファイルを使って兄から十億を奪ったら、すぐにここに警護部の連中が乗り込んでくるわっ。そうなったら、殺される
わ……」

明寿香が、恐怖に顔を強張らせた。

「腐っても妹だ。命までは……」

「兄だけならね！　いずれは、父に知れるわ。自分を破滅させようとした存在は、たとえ家族でも表情を変えずに消す非情な男よ」

太陽を遮り、明寿香が震える声で吐き捨てた。

「まあ、なんにしろ、俺とあんたの共通項はここから一刻も早く抜け出さなきゃならないってことだ。水谷、革手錠を切るものを探すんだ」

太陽は、明寿香から水谷に視線を移した。

「そんなものみつかっても、手足の自由が利かねえのにどうやって切るんだよ!?」

「俺がお前の革手錠を切ってやるから、お前が俺の革手錠を外してくれ」

「あ、そういうことか！　よっしゃ！」

水谷が、ヘビのように床を這いずり始めた。

太陽は記憶の引き出しを一つずつ開け、道具になりそうな物がないかを考えた。

ここは住むために借りたわけではないので、鋏《はさみ》も包丁もない。

「なあ、ライター持ってないか？」

太陽は水谷に訊ねた。

「禁煙したから、持ってねえな。あ！　お前、煙草吸ってたろ！」

水谷が、思い出したように大声を発しつつ明寿香に顔を向けた。

「さっき、吹雪の小さいほうのボディガードが持って行ったわ」

明寿香が、口惜しそうに言った。

小さいほうのボディガードとは、東のことだろう。

心で舌打ちした――抜かりのない男だ。

ということは、もし革手錠を切断できそうな物があっても残してないだろう。

鋏やナイフの代用品になりそうな物……思考を止めた。

太陽は、転がりながらトイレに向かった。

上体を起こし、ドアを背に座った。

足枷で束ねられた両足を引き寄せてから後ろに体重をあずけるように伸ばし、背中でドアを擦り上げるようにして立ち上がった。

革手錠で拘束された後ろ手で、ドアノブを回し引いた。

問題は、ここからだ。

太陽は、トイレットペーパーのステンレスホルダーを見下ろし思案した。

使えそうな物は、なにもなかった。

背筋を這い上がる焦燥感……早くしなければ、吹雪が事を成し遂げてしまう。

即ちそれは五代目争いの敗北と、鳳一馬の放つ刺客に命を奪われることを意味する。

考えても時間の無駄だ。

いまは、一秒もロスできない。

太陽は後ろ手でステンレスホルダーを摑み、渾身《こんしん》の力を込めて上半身ごと右に捩じった。

壁に接続された留め金のネジが緩み、ステンレスホルダーが右に傾いた。

今度は、左に捩じった。留め金がグラつく感触が掌越しに伝わった。

右、左、右、左と交互にステンレスホルダーを捩じり、抵抗が弱くなったあたりで思い切り引いた。

身体が前のめりになった。

衝撃――顔面を壁に打ちつけた太陽は、トイレに俯せに倒れた。

リノリウムの灰色の床に、朱色が広がった。

鼻血と、口の中も切ったようだ。

「おいっ、どうした!?　大丈夫か!?」

水谷が大声で呼びかけてきた。

「ああ……いま、そっちに行くから」

太陽は、トイレを出ると顎と膝を使い尺取り虫のように水谷と明寿香の元に戻った。

「太陽、血が出てるぞ！」

水谷が、太陽の顔を見るなり叫んだ。

「戦利品だ」

太陽は座ると、水谷に背中を向けた。

「なんだそれ？」

「トイレットペーパーを切る部分だ。早く、こっちにきて背中合わせに座れ」

太陽に促され、水谷が尻でにじり寄ってきた。

「ちょっと、私を先にやってよ！　レディファーストって言葉を知らないの？」

明寿香が血相を変え、太陽のもとに尻で滑り寄ってきた。

「女狐は化かすから最後だ。心配するな。まだ使い途はあるから、置き去りにはしない」

太陽は言いながら、水谷の革手錠にトイレットペーパーホルダーの縁を垂直に当てて腕を上下させた。

「そんなもんで、本当に切れんのか？　革だぞ、革！」

「ごちゃごちゃ言ってないで、お前も俺に合わせて手を上下に動かせ」

摩擦を利用して切るには、トイレットペーパーホルダーと革手錠の上下するピッチを速めなければならない。
五十、五十一、五十二……回数を数えた。

太陽は、振り返った。

ほんの少しだけ、二つの輪っかを繋ぐ革鎖の表面が毛羽立《けばだ》ってきた。

もともと革は丈夫な素材な上に、手錠として強度が増すように加工されているので簡単には切断できそうになかった。

一〇三、一〇四、一〇五……ふたたび、首を巡らせ確認した。

倍の回数を摩擦しても、革鎖はさっきとほぼ同じ状態に見えた。

体内時計では、五分以上経っていた。

この調子では、何十分かかるか……いや、そもそも切断できるかどうかさえ怪しくなってきた。

焦燥感が、太陽の背筋を這い上がった。

「おいっ、あと、どのくらいかかるんだよ!?」

水谷が、いらついた口調で訊ねてきた。

無視して、両腕の上下運動を続けた。

背中に噴き出す汗が、不快にシャツを濡らした。

額に噴き出す汗が、こめかみから頬を伝った。

前腕の筋肉がパンパンに張った――肘に激痛が走り、乳酸の溜まった肩が鉛を詰め込んだように重くなった。

腕の上下運動の速度が、明らかに落ちた。

百六十四、百六十五、百六十六……。

振り返った太陽の視線の先——革鎖の見た目には、変化はなかった。

疲労の波が、一気に襲いかかってきた。

「太陽っ、どのくらいかかるか訊いてんだよっ、無視するんじゃねえ！」

「いまやってる！　黙ってろ！」

思わず、怒声が口を衝いた。

いら立っているのは、水谷ばかりではなかった。

「その言い草はなんだ……」

シリンダーにキーを差し込む解錠音に、太陽は腕の動きを止めた。

「警護部よ……」

明寿香が、蒼白な顔で呟いた。

「マジか……太陽っ、どうするつもりだ!?」

水谷が切迫した声で言った。

「落ち着け。吹雪が出てから、まだ三十分も経っていないんだぞ？　警護部が乗り込んでくるには早過ぎる」

気休めを口にしたわけでも、自分に言い聞かせたわけでもない。

吹雪はまだ、「天鳳教」に到着さえしていないだろう。

吹雪が戻ってきた可能性のほうが高かった。

「そんな悠長なことを言ってる場合じゃ……」

「おーおー、なんてザマだ！」

明寿香の非難がましい言葉を、濁声が遮った。

「親父、なんで……」

太陽は、部屋に現れた大地の姿に二の句を失った。

「詳しい話はあとだ。手錠でも大丈夫なごついやつを持ってきたからよ」

大地が板金鋏《ばんきんはさみ》で、太陽と水谷の革鎖をあっさりと切断した。

「どうして、ここがわかった!?」

我に返った太陽は、疑問を大地にぶつけた。

このレンタルスペースは、家族の誰にも教えていなかった。

吹雪とグルならば大地が隠れ家の存在を知ることはできるが、太陽の救出に現れるはずがない。

ならば、なぜ？

太陽の脳内で疑問符が飛び交った。

「迷える子羊達に命を奪われたくねえなら、まずはここを離れるのが先決だ。おら、行くぞ！」

大地が太陽と水谷を促し、ドアに向かった。

「ちょっと……私のも外してよ！」

明寿香の声が、背中を追ってきた。

「状況が変わった。おめえはもう連れて行かねえ。吹雪にファイルを奪われて利用価値がねえし、血眼になって反撃に出てくる親父や兄貴に許して貰うために、俺らを差し出す可能性があるからよ。っつーことで、グッドバイってやつだ」

足を止めて振り返った大地が、人を食ったような顔で言い残し、ふたたび玄関に向かって駆けた。

明寿香の怒声、罵声、叫喚が、外に飛び出しドアが閉まった瞬間に遮断された。

「こっちだ！」

エレベーターに向かおうとする太陽と水谷を、大地が制し非常口に走った。

☆

太陽達を乗せたエルグランドは、荻窪から新宿方面に向かっていた。

エルグランドは、大地が乗り付けてきた車だ。

太陽のヴェルファイアは、足が付く可能性があるのでレンタルスペースのビルの前に放置してきた。

「どこに向かってるんだよ？」

エルグランドに乗り込んで約十分が過ぎた頃、初めて太陽は口を開いた。

「星が囚われてるところだ」

ステアリングを握る大地が、涼しい顔で言った。

「『天鳳教』の本部ビルか?」

「いいや。鳳神明にバレねえように、一馬が別の場所に監禁している」

「別の場所? なんで、親父がそんなことまで知ってるんだ!?」

太陽の中に芽生えた疑念が、急速に膨張を続けた。

大地は、レンタルスペースの存在だけではなく、明寿香との会話で吹雪がファイルを持ち去ったことも、板金鋏を用意していたことから太陽達が手錠で拘束されているのも知っていた。

まるで、一部始終を見ていたか盗聴でもしていたように……。

内通者がいなければ知りえないことだが、少なくとも吹雪ではない。

だが、ほかにこれだけの情報を大地に伝えることのできる者はいないはずだ。

「まあ、蛇《じゃ》の道は蛇《へび》っていうじゃねえか」

大地が、のらりくらりとはぐらかした。

「惚けてる場合じゃない。いまが、どういう状況かわかってるのか!?」

太陽は、強い口調で非難した。

「ああ、わかってる。お前が功を焦って吹雪に足を掬《すく》われ、最悪の状況を作り出したってことをな」

大地が、小馬鹿にしたように言った。

「皮肉を言ってないで、質問に答えろよ」

太陽は怒声を飲み下し、冷静な口調で大地を促した。

「なにを偉そうに。そもそも、すべての根源はおめえと吹雪にある」

「裏切ったのは吹雪だ。どうして俺まで……」

「いまのことを言ってるんじゃねえ。おめえと吹雪の不仲が、事の発端だと言ってるんだ」

大地が、一転して厳しい声音で言った。

「俺と吹雪の不仲が事の発端？　どういう意味だ？」

「そのままの意味だ。俺らの稼業は誘拐だ。そこらの欲の皮が突っ張った自己中心的な犯罪者集団と違って、浅井家の強みは以心伝心のチームワークだ。それをお前ら、面を合わせりゃいがみ合い、意地を張り合うばかりだ」

「祖父ちゃんの話じゃ、親父だって跡目争いで兄達と潰し合いしてたそうじゃないか？　俺と吹雪のことをどうこう言える資格があるのか？」

「一緒にするんじゃねえ。俺と兄貴達は反目し合ってても、阿吽《あうん》の呼吸で任務に当たったもんだ。親父は面白おかしく言ってるが、少なくともおめえらみたいに互いの任務を潰し合うことはしなかった。なんでかわかるか？　そりゃあ、兄貴達の手柄になるのは許せなかった。だがな、兄貴達を妨害するってことは浅井家の任務を妨害するってことだ。逆もまた然《しか》りだ。だから、どんなに争ってもやっていいことといけないことの区別はつけていた」

「だったら、どうしてチーム分けなんかして、俺と吹雪を競わせるようなことをしたんだ？　家族を二つに割り敵味方にするなんて、浅井家の内紛に拍車をかけるようなもんだろう？」

皮肉を返したわけではなく、率直な疑問だった。

散々、兄弟のライバル意識を煽るようなことをしていながら、いまさらチームプレイがどうのと言われても説得力の欠片もない。

「おめえも吹雪も、競い合うことといがみ合うことを履き違えてる。競い合うっつうのは、勝っても負けても互いを認め合うってことだ。てめえの欲を満たすために潰し合うのとは、わけが違うってもんだ」

「わかったわかった。とにかく、いまは吹雪を止めることが先決で、そんな関係ない話を議論してる場合じゃ……」

「それが、大ありなんだよ。おめえと吹雪の仲を憂いてたのは、星も同じだ」

大地が、太陽を遮り言った。

「裏切り者に、俺と吹雪がどうこう言われたくないな」

「星は裏切り者じゃねえ。おめえのために、裏切り者を演じたんだ」

「裏切り者を演じた？　なんのことだよ？」

太陽は、弾かれたように大地の横顔を見た。

「星は、吹雪に勝つために卑劣な手段を取るようになったおめえを見て危機感を覚えた。それで、吹雪に連絡を取って、太陽の目を覚まさせたいから寝返りたいと申し出た。吹雪は、松山海斗を監禁している場所を教えたら信用すると言った。星は池尻のレコーディングスタジオの住所を告げた。吹雪は、一時間後に車でスタジオの近くまで迎えに行くから、自分から連絡があるまで待機していろと命じて電話を切った。不意に星は嫌な予感に襲われ、電話を切ってすぐに松山海斗を連れ出した。星の予感は当たった。スタジオに現れたのは吹雪じゃなく、一馬の手下だった。吹雪は星と松山海斗を手土産に、一馬に取り引きを持ちかけた。三億払えば松山海斗が囚われている場所を教えるとな。一馬はとりあえず一億を前払いし、松山海斗を奪還したら残りの二億を払うという条件で吹雪と手を組んだ。お前を裏切った星を裏切り、吹雪は三億の身代金を手にして五代目を継承するはずだった。だが、寸前のところで星が機転を利かせたことで事態は一変した」

「ちょっと待ってくれ。親父は、誰からその情報を……まさか、星か？」

「ああ、星からＳＯＳの連絡が入ったってわけだ。あいつは、こう言ってたよ。主導権争いで我を見失っている太陽の目を覚まさせようと吹雪に寝返りかけたが、同じだったってな。おめえらに気づかせるためには、荒療治をする必要があるってな。そこで俺は、一芝鳳一馬を抱き込むシナリオを書いた。松山海斗を一馬に返す。身代金の代わりに、一居打って貰う。星と梶原を人質にする。俺の隠れ家を警護部に襲撃させる。強力な外敵にプレッシャーをかけさせ、危機感を覚えたおめえらが呉越同舟するというのがシナリオの狙いだった。共通の敵が現れることで、太陽と吹雪がガキの頃のように助け合う関係に戻ることを俺と星は願った。一馬は、身代金を支払わずに松山海斗を取り戻せるから、二つ返事で引き受けた。おめえらが呉越同舟するところまでは、狙い通りだった。誤算が生じたのは、鳳明寿香のファイルの存在だった」

大地が、苦虫を嚙み潰したような顔で言った。

「まさか人質にしていた鳳明寿香が、父親と兄貴を失脚させようと考えていたとは夢にも思わなかったぜ。教祖である父親と、次期教祖候補である息子の近親相姦の音声ファイルなんてマスコミやSNSに流されたら、松山海斗を返しても意味がない。つまり、『天鳳教』の次期教祖候補と人気俳優のゲイスキャンダルを遥かに上回る爆弾がお前らの手にあるとわかった時点で、松山海斗の存在価値なんてなくなっちまう。杞憂《きゆう》は現実となった。打ち合わせ通りに一馬がヤラセの人質として星を捕えている動画をおめえらに送りつけてプレッシャーをかけたところまでは、シナリオは順調だった。だが、おめえの口から爆弾の存在が出た瞬間に、俺の描いたシナリオは崩れてしまった。演技で囚われていたはずの星と梶原は、本物の人質にされちまった。それだけでもヤバいってのによ、くわえて吹雪の裏切りだ。事もあろうに、身代金の二億と一馬を人質に連れ去るなんてよ……」

大地が、怒りにわななく声を絞り出した。

「……星が本当の人質にされてるなら、そのことは知らないはずだ」

太陽は、掠れた声で疑問を口にした。

心臓が、釣り上げられた魚のように跳ねていた。

全身の血液が、物凄い勢いで身体中を駆け巡った。

「一馬が裏でおかしなまねをしねえように、協力関係にあったときに星が隙を見て奴のスマートフォンにGPS付きのマイクロ盗聴器を仕込んだ。だから、レンタルスペースの住所もおめえらのドタバタ劇もすべて筒抜けってわけだ」

大地の声が、耳を素通りした。

星は愚かなる兄弟の関係を修復するために身の危険を冒した……そして、愚兄達の野心とプライドの犠牲となり、囚われの身となった。

もしかして自分は、取り返しのつかないことを……。

「これから、どうするんだよ!?」

水谷の声で、太陽は現実に引き戻された。

いつの間にかエルグランドは、路肩に停車していた。

電柱の住居表示プレイトは、大久保《おおくぼ》となっていた。

「そんなもん、星を救うに決まってんじゃねえか」

大地が、フロントウインドウ越しに十数メートル先の雑居ビルを見上げつつ言った。

「救うって、場所もわからねえのに……」

「おめえ、聞いてなかったのか？　一馬にGPS付きの盗聴器をつけたって言ったじゃねえか」

「じゃあ、女狐と梶原はあのビルに監禁されてんのか？」

水谷が、大地の視線の先を追いながら訊ねた。

「ああ、GPSがぶっ壊れるか気づかれてねえかぎりな」

「吹雪と一馬は、もう着いたのか？」

今度は、太陽が訊ねた。

「みてえだな」

大地が、スマートフォンに視線を落としつつ言った。

太陽と水谷も、競い合うようにディスプレイを覗き込んだ。

一馬を指しているのだろう赤いアイコンは、大久保で静止していた。

「あの野郎、なにやってるんだよ!?」

水谷が目尻を吊り上げた。

「まあ、そう慌てるな。ちょっと待ってろ」

大地が足もとのジュラルミンケースを膝上に置き上蓋を開けると、トランシーバーのような機械が現れた。

「盗聴器の受信機か？」

水谷の問いかけに頷きつつ、大地が周波数を合わせ始めた。

ほどなくすると、ノイズに混じって途切れ途切れに男性の声が流れてきた。

「これじゃなに言ってるか聞こえねえ……」

「うるせえ！　黙ってろ！　気が散るだろうが！」

『まだ、金を強請る気か!?』

一喝する大地の声に、受信機から聞こえる一馬らしき男の声が重なった。

『人聞きの悪いことを言わないでください。この音声ファイルを十億で買い取ってほしいだけです。マスコミやネットに流出したら、あなたとお父上の損失が数千億に上ることを考えたら十億なんて安いものでしょう』

「あいつ、十億を独り占めにする気か!?」

水谷が熱り立った。

「どうだ？　鏡を見ている気分は？　あ、分身の声を聴いてる気分は？　だな」

大地が、茶化すように言った。

「ふざけてる場合か？　一馬が居直って鳳神明に泣きついたらどうする!?　星と梶原の命が心配じゃないのか!?」

太陽は、大地を睨みつけた。

「おーおーおー、どの口が言ってんだ？　つい一、二時間前まで、おめえがやろうとしていたことを吹雪がやってるだけだぜ？」

相変わらず、大地は人を食ったような物言いだった。

『もう、三億も手にしただろう!?　あまり欲をかかないで、おとなしくファイルを渡すんだ。そうすれば、今回のことは一切水に流してやる』

一馬が、吹雪を諭した。


「そうだそうだっ。もっと言ってやれ！」

水谷が、一馬にエールを送った。


『置かれている状況を、認識していないみたいですね。あなたは身体を拘束されている上に、絶対的な弱味を握られています。懇願することはあっても、命じるような立場ではないはずです』

『お前こそ、状況がわかっていない。たしかに、俺はお前に従っている。それは、音声ファイルの存在を公開されることにより、先生を破滅に追い込む可能性があるからだ』

『そんなこと、わかっていますよ』

『いいや、わかっていない。これ以上、俺を追い込むと先生に一切を知らせることになる。そうなれば、一時間以内に百人以上の警護部の精鋭がこの建物を取り囲む。囲まれる前に逃げ出せたとしても、生涯、逃亡者の人生を送ることになる。そして最後には捕まり、最初から存在しなかったように消されてしまう』

一馬が、吹雪を恫喝した。

『脅しても無駄ですよ。お父上に泣きつく覚悟を決めても、どうやって連絡するんですか？　いまのあなたは、腕に止まった蚊を殺すこともできないんですよ』

吹雪が、嘲るように言った。

『吹雪。彼の言う通りにして！』

不意に流れてくる女性の声……星の声だった。

『僕も、そうしたほうがいいと思う』

続けて男の声……梶原の声も聞こえた。


「おおっ、無事だったか！　久しぶりに、奴の声を聞いたぜっ」

水谷が、興奮気味に叫んだ。

「二人とも、無事だったか……」

太陽は、安堵の息を漏らした。

「いまはな。吹雪の出方一つで、絶体絶命の状況になるかもしれねえ」

大地が、受信機を睨みつつ言った。

「いつまで、盗み聞きを続けるつもりだ？　星と梶原を助けないのか？」

「建物の周囲には、吹雪の手下がうようよしている。闇雲に突っ込んでも門前払いだ」

「だからって、このまま指をくわえて妹を見殺しにしろっていうのか!?」

「誰もそんなこと言っちゃいねえだろうが。時機を見ろと言ってるんだ」

「そんな悠長なことを……」


『君をそんなふうにした敵を、なぜ庇うんです？』

受信機から流れてくる吹雪の声に、太陽は言葉の続きを呑み込んだ。

『あなたのために、決まってるじゃない！』

『僕のため？　君には、目の前の無力な彼の姿が見えないんですか？』

『五時間まで、あと一時間』

唐突に、一馬が言った。

『なにがですか？』

訝しげに、吹雪が訊ねた。

『俺が荻窪のビルに入ってから五時間以内に「天鳳教」本部ビルに戻っていなければ、先生に音声ファイルの存在とこのビルに人質を捕らえていることを伝えさせるために、配下を本部長室に待機させている。つまり、あと一時間以内に俺が本部長室に姿を見せなければ、少なくともここに百人を超える警護部の猛者が乗り込んでくるだろう。言っておくが、本部長室で待機する部下に電話をかけさせようとしても無駄だ。無理やりそうさせられている恐れがあるから、俺が本部に戻らないかぎり実行しろと命じてあるからな』
『そんな子供騙しを、僕に信じろと言うんですか？』
慌てたふうもなく、吹雪が抑揚のない口調で言った。

「子供騙しじゃねえんだな、これが」

大地が、さらりと言った。

「親父、知ってたのか!?」

太陽は、弾かれたように顔を向けた。

「ああ。こいつでな」

大地が、受信機に視線を落とした。


『子供騙しだと思うなら、一時間このままでいてみればいいさ』

『吹雪っ、言うことを聞いて！　嘘じゃないわっ。私は、彼が電話で指示するのを聞いていたから！』

一馬の余裕の声に続き、星の切迫した声が流れてきた。

「一馬は、おめえらの待つ荻窪のビルに行く前に部下に命じていた。野郎は、自分の恥が日本中にさらされることよりも、鳳神明の名が傷つくのを恐れている。いままで、一人で処理しようとしていたのも保身のためじゃねえ。崇拝してやまない偉大なパパを巻き込まねえためだ」

「だったら、なおさら星を救出しなきゃならないだろう!?」

「いま行って、どうなる？　吹雪の配下に追い返されるだけだ。いくらおめえとこの兄ちゃんの腕が立ったところで、相手は二十人以上だ」

　大地が、太陽と水谷を交互に見た。

「スマホを貸してくれ」

　太陽は、大地に言った。

　自分のスマートフォンは、吹雪に没収されていた。

「吹雪にかけて、教えるつもりか？」

　太陽の心を見透かしたように、大地が言った。

「わかってるなら、早く貸してくれ」

「だめだ」

「どうしてだ!?」

『だから？』

　焦燥感に駆られる太陽の声に、吹雪の声が重なった。

『だからって……この人が戻らなければ大勢の教徒が乗り込んでくるのよ!?　吹雪、自分の配下で対抗できると思ってないでしょうね!?』

『まさか。戦は兵の数じゃないなんて言うほど、僕は愚かじゃありませんよ。一馬さん。本部長室で待機している配下の方に、電話をかけて貰えますか？』

『無駄だと言っただろう？　脅されて電話させられている可能性があるから、俺が行かなければ配下は先生に……』

『言う通りにしてください』

吹雪が、一馬を遮った。

『吹雪っ、なにをするつもり!?』

吹雪がなにかを命じ、星が驚きの声を上げた。

『そんなことをしたら、火に油を注ぐようなものだ。馬鹿な真似はやめるんだ……』

梶原も、強張った声で吹雪を諭した。


「あいつ、まさか……」

太陽は、激しい胸騒ぎに襲われた。

『ナイフを突きつけても……なにも状況は変わらないぞ』

声はうわずっているが、一馬は強気に拒絶した。

『状況は僕が変えるので、ご心配なく。さあ、早く配下の方に電話をしてください』

吹雪が、少しも動じたふうもなく冷静に促した。

嵐の前の静けさ——こういうときの吹雪は、恐ろしく残酷になれる男だ。

『ハッタリだと思ってこんな強気なまねをしているなら、薮蛇《やぶへび》になるぞ。俺がこのタイミングで電話をかけたら、配下は異変を察して先生に……おあっ……』

一馬の叫びと星の悲鳴が交錯した。

『ふ……吹雪君っ、やめろ！』

梶原の動転した声が聞こえた。


「あの野郎っ、刺したのか!?」

水谷が、蒼白な顔で身を乗り出した。

胸騒ぎが、現実のものとなった。

「やっぱり、そうきたか」

大地が、将棋でも指しているように緊迫感のない口調で言った。

受信機からは、一馬の呻き声が流れ続けていた。

『安心してください。太腿の動脈は外していますもう一度言います。配下の方に、電話をかけて頂けますか？　今度は、外しませんよ』

平板な口調で、吹雪が一馬に命じた。

「どこに行く気だ！」

助手席のドアに手をかけた太陽の肩を、大地が摑んだ。

「あんたが動かないなら、俺一人でも行くっ。吹雪を止めないと、星が危ない」

「動かねえなんぞ言ってない。もう少し辛抱しろと言ってるだけだ」

「あんた、星が心配じゃ……」

「いま吹雪を止めたら、星は死ぬぞ！」

大地が見たこともないような鬼の形相で、太陽を引き寄せた。

「このまま吹雪を暴走させたら、鳳神明が兵隊を送り込んでくる事態になるのがわからないのか!?」

「いまはまだ、俺が浅井家のトップだ。命令に……」

「娘を見殺しにするような親の命令なんて聞けない！」

ふたたび、腕を振り払おうとした太陽をシートの背に押しつけ、大地が顔を近づけた。

「吹雪も星も……そしておめえも、俺の子供だ。絶対に、死なせはしねえ。頼む。俺を信じてくれねえか」

大地が、潤む瞳で太陽をみつめ訴えた。

「息子に隠し事ばかりして不可解な動きをするあんたを、どうやって信じろっていうんだ!?」

太陽は、思いの丈をぶつけた。

信じたい。昔のように……。

信じたい。できるなら……。

「この期に及んでお前に嘘を吐くほど、俺は腐っちゃいねえ」

束の間、大地と視線が交錯した。

子供の頃見た、力強く、優しく、頼りがいのある瞳……目の前にいる男は、幼き太陽が憧れたヒーローだった。

「息が臭いから、離れてくれ」

太陽は、ゆっくり大地の身体を押し退け眼を閉じた。

『わかった……配下にかけるから……携帯を……貸してくれ……』

喘ぐような一馬の声――深く息を吸い込み気を静めた太陽は、大地を信じて事の成り行きを見守った。

14

一馬は、自分があと一時間以内に「天鳳教」の本部長室に戻らなければ、待機させている配下が教祖……鳳神明に、すべてを報告するという保険をかけていた。

それを聞いても、吹雪は慌てるどころか一馬の太腿をナイフで刺して配下に電話をしろと迫った。

配下に連絡すること即ち、鳳神明に伝わることを意味する。

そうなると、猛者揃いの警護部の教徒が襲撃してくるのは目に見えている。

いったい、吹雪はなにを考えているのか？

そんな吹雪を止めようとしない、大地の肚も読めなかった。

吹雪の暴走を止めることが、どうして星が死ぬことになるのか？


『……俺だ』

思考を巡らしていた太陽は、受信機から流れてくる一馬の声に我に返った。

『あっ……』

『もしもし、お電話代わりました』

吹雪が一馬から電話を奪ったようだ。

『僕ですか？　鳳一馬、鳳明寿香兄妹の誘拐犯です。質問はここまでです。兄妹を無事に帰してほしければ、余計な質問はせずに僕の指示に従ってください』

人を食ったように、そして有無を言わせぬ隙のない口調で吹雪が命じた。

『あと一時間以内に本部長室に一馬さんが戻らなければ、あなたが鳳神明先生にすべてを告げると聞きました。まずは、それをやめてください。もし指示に従えないのであれば、一馬さんを死なせることになります。脅しではありません。殺人は本意ではありませんが、鳳神明先生に知られると警護部の大群に襲撃されてしまいますから、身を守るためにはそうするしかないのです。因みに、もう既に、右の太腿はナイフで刺していま す』

まるで、明日の天気を告げる気象予報士のように、吹雪が淡々と状況を説明した。

『吹雪！　こんなことやめてっ。殺人者になるつもりなの!?　私達は犯罪家族だけど、殺人集団じゃないのよ！』

星が悲痛な声で絶叫した。

『妹と梶原さんを、別室に連れて行ってください』

吹雪が、配下に命じた。

「お前の弟は、サイコ野郎だな」

水谷が、強張った顔で言った。

いま初めて、吹雪の本当の恐ろしさに気づいたのかもしれない。

脅しでもブラフでもない。

一馬の配下が命に背けば、吹雪は微塵の躊躇《ちゅうちょ》もなく有言実行するだろう。

『とりあえず大声を出さないでください。質問もだめだと言ったでしょう？　君は、僕の指示に従って本部長と副本部長を取り戻すか、背いて二人を死なせるかのどちらを選択するかだけを考えてください。残念ながら、そう時間は与えられません。一分だけ時間をあげます』
　吹雪が、一馬の配下に畳みかけるように言った。

「なにを考えている？」

　太陽は独り言ちた。

「そんなもん、十億をせしめるために決まってんだろうが」

　大地が、当然、というような顔で言った。

「吹雪は三億を手にしているから、残り七億……いくらなんでも、鳳神明に内緒で短期間にそれだけの大金を動かすのは無理だ」

　対抗意識ではなく、本音だった。

「簡単じゃねえのはたしかだ。だが、不可能じゃねえ。本気で命を取られると思えば、是が非でも七億を集めるさ。『天鳳教』自体には、その千倍以上の金があるんだからよ」

「一兆あろうが十兆あろうが、一馬が自分の力で七億を動かせなきゃ意味がないだろ？」

「だから、言ったじゃねえか？　命と引き換えとなりゃ、人間、死ぬ気になりゃたいていのことはできるもんだ」

大地が、ほくそ笑んだ。

『いまから、君に指示を出します。早急に、本部長は七億を用意しなければなりません。しかしながら、本部長は保険のために僕の元にいて貰います。君が本部長の手となり足となり、資金集めに奔走してください。念のために釘を刺しておきますが、君には監視をつけています。もし、少しでもおかしな動きがあったら、鳳神明先生の長男と長女の身の安全は保証できません。では、本部長からの指示を僕が代理として電話するまで、そこでおとなしく待機していてください』

吹雪が、冷静に、淡々と告げると電話を切る気配があった。

『一馬さん。早速ですが、配下の彼に出す指示を教えてください』

『お前……正気か？　本気で、今すぐに七億を揃えられると思ってるのか⁉』

血相を変えた一馬の顔が、眼に浮かぶようだった。

『この状況で、冗談なんて言いません』

『断ると言ったら……？』

『僕が殺人者になるだけです』

吹雪が、さらりと言い放った。

『そんなハッタリが……通用すると思ってるのか？　俺を殺したら、先生は絶対にお前や家族を見逃さないぞ』

懸命に強気を貫こうとする一馬だが、声は上ずり震えていた。

「なあ、親父、吹雪が冷徹なのはわかるが、一馬を殺してまで七億に固執すると思うか？」

太陽は、素朴な疑問を口にした。

吹雪が情に流されると、思っているわけではない。

必要に駆られれば、人を殺《あや》めるくらい平気でやる男だ。

ただし、必要に駆られれば……だ。

いくら浅井家の五代目を競っているとはいえ、もう既に三億は手にしているのだ。

単純に、先に「天鳳教」から身代金を引き出したほうが勝ちだとするならば、吹雪に軍配は上がっている。

既に勝敗が決しているヤマで自らの手を汚してまで金を追うほど、吹雪は愚か者ではない。

「ああ、固執しまくるぜ。だが、てめえが独り占めにするためじゃねえ」

「じゃあ、なんのためだ？」

「まあ、そのうちわかるさ」

大地が、ふたたび意味深な言い回しではぐらかした。

『できることなら、僕も手を汚したくはありません。ですが、一馬さんを解放しても同じです。あなたは、大群の兵を引き連れ必ず僕達に報復するでしょう。同じ逃亡生活を送るなら、資金は多いに越したことはありません』

『……わかった。金はなんとかしよう。だが、今すぐに七億なんて、とても無理だ。定期を解約するにも最低……』

『銀行以外にも、教団の内密の場所に隠し財産があるでしょう』

吹雪が、一馬を遮り冷静な声音で詰め寄った。

『そんなもの、あるわけ……ああっ！　血が……血が……きゅ……救急車を呼んでくれ！』

一馬が悲鳴を上げ、動転した声で訴えた。

「サイコ野郎っ、また刺しやがったか！」

水谷が後部座席から身を乗り出し、大声を張り上げた。

『大袈裟ですね。皮膚を切っただけです。でも、いつまでもお遊びにつき合ってはいられません。本部長室で待機している配下の方に出す指示をお願いします』

吹雪は、なにごともなかったように資金繰りの指示を一馬に要求した。

もしかして吹雪は……。

いや、そんなことがあるはずはない。

太陽は、頭に過った万が一の可能性を口にした。

「吹雪が暴走してまで七億を作らせようとしているのは、自分のためじゃないって言ったよな？」

太陽は、大地に問いかけた。

「ああ、てめえのためじゃねえ」

「まさか……俺らを逃がすため……逃走資金を作るために危険を冒してまで十億に拘っているっていうのか？」

掠れ声を、太陽は絞り出した。

「そういうこっちゃ」

「そんなはず、あるわけないだろ!?　第一、親父と星の計画を潰したのは吹雪の裏切りが原因じゃないか！」

思わず、語気が強くなった。

もし、大地の言う通りだとしたら自分は……それを見抜けずに吹雪に勝つことばかりを考えていた自分は、救いようのない愚か者だ。

「たしかに、ファイルの存在が知れたことで星の切り札だった松山海斗は無力なカードになった。だが、俺と星のシナリオを潰したのはおめえも同じだ。吹雪が呉越同舟を反故にしたことは、俺への裏切りじゃなく単におめえが出し抜かれただけの話だ。それに、奴が暴走したのはおめえを巻き込まねえためだ」

「なっ……」

太陽は絶句した。

自分達を拘束して一馬を連れ去ったのも、浅井家の逃走資金を一人で作るつもりだったというのか？

「おめえは、ちっともわかってねえ」

不意に、大地が言った。

「なにが？」

「吹雪がいまみてえな冷徹な人間になったのは、なんでだと思う？」

「子供の頃にかわいがっていた飼い犬をタクシーに撥ねられて殺され、器物損壊扱いされたから人を信じる心を失った。どうしていまさら、そんなことを聞く？」

太陽は、訝しげに訊ね返した。

「ますます、呆れた奴だ。おめえ、本当にそれだけが理由で吹雪があんな冷血漢になったと思ってんのか？」

「ほかに、どんな理由があるって言うんだよ？」

「おめえが、ワンコを殺したタクシーの運転手のあとをつけて、そいつの車をスクラップにしただろう？　ほかにも、吹雪をイジメたガキを捕まえて、両手の指を全部折っちまったこともある。マフィアの制裁なら珍しくもねえだろうが、あのときのおめえは小学生のガキだ。普通、十歳とか十一歳のガキがよ、そんな残忍なことするか？」

「その話と吹雪が冷徹になったたっていう話は関係ないだろう」

太陽は、嫌悪感を隠さなかった。

封印してきた過去……自分の中の醜い怪物から、眼を逸らしてきた。

心理学の知識を身につけたのは、吹雪やターゲットよりも自らの内部にいる怪物をコントロールするためだった。

だが、メッキはいつか剝がれてしまう。

感情的な言葉が口を衝き、卑劣な手段を使ってでも弟に勝つことばかりを考えるようになった。

吹雪との跡目争いが始まってからは、内なる醜い怪物を抑えきれなくなっていた。

「それが、大ありなんだな。これは初めて話すことだが、実は、車スクラップ事件のあと、吹雪が俺にこう言った。兄さんのために、僕は変わるね。だから、これから僕がなにをやっても絶対に怒らないでね……ってな。そのときは、こいつ、なにを言ってるんだろうくらいにしか考えなかった。人が変わったみてえに無口になって、日に日に冷酷な振舞いが目立つようになる吹雪を見て、ワンコのことでおかしくなっちまったんじゃねえかと思ってた。吹雪が中学生になったときに、俺は訊いた。おめえは、どうしてそんなふうになっちまったんだ、とよ。そしたら、僕が子供の頃に言ったことを忘れたんですか？　なんて言い返されてな。初めて、俺は言葉の意味を悟った。吹雪は、おめえを鬼畜にさせないために自分が変わると宣言したんだよ。おめえの手を汚させないために自分の手を汚す……つまり、兄の代わりに弟が鬼畜になるってことを、ガキの頃に宣言したってわけだ」

「それを……俺に信じろって言うのか？」

太陽は、掠れ声を絞り出した。

言葉とは裏腹に、そう考えるとすべての疑問が氷解した。

気弱で心優しかった弟が冷徹な男になったことへの疑問、浅井家のルールを破って暴走しても大地が吹雪を咎めなかったことへの疑問、大地が吹雪に跡目を継がせたがっていたことへの疑問……すべての疑問の原因は、自らにあったのだ。

「おめえが信じようが信じまいが、それが真実だ。吹雪が強引なやりかたで人質をさらったり、人質を冷酷に傷つけ目的を果たしてきたのは、おめえの内なる悪魔を暴走させねえためだったんだよ」

——兄さんのために、僕は変わるね。だから、これから僕がなにをやっても絶対に怒らないでね。

大地から聞かされた幼き吹雪の言葉が、太陽の脳裏に蘇った。

――吹雪の冷酷さはすべて計算だが、お前は違う。お前は、先天的に冷酷な心の持ち主だ。

以前に、大地に言われた言葉が続いて蘇った。


『本部長室の……金庫に……金が入っている。だが……指紋認証が必要だ』

沈黙を破り、受信機から喘ぐような一馬の声が流れてきた。

『つまり、あなたが本部長室に行かなければ金庫は開かない。そういうことですね？』

『ああ……それ以外は、七億もの……大金を揃える方法はない。だが、本部に行けば警護部の教徒が……周辺を警備している。当然、部外者のお前は……厳しいチェックを受ける。なあ、悪いことは……言わない。三億はくれてやるから……これ以上、欲をかかないほうがいい。三億で手を引いたら……先生にも報告しないし……お前や家族を追い込んだりもしないと……約束する……』

『ご忠告ありがとうございます。お気持ちだけ頂いておきます』

吹雪が、あっさりと受け流した。

『俺の……話を……聞いてなかったのか……。百人以上の警護部の教徒がいる……本部に……七億を奪いにいく……なんて……自殺行為だぞ』

『奪いませんよ。僕は、近くに待機しています。あなたが本部長室に行き、金庫から七億を持ち出して車まで運んでください』

平然とした口調で、吹雪が命じた。

『もちろん、裏切ったら音声ファイルがＳＮＳとマスコミに瞬時に流れるように保険はかけてありますから』

『わかった。いいだろう』

あっさりと、一馬が従った。

崇拝する父であり神である鳳神明を一瞬で破滅させるだけの破壊力がある音声ファイルの流出を阻止するために、従順になるのは不思議なことではない。

だが、それにしてもあまりにも素直な一馬の態度が、太陽の脳内で警報信号を鳴らした。


「罠だ」

無意識に、太陽は口に出していた。

「ファイルを握られてるんだから、一馬もへたな真似はできねえだろうよ」

後部座席から、水谷が否定した。

「おめえは浅はかだな。敵の陣地に乗り込む吹雪を、圧倒的な武力の差でさらうのは難しいことじゃねえ。そして、吹雪の命と交換条件にファイルを持ってる奴に取り引きを持ち掛ければ、撥ねつけるわけにゃいかねえだろう？」

大地が、小馬鹿にしたように言った。

「冷血野郎とファイルの交換で互いに痛み分け……振り出しに戻ったっつうやつだな」

水谷が、独り言ちた。

「吹雪を解放するわけねえだろう。ファイルを手に入れた瞬間に殺すか、半殺しで生かしたまま俺らを誘き出そうとするかのどっちかだ。まあ、なんにしろ、奴らはファイルを手に入れたあと、浅井家を皆殺しにしようとするはずだ」

「車、貸してくれないか？」

太陽は、大地に言った。

「なんでだよ？」

すかさず、水谷が訊ねてきた。

「『天鳳教』に先回りする」

「マジで言ってんのか!?　あんな裏切り者は放っておいて、梶原と妹を救出しようじゃねえか！」

水谷が血相を変えて言った。

「お前は、親父と一緒にここに残って二人を保護してくれ。吹雪は、手下を引き連れ移動するから、ここは蛻の殻になるはずだ」

「だったら、お前も残って一緒に救出しようぜ。あの野郎が俺らを裏切ったのは事実だ。親父さんはこう言ってるが、あの冷血野郎が家族のために身体を張ってるなんて証拠はねえだろ？　少なくとも俺は、野郎は金を独り占めにしようとしていると思っている」

「そうかもしれないな」

太陽は、水谷の考えをあっさりと受け入れた。

「そうか。じゃあ、俺達と一緒に……」

「いいや。親父とお前は降りてくれ」

「あの野郎を信用しねえって、お前も言ったじゃねえか！」

水谷が食ってかかってきた。

「そうかもしれないと言っただけだ。だが、そんなことはどっちだっていい。吹雪が家族のためにやってようが金を独り占めしようとしてようが関係ない。俺がそうしたいから、行くのさ」

強がっているわけでも、大地の前でポイントを稼ごうとしているわけでもない。

贖罪とも違う。

なぜ？　と訊かれても、うまく答えられる自信がない。

実際、水谷の言う通り吹雪が金を独り占めしようとしている可能性もある。

だからと言って、大地が作り話をしたとは思わない。

吹雪が冷徹な男として生きることを決意したのは、兄を暴走させないためだったのだろう。

だが、人は変わる生き物だ。

大人になった吹雪が、そのままの純粋な感情を抱き続けているとはかぎらない。

じゃあ、なぜ、行くのか？

敢えて理由を探せば、幼い頃の弟の気持ちに、兄として応えたいからだ。

「おい、降りるぞ！」

大地が、水谷に言った。

「なに言ってんだよ!?　太陽を一人で行かせるつもりか!?」

「こいつは昔から、一度言い出したら誰になにを言われても耳を貸すような男じゃねえ。俺に似て、どうしようもねえ頑固者だ。それでこそ、自慢の長男だ」

大地が太陽の肩を叩き、ドアを開けた。

「まったく、なんだよ、この昭和のドラマみてえな臭いやり取りは……」

水谷が吐き捨てつつ、スライドドアを引いた。

「ありがとう」

太陽は、ドライバーズシートから降りた大地の背に声をかけた。

大地が足を止めた。

「兄弟揃って、ちゃんとツラを見せろや。親より先に死ぬような親不孝者は、ぶっ殺してやるからな」

振り向かず言うと、大地は足を踏み出した。

☆

中野駅から車で十五分……ひっそりとした裏路地とは不似合いなガラス壁の「天鳳教」本部ビルは、宗教団体というよりＩＴ関連の会社のような近代的で洗練されたビジュアルだった。

太陽は、本部ビルから三十メートルほど過ぎた路肩にバンを停め、長いため息を吐いた。

大地と水谷がバンから降りてほどなくすると、吹雪と一馬の会話が受信できなくなった。

単純な故障か、電波障害か、吹雪が盗聴器の存在に気づきスイッチを切ったかの判断はつかなかった。

なにが原因だとしても、吹雪と一馬のやり取りを摑めなくなったのは痛い。

太陽は任務用の、裏側に様々なサイズの収納ポケットが六つついている黒のジャケットを羽織った。

あとは、己の勘に頼るしかなかった。

それぞれのポケットには、スタンガン、サバイバルナイフ、催涙スプレー、革手錠などが仕舞われていた。

もし警官に職務質問されたら、一発でアウトだ。

どれだけ武装したところで、気休め程度にしかならないのはわかっていた。

車内から遠目に見ただけで、ビルの敷地内に十人を超えるスーツ姿の教徒がいて、周囲に厳しい視線を巡らしていた。

見えない場所も含めると、倍以上はいると思ったほうがいい。

建物内には、オオスズメバチの巣のように凶暴な警護スタッフがうじゃうじゃしていることだろう。

鳳一馬が吹雪の指示に従って素直に七億を運び出そうとしても、危険が伴うことに変わりはない。

一馬の様子に異変を察した教徒が、尾行する可能性は十分に考えられた。

過去の任務でターゲットを張り込んでいたときの吹雪の行動を思い返すと、恐らく「天鳳教」の本部ビルから半径五十メートル以内に車をつけるに違いない。

もし、警護スタッフに感づかれてしまったら、七億を手にできないどころか逃げ切ることも難しいだろう。

太陽一人が援護しても、オオスズメバチの大群にスプレー缶の殺虫剤一本で立ち向かうようなものだ。

だが、オオスズメバチの気を逸らすことくらいはできるかもしれない。

振り返れば、浅井家のチームワークに綻びができた発端は自分にあった。

ファミリーのためと言いながら吹雪を非難し、抑え込もうとしていたのも、封じ込めていた内なる怪物がイニシアチブを手にしようとしていたからだ。

そんな自分から、眼を逸らし続けていた……受け入れなかった。

だが、自分をごまかすのは終わりだ。

浅井家を救うため……いまこそ、モンスターを解き放つときだ。

「頼んだぞ」

太陽は振り返った。

後部座席に置かれたクレートの柵扉越しに、早く出してほしそうな訴えかける瞳でノブナガが太陽をみつめていた。

ノブナガは雄の柴犬で、海が表向きやっているペットホテルの常連客が経営しているレンタルドッグショップの犬だ。

海は今回の任務に入ると決まってからペットホテルを休業していたので、任務に使える犬は浅井家にいなかった。

単独で歩いているよりも、犬を連れていると周囲の警戒心は大幅に下がる。

警官と擦れ違っても、職務質問されることはまずない。

「行くぞ」

太陽はキャップを目深に被ると、ノブナガのクレートの扉を開けた。

☆

「天鳳教」本部ビルの通りを挟んだ正面の歩道――電柱で、ノブナガがマーキングした。バンから降りてノブナガと周辺を散歩し始めて、十五分が過ぎた。

周囲に鋭い視線を走らせている腕に腕章を巻いたスーツ姿の教徒達も、犬の散歩をしている男性には興味を示さなかった。


――吹雪が一馬とビルを出たぜ。黒のヴェルファイアだ。同行してる配下は、南條ってゴリラと束ってキックボクサー崩れだけだ。大勢で行けば目立つし危険だと判断して、少人数にしたんだろう。まあ、十数人いたところで数百の警護部に囲まれたら太刀打ちなんてできねえがな。まっすぐそっちに向かえば十五分くれえで到着するが、寄り道するかもしれねえ。これから、星とおめえのダチを救出してくるからよ。


大地から電話が入ったのが五分前。

時間が経つほどに鳳神明に伝わるリスクも高くなるので、吹雪は寄り道はしないはずだ。

どちらにしても、ノブナガと一緒なら一時間くらい周辺をうろついていても疑われない。

むしろ、警護スタッフよりも吹雪に見つからないようにしなければならない。

「気持ちいいか？　そっかそっか、いい子だな～」

太陽は犬バカな飼い主を演じながら、中野通りの方面に視線を巡らせた。

デニムのヒップポケットが震えた。

太陽はスマートフォンを引き抜き、ディスプレイを確認した。

「大地」の文字が表示されていた。

「あ、いま散歩中だから、もうすぐ帰るよ」

太陽は、吞気な口調で言った。

『ごめんね、迷惑かけて』

予想していた大地の濁声でなく、受話口から流れてきたのは星の声だった。

「久しぶりだな、元気か？」

無事だったのか？　怪我はないのか？

警護スタッフの眼を意識し、太陽は逸る気持ちを抑えて相変わらず吞気な口調で訊ねた。

『うん、私は平気よ。それより、お父さんに聞いたけど、一人で「天鳳教」の本部に乗り込んだんだって？　大丈夫なの!?』

「全然。のんびり、ノブナガを散歩させてるからさ」

『ずっとそんな喋り方をしてるってことは、周りに警護部の教徒が大勢いるのね？』

星が、不安げな声で訊ねてきた。

「もうちょっと散歩してから帰るよ。あ、同僚も連れて行くから」

太陽は、暗に吹雪を連れて帰ることを仄《ほの》めかした。

『いつもの太陽に戻って安心したよ。だけど、無理しないで。死んじゃだめだからね』

星が、心配そうに言った。

「ああ。俺らしくいこうと思っている」

胸が痛んだ。

星はわかっていない……彼女は知らない。

本当の兄の姿を……。

『約束だからね。太陽とは喧嘩別れしたままだから、このままいなくなっちゃったら後味悪過ぎでしょ』

明るく振舞っているが、星の声は上ずっていた。

「了解だよ。終わったら、連絡するから」

太陽は笑顔で通話を切った。

あたりに、黒のヴェルファイアは見当たらない。

「軽く、一周してくるか？」

太陽はノブナガに語りかけ、足を踏み出した。

すぐに、歩を止めた。

通り越しの、「天鳳教」の敷地内――二十人前後の警護スタッフが門に駆け寄り、左右に分かれて整列した。

教徒達の視線の先――タクシーから降り立つ鳳一馬。

太陽は、首を巡らせた。

相変わらず、黒のヴェルファイアは見当たらない。

頭を下げて出迎える警護スタッフの作る花道を悠然と歩く一馬は、心なしか歩調がゆっくりのように見えた。

しかし、大腿を刺されているにしては普通に歩けているので、表皮と筋肉を浅く刺して痛みと出血で恐怖を与える方法を取ったのだろう。

どこで一馬を下ろし、タクシーに乗り換えさせたのかが問題だ。

半径五十メートル以内ではなく、警戒してもっと離れた場所まで一馬に金を運ばせるつもりか？

離れたら安全性が増すように見えるが、実際は逆だ。

近くに待機していれば、敵の動きも把握できる。

だが、離れれば離れるほど敵の動きが摑めなくなる。

加えて、襲撃する態勢を万全にする時間を与えてしまう。

念のため、バンに戻ったほうがよささうだった。

もし、一馬が車に乗って出てきたら見失う恐れがあるからだ。

「戻るぞ」

ノブナガに声をかけ、踵を返そうとした太陽は弾かれたように振り返った。

「天鳳教」の本部ビルから三十メートルほど離れた路肩に、バイク便のバイクが二、三メートル間隔で縦列停車していた。

ヴェルファイアから、乗り換えたのか？

――同行してる配下は、南條ってゴリラと東ってキックボクサー崩れだけだ。

大地の声が、脳裏に蘇った。

太陽の予想が当たっているならば、バイクに乗っている三人は吹雪、南條、東ということになる。

みなフルフェイスのヘルメットを被っているので、顔が見えない。

太陽の位置から三人まで三十メートル以上あるので、体形での判別もつけられない。

だが、状況から推察すると、太陽の予想が当たっている可能性は高い。

一億円の重さは約十キロだ。七億で七十キロ……振り分けると一台当たり二十三、四キロだから、荷台のボックスに入れて余裕で運ぶことができる。

問題は、札束を三台のバイクに積み込むときだ。

警護スタッフがうようよいる敷地内からは、バイクが停車している位置は死角なので見えないが、ふたたび一馬が出て行くときに不審に思い尾行しないかが心配だ。

七億もの大金を積み込むとなれば、手分けしても十分近くはかかるだろう。

その間に、警護スタッフに襲撃される危険性がある。

太陽はバンに戻りノブナガをクレートに戻すと、レンタルドッグ店に電話をかけた。

『はい、散歩犬レンタルの「ワンタイム」です』

受話口から、オーナーの女性の声が流れてきた。

「すみません、太陽です」

『あら、どうしたの？　ノブナガが、なにか問題でも起こしちゃった？』

「いいえ……ノブナガはいい子にしてますが、僕がひどい腹痛を起こしまして……。いまからタクシーで病院に行きますから、大変申し訳ありませんが、ノブナガを迎えにきて頂いてもいいですか？　中野区の野方《のがた》に、白いエルグランドを停車しています。詳しい住所は、あとでメールしますから。後部座席のクレートに、ノブナガはいます」

『え!?　ノブナガを迎えに行くのは全然構わないけど、太陽君は一人で病院に行けるの？』

「はい。すぐにタクシーに乗るので大丈夫です。車のドアは開けておきますから」

『了解。ところで、車はどうするの？』

「あとで……」

「天鳳教」の敷地内から、白のレクサスが出てきた。

助手席には、一馬が乗っていた。

ハンドルを握っているのは、吹雪が指示を出した一馬の配下に違いない。

「あとで、知り合いに取りにこさせますから」

太陽は早口で言いながらバンを降りた。

レクサスから数メートル遅れて、白と黒のアルファード、シルバーと白のエルグランドが四台連なって出てきた。

二台のアルファードは急加速して、あっという間にレクサスを追い抜いた。

対照的に二台のエルグランドはスローダウンし、バイクの十メートルほど手前で停車した。

挟み撃ち——太陽の脳内に赤信号が点《とも》った。

『もしよかったら、私が車を……』

「もう、お腹が限界です。とりあえず病院に行きます」

一方的に告げると太陽は電話を切った——走った。

一馬を乗せたレクサスは、バイクの横に停車した。

ほどなくして助手席から一馬が降りると、後部座席のドアを開けて最後尾のバイクの運転手を促した。

恐らく、吹雪に違いない。

先頭の大柄な運転手と真ん中の小柄な運転手も素早くバイクから降りると、レクサスの後部座席に駆け寄った。

バイクまで、およそ十五メートル——太陽は、全速力で走った。

「吹雪っ、罠だ！」

太陽が叫ぶのを合図にしたように、二台のエルグランドの左右のスライドドアが開き、二十人近い屈強な警護スタッフが飛び降りた。

前方からは、二台のアルファードに分乗していた同じほどの数のスーツ姿の男達が鬼の形相で駆け寄ってきた。

運転手……吹雪が脱いだヘルメットで一馬の顔面を殴りつけ、後部座席から紙袋を運び出した。

南條と東も紙袋をそれぞれのバイクの荷台ボックスに詰め込もうとしていた。

「金なんて置いて逃げろ！」

太陽の叫びも虚《むな》しく、四十人あまりの警護スタッフに囲まれた吹雪達三人の姿がスーツの津波に呑み込まれた。

ひっそりした裏通りなので人は少なかったが、それでも通行人はいた。

だが、誰も彼もが知らぬ顔を決め込んだ。

無理もない。

数十人のいかつい男達が合金の特殊警棒を振り翳し、たった三人を袋叩きにしているのだ。

「お前ら全員ぶっ殺す！」

左手にサバイバルナイフと右手にスタンガンを持ち、太陽は修羅の形相でスーツの黒波に突進した。

スーツの黒波に突っ込んだ太陽は、手当たり次第にスタンガンの電極を押しつけた。

敵は四十人いても、彼らのほとんどの意識は金を持ち逃げしようとする吹雪達に向いている。

大人数が太陽の奇襲に気づく前に、できるだけ多くの警護スタッフを戦闘不能にしておく必要があった。

「なんだ、お前は!?」

「てめえっ、誰だ!?」

気づかれる端から、太陽は警護スタッフの首や腕にスタンガンを押しつけた。

「てめえっ、なにやって……」

太陽は、左腕を勢いよく伸ばした。

坊主頭の警護スタッフの右目にナイフの切っ先が突き刺さった。

悲鳴を上げる坊主男——眼窩《がんか》から流れ出す血。

太陽はナイフを引き抜き様に左腕を横に薙《な》いだ。

襟首を摑んでいたサングラスの警護スタッフの左の耳が削ぎ落ちた。

吹き出す赤い飛沫《しぶき》が太陽の顔を濡らした。

正面からタックルを仕掛けてくる寸胴《ずんどう》体形の警護スタッフのうなじにスタンガンの電極を当てながら、後頭部にナイフを突き立てた。

血潮が滾《たぎ》るのと反比例するように、心が冷えてゆく。

殺してしまうかもしれない——わかっていた。

構わなかった。

大切な家族に危害を加える者は、皆殺しにするつもりだった。

黒波の中心で袋叩きにされているだろう吹雪達の姿は、まだ見えなかった。

背後から、首を絞められた。

長身の警護スタッフに腹を蹴られた。

先ほどとは別の坊主頭の警護スタッフに警棒で脇腹を叩かれた。

胃液が逆流し、脇腹に激痛が走った。

太陽はサバイバルナイフで、首に回された腕を突き刺した。

背後で悲鳴。首が解放された。

膝をついた太陽は、警棒を振り翳す坊主頭の警護スタッフの太腿を刺した。

立ち上がり様に左腕を薙いだ——長身の警護スタッフの頰を切り裂いた。
四、五人の警護スタッフが、束になって太陽に襲いかかってきた。

スタンガンを放電しながら、サバイバルナイフで切りつけた。

腕を殴られ、膝を蹴られた——片膝をついた。

視界に入る足を躊躇なく刺し、電極を押しつけた。

絶叫、怒号、出血……そこここで、警護スタッフが頽れた。

太陽は四つん這いになり、犬のように前進した。

蹴ってくる警護スタッフの足に抱きつき、睾丸《こうがん》にナイフを突き刺した。

別の足のアキレス腱を切り、別の足のふくらはぎに咬みついた。

叩かれ、蹴られ、しがみつかれた。

敵陣ゴールにトライしようとするラガーマンのように、太陽はもみくちゃになりながら前進を続けた。

十数メートル先に、倒れているヘルメット姿の三人が見えた。

背中に衝撃——胸が圧迫された。

頬にアスファルトの冷たい感触が広がった。

「この野郎！　どこのネズミだ!?」

髪を摑まれ、物凄い力で顔を押しつけられた。

馬乗りになっている百キロはありそうな巨漢の爪先に、ナイフを突き立てようとした左腕を別の警護スタッフに摑まれた。

同時に、スタンガンを持つ右腕も踏みつけられた。

万事休す——太陽は、コルクにピンで刺された昆虫標本のように自由を失った。

「ふざけやがって！」

「思い知らせてやれ！」

「誰の犬だ！」

「殺さない程度に痛めつけろ！」

様々な怒声と罵声とともに四方八方から飛んでくる革靴の爪先が、太陽の全身を抉《えぐ》った。

「吹雪、大丈夫か……」

叫んだつもりが、掠れ声しか出なかった。

「吹雪……返事をしろ……」

声はさらに、薄く掠れた。

背中と脇腹に鋭い激痛が走った。息が詰まった。

内臓がブスブスと音を立てて、破れていくような嫌な感触があった。

目の前でボロ雑巾のように倒れている吹雪の姿が、遠のいてゆく意識を懸命に引き戻した。

「吹雪……」

渾身の力を込め、太陽は起き上がろうとした。

「吹雪っ……」

後頭部に衝撃――視界がスパークした。
全身から力が漏れ出してゆく……意識が漏れ出してゆく……。

吹雪……逃げろ……。


声に出したつもりだった。

「おい、ヤバいぞ！　警察だっ」

「撤収するぞ！」

警護スタッフが叫び、蜘蛛《くも》の子を散らすように走り始めた。

ぼやける視界に、パトカーの赤色灯が見えたような気がした。

このままでは、捕まってしまう。

浅井家七十年の歴史に、泥を塗るわけにはいかない。

だが、身体に力が入らなかった。

十数メートル先に倒れている吹雪も、まったく動かなかった。


吹雪……大丈夫か！　おいっ、しっかりしろ！

遠のいてゆく意識の中で、パトカーが停まるのがかろうじてわかった。

ドアの開閉音に靴音……。

だめみたいだ……ごめんな……親父……。

不意に、一切の音が聞こえなくなり、視界が暗くなった。

☆

眼を開けた。

霞《かす》む視界に、白い鉄格子が浮かんだ。

太陽は跳ね起き、首を巡らせた。

三畳ほどの部屋には、トイレと洗面所が並んでいた。

靄《もや》がかかったような脳内に、パトカーの赤色灯が蘇った。

「天鳳教」の警護スタッフに襲われているところに、警察がきたことを思い出した。

「一緒に倒れていた若い男性はどこにいる?」

太陽は立ち上がり、格子扉越しに看守に訊ねた。

「ああ、死んだよ」

看守が、無表情に言った。

「は!?　あんた……なにを言ってるんだよ!?　嘘を吐くな！」

太陽は、看守がなにを言っているのかすぐには理解できなかった。

「自分の眼で、たしかめてみればいい」

看守は言いながら、格子扉を開けた。

「吹雪はどこに……」

看守が体当たりしてきた。

熱い衝撃が走った。

看守の両手に握られたナイフが、太陽の下腹に刺さっていた。

「弟とともに地獄に落ちろ！」

顔を上げた看守……鳳一馬が、鬼の形相で太陽を睨みつけた。


眼を開けた。

一馬の顔が消え、視界に白い天井が広がった。

上体を起こそうとした瞬間、全身に激痛が走った。

太陽はパンツ一枚であることに気づいた。

腕には点滴の針が刺されていた。

みぞおちから下腹にかけてさらしのようにきつく包帯が巻かれ、両腕と両足にはダルメシアンの斑《まだら》模様のように内出血が広がっていた。

息を吸うたびに、脇腹に鋭い痛みが差し込んだ。

肋《あばら》が折れているのかもしれない。

頭が割れるように痛かった。

ここはどこだ？

点滴はしているが、十畳ほどのフローリング張りの室内は住居のようで、病室とは思えない。

太陽は、巡らせた首を止めた。

右隣のベッドに、上半身裸で横たわる男。頭に包帯を巻き、左腕にギプスをつけていた。

「お目覚めですか？　お互い、悪運が強かったみたいですね」

男……吹雪が仰向《あおむ》けになったまま言った。

「無事だったか。ここはどこだ？」

太陽は訊ねた。

「僕にもわかりません。十五分ほど前に目覚めたばかりですから」

「父さんの知り合いの開業医が所有するマンションよ」

女性の声がした。

太陽は首を擡げた。

半開きのドア――星がニヤニヤしながら立っていた。

部屋はワンルームではなく、ほかにもあるようだった。

星の背後には、水谷と梶原もいた。

「開業医のマンション……それにしても、どうして、親父が？　俺らは警察に捕まったはずだ」

太陽の記憶では、パトカーが現れたことで「天鳳教」の警護スタッフは蜘蛛の子を散らすように逃走した。

その後の記憶はないが、太陽も吹雪も警察か病院に連行されたはずだ。

「だって、パトカーふうの車を運転していたのは父さんだからね」

「親父がパトカーを!?」

太陽は、素頓狂な声を上げた。

脇腹を刺す激痛に、太陽は顔を歪めた。

「パトカーじゃなくて、パトカーふうと言ったじゃろう」

星の背後から、大樹が現れた。

「どういうことなんだ？　祖父ちゃん。順序だてて説明してくれ」

大声を出すと肋骨に響くので、太陽は静かな口調で訊ねた。

「その前に、週末の予想をしてからじゃ」

大樹は言いながら、パイプ椅子に座り競馬新聞を広げた。

「祖父ちゃんっ、競馬なんてやってる場合じゃないだろう!?」

思わず語気を荒らげてしまい、ふたたび脇腹が悲鳴を上げた。

「わかったわかった、うるさいのう。冗談じゃよ」

大樹が競馬新聞を丸め、入れ歯を剝き出して笑った。

「まあ、簡単に言えば、あやつはお前ら息子を欺いとったってわけだ」

「親父が、俺と吹雪を欺いていた？　それ、どういうことだよ？」

太陽は、訝しげな顔を大樹に向けた。

「あやつは、我が子の行動をすべてお見通しじゃった。弟が兄のために裏切り者になって『天鳳教』に赴くことも、兄が弟を救いに単身で『天鳳教』に乗り込むだろうことも。あやつは端から、この結末を予想しとった」

「この結末って、俺と吹雪が『天鳳教』に乗り込むっていうことをか？」

「そうじゃ。だから、パトカーふうの車も、今回の任務の前から用意しておった」

「だって、親父は星と梶原を救いに行ったんじゃないのか？」

「星と兄ちゃんを救ったのはわしじゃ。あやつは近くの駐車場に停めておいたパトカーふうの車に乗り、すぐに『天鳳教』に向かった」

「もしかして、祖父ちゃんも親父の目論見《もくろみ》を知ってたのか!?」

「あたりまえじゃ。そうじゃなかったら、こんな説明もできんじゃろ？」

大樹が、悪びれたふうもなく言った。

「父さんからもう聞いたと思うけど、事の発端は太陽と吹雪を仲直りさせるために私が言い出したことなの。アクシデントだらけで、一時はどうなるかと思ったけどさ」

星が、欧米人のようなジェスチャーで両手を広げて肩を竦めた。

「こんな回りくどいことしないで、俺と吹雪に直接言えばよかったじゃないか？　そうすれば、二人とも怪我をすることもなかった。一歩間違えば、俺らは死んでたかもしれないんだぞ？」

「命懸けにならなければ、あなた達は本音を出さないでしょう？　だから、私達も命懸けで太陽と吹雪を仲直りさせるしかなかったのよ。でも、そのおかげで、お土産が手に入ったじゃない」

星が、室内の片隅……三つのキャリーケースを指差した。

「三億だけか？」

太陽は訊ねた。

「七億の紙袋は一馬が持ち去ったから……っていうか、最初から吹雪を嵌めるための罠だから、中身は紙くずだったんだろうけどね」

星が、また肩を竦めた。

太陽も同感だった。

「父さんと母さんは、どこに？」

吹雪が、大樹に訊ねた。

「偽造パスポートとかいろいろ揃えなきゃならないものがあるから、三、四日中には合流できるそうじゃ。二人とも仲良く怪我を治しておけ……大地からの伝言じゃ」

「高飛びか……なんか、負けたような感じがして癪《しゃく》だな」

太陽は、ため息交じりに呟いた。

「十億は取り損ねたが三億は手にしたんじゃから、どっちかっていうと勝ちじゃろう」

大樹が言った。

「まあ、それはそうだけど、奴らに追われるから国外脱出するんだろう？　祖国を捨てるんだから、やっぱり負けだ」

太陽は、奥歯を嚙み締めた。

七十年続いた浅井家の誘拐稼業を、終わらせてしまったのは自分だ。

浅井家の長兄として、ファミリーをコントロールできなかった。

いや、それどころか、実弟に対抗意識を燃え上がらせ、理性を失い潰しにかかった。

そんな兄に失望して、妹は命懸けの大芝居に出た。

そんな兄を心配し、弟は命懸けで敵陣に乗り込んだ。

家族のチームワークを壊した諸悪の根源はほかならぬ……。

「兄さんは、負けてませんよ。負けたのは僕です」

不意に、吹雪が言った。

耳を疑った。聞き違いではないのか？

とても、吹雪の口から出た言葉とは思えなかった。

「おいおい、お前が負けを認めるなんて、袋叩きになっておかしくなっちまったか？」

水谷が、からかうように言った。

「水谷さんでしたよね。いろいろと、不快な思いをさせてすみませんでした」

ふたたび、太陽は耳を疑った。

「大丈夫か？　本当に、頭の打ちどころが悪かったんじゃねえのか？」

水谷が、気味が悪そうな顔で己のこめかみを指差した。

「大丈夫です。僕は至って正常です。それから……」

吹雪が言葉を切り、顔を顰めつつ上半身を起こした。

「吹雪、まだ起きちゃだめよ」

星が慌てて吹雪に駆け寄り、背中に手を添えた。

「兄さん、いままで悪かった」

吹雪がいきなり、頭を下げた。

星と水谷が、驚いた顔をした。

吹雪が自分に詫びたことにも驚いたが、敬語でなくなっていることにさらに驚いた。

「子供の頃、ベスが車に撥ねられ死んだとき、器物損壊だと開き直った運転手に仕返しをしてくれたこと……本当に嬉しかったよ。でも、悪魔のような兄さんの別の顔を知って、同じくらい怖くなった。もう二度と、兄さんを変身させちゃいけないって子供心に思った。だから僕は、誓ったんだ。兄さん以上の悪魔になるために、誰とも心を通わせない冷血漢になって、浅井家の汚れ仕事は全部引き受けようって」

吹雪が、一言一言嚙み締めるように思いを告白した。

「悪魔って……それ、言い過ぎじゃない？　っていうか、その喋りかた、吹雪じゃないみたい」

星が、吹雪にツッコミを入れた。

「君は、兄さんがキレたときの本当の怖さを知らないんだよ。家族になにかあったときに兄さんは、自分を犠牲にして全力で相手を潰しにかかる……そのうち、人殺しになってしまうんじゃないかって思った。でも、僕が暴走すれば兄さんは冷静になるしかない。それが、僕とベスのために罪を犯してしまった兄さんへの恩返しさ」

「感動の兄弟愛じゃのう」

大樹が、しみじみとした口調で言った。

「そうか？　二人とも、ぶっ飛び過ぎだろ？」

水谷が、呆れたように首を横に振った。

「でも、結局は兄さんを守り切れなかった。僕のせいで、また、兄さんの手を汚させてしまった」

吹雪が、沈んだ声で言った。

「なにを言ってるんだ。謝らなければならないのは、俺のほうだ。お前の気持ちも知らずに、責めてばかりだった。それどころか、お前より上だと証明するために我を見失っていた。挙句の果てには、俺を守るために悪役を演じ続けていたお前を潰すことに躍起になる始末だ」

太陽は、全身の激痛に耐えつつ身を起こした。

「お前の気持ちに気づいてやれなくて……守ってやれなくて、悪かった」

吹雪に、太陽は頭を下げた。

「兄さん、やめてくれ。今回のことは僕のスタンドプレイ……」

「みんな、聞いてくれ！　鳳神明と一馬親子が、捕まったらしい」

太陽、吹雪、星、大樹、水谷が弾かれたように梶原を見た。

「捕まったって、どういうことだ⁉」

太陽は訊ねた。

「いま、ニュース映像を再生するから」

梶原がスマートフォンのディスプレイをタップした。

『中野区に本部を置く宗教法人「天鳳教」の教祖、鳳神明こと山田二郎《やまだじろう》容疑者と本部長、鳳一馬こと山田博《ひろし》容疑者が逮捕されました。両容疑者は、教徒数三万二千人の「天鳳教」の教祖と本部長であると同時に親子でもありました。容疑は昨年の十一月二十三日に射殺体で発見された渋谷区松濤《しょうとう》の建設会社社長、木村栄進《きむらえいしん》さん六十五歳と、十二月十日に刺殺体で発見された港区赤坂の不動産会社社長、湯川誠二《ゆかわせいじ》さん四十五歳にたいして、警護部所属の教徒五人に殺人を命じた殺人教唆と銃刀法違反の容疑です。警視庁は中野署に合同捜査本部を設置し、新たな余罪についても追及する模様です』

「マジか！　ナンバー1と2が同時に逮捕されたっつうことは、『天鳳教』も終わりだな。ざまみろ……」

「静かに！」

太陽は、唇に人差し指を立て水谷を制した。

『両容疑者は容疑を否認しており、合同捜査本部は父と兄の犯罪に関して情報提供した教祖の長女であり副本部長の山田明寿香さんから、引き続き事情聴取を行う模様です』

「鳳明寿香が、警察にタレ込んだわけ⁉」

星の裏返った声が、室内に響き渡った。

「妹が父親と兄貴を警察に売ったのか⁉」

水谷も驚きを隠せず大声を張り上げた。

吹雪は、険しい表情でなにかを考え込んでいた。

太陽も、目まぐるしく思考を巡らせた。

違和感を覚えた。

たしかに、明寿香は後継者争いから外されたことで鳳神明と一馬の寝首をかこうとしていた。

教団ナンバー1とナンバー2……父と息子の近親相姦の様子を録音したファイルをマスコミやSNSに暴露する計画を立てていた。

だが、殺人教唆を警察にリークするというのとは次元が違う。

近親相姦なら父と兄の地位と名誉を奪う程度で済むが、殺人教唆は人生を奪うと言っても過言ではない。

積年の恨みと言えばそれまでだが、なにかがしっくりこない。

考えられるのは、明寿香が「天鳳教」を手に入れるために父と兄を完全に潰しにかかったということだ。

近親相姦が世に知れただけならば表舞台からは降りても、身柄を拘束されるわけではないので明寿香は報復を恐れる日々となる。

しかし、二件の殺人教唆の罪となれば五年から十年は檻の中だ。

そして恐らく明寿香は、情報提供できる重罪をほかにいくつも握っているに違いない。

疑問なのは、太陽達に人質として拘束されていた明寿香が、こんなに早く父と兄を警察に売る行動に移れるだろうかということ。

明寿香を唆し、協力した人物……。

太陽は思考を止め、吹雪に視線をやった。

ほとんど同時に、吹雪も太陽を見た。

「もしかして、俺と同じことを考えてるか？」

太陽は訊ねた。

「多分、そうだと思うよ」

吹雪が頷いた。

「わしも、多分、同じことを考えておる」

大樹が、ニヤニヤしながら横入りしてきた。

恐らく、大樹の考えは自分と吹雪とは違うはずだ。

もし、同じ推理をしているのならニヤつけるはずがない。

「なによ？　同じことを考えてるって？　私にも教えてよ」

星が焦れたように訊ねてきた。

「キャリーケースをこっちに持ってきてくれ」

星の問いかけに答えず、太陽は言った。

「先に教えて……」

「だから、キャリーケースを頼む」

太陽が強く遮り繰り返すと、星が渋々と部屋の隅に向かった。

水谷と梶原も手伝い、三人がキャリーケースを太陽のベッド脇に運んだ。

星、水谷が、それぞれキャリーケースのファスナーを開けた。

「なんだこれ!?」

「嘘でしょ！」

驚愕のデュエット――水谷と星が大声を張り上げ、キャリーケースの中から白紙の束を取り出した。

嫌な予感が、現実となりつつあった。

だが、そんなことがあっていいのか？

眩暈《めまい》に襲われながら、太陽は梶原から受け取った三つ目のキャリーケースのファスナーを開けた。

白紙ではなく、札束が入っていた。

しかし、一目で三億には満たないことがわかった。

「あやつ、やりおったな」

大樹が呟いた。

その顔は、相変わらずニヤニヤしていた。

「お祖父ちゃん、呑気に笑ってる場合じゃないわよ！」

「そうだじいさん！　三億だと思ったら、中身が紙切れだったんだぞ！」

星と水谷が、血相を変えて大樹に食ってかかった。

太陽は、札束に挟まっていた白い封筒に気づいた。

胸騒ぎに襲われながら、封筒から抜き取った便箋を開いた。

わが愛すべき子供達へ

この手紙をおめえらが読んでいるときには、俺と母さんはハネムーンをやり直ししている最中だ。

なんだか、出し抜いたみたいな格好になっちまったが、悪く思わないでくれ。

「天鳳教」の任務が終わったら、おめえらのどっちかに跡目を譲って俺は母さんとのんびり休暇を取るつもりだった。

車でも言ったが、今回は「天鳳教」から身代金を頂く以外に、おめえらの絆を取り戻す任務があった。

まあ、星のシナリオから始まって、二転三転話はこじれて、命を懸けるまでの話にならねえと、おめえらの心を素直に通わせることができなかった。

星と父さんには、偽パトカーでおめえらを救出するプランまで話してあった。

だが、俺が母さんと長期休暇を取る話はしてねえから、二人を責めるんじゃねえぞ。

とりあえず、金の配分を書いておく。

父さん　一千万
太陽　一千万
吹雪　一千万
星　一千万
単細胞の兄ちゃん　五百万
人質の兄ちゃん　五百万

残りの二億五千万は、俺と母さんの取りぶんだ。

ブーブー文句を言うんじゃねえぞ。

ニュースを見たかわからねえが、鳳明寿香を丸め込んで父親と兄貴を刑務所送りにさせたのは俺だ。

姉ちゃんの話では、神明と一馬が指示して抹殺した人間はゆうに十人を超えるらしい。

鳳神明が一馬に誰を消すか指示してるところや、一馬が警護部の教徒に教祖の意向を伝え殺人教唆しているやりとりの音声ファイルも確認済みだ。

いま頃、姉ちゃんは取調室で証拠資料とともに全部ぶちまけてるだろうよ。

直接に手を下してねえといっても、人数が人数だ。神明と一馬は極刑を免れねえだろう。たとえ死刑を免れたとしても、十五年以上食らい込むのは間違いない。

明寿香は警察に全面協力する代わりに、教団を引き継ぎ運営することの許可を貰える。

もちろん、教団名も所在地も変えるのが条件だが、「天鳳教」が丸ごと明寿香の支配下に入ることに違いはねえ。

だから、もう、おめえらが追われることもねえから安心しろ。

俺の取りぶんが多いのは、おめえらの安全を買ったと思って納得してくれや。

ただし、浅井家の正体が一馬に知られた以上、用心のために家は手放して新しいアジトを作ったほうがいい。

それから跡目だが、おめえらで話し合って決めろや。

俺は誰が五代目になっても文句は言わねえ。

ただ、一つだけわがままを言わせてくれや。

時代が時代だから規模縮小は仕方ねえが、俺と母さんが戻るときまで浅井家の伝統は守っててほしいぜ。

誘拐稼業も人手不足だからよ、この際、単細胞の兄ちゃんと人質になった兄ちゃんもファミリーに加えるっつうのも手だと思うぜ。

まあ、なんにしろ、しばらく俺らは南国かどこかで充電してくるぜ。

半年か一年か、それ以上かわからねえが、家族で力を合わせて浅井家の稼業をしっかり守ってくれ！

頼んだぞ！


「もしかして、父さんから!?」

吹雪の背中を座椅子代わりに支えている星が訊ねてきた。

太陽が無言で手を伸ばすと、星が手紙を受け取った。

「読んでくれんかのう」

太樹が星に言った。

「わかった。わが愛すべき子供達へ。この手紙をおめえらが読んでいるときには、俺と母さんはハネムーンをやり直ししている最中だ……は!?　なにそれ!?」

星が血相を変えた。

「ハネムーン!?　ようするに、金を持ち逃げしたってことか!?」

水谷が熱り立った。

「まあまあ、続きを聞いてみようじゃないか」

梶原が宥《なだ》めるように言うと、星が手紙を読むのを再開した。

「とりあえず、金の配分を書いておく。父さん一千万、太陽一千万、吹雪一千万、星一千万、単細胞の兄ちゃん五百万、人質の兄ちゃん五百万、残りの二億五千万は、俺と母さん……ちょっと、なによこれ！　どうして父さん達が二億五千万も取って、私達が一千万なのよ!?」

「俺と梶原は五百万だぜ!?　一千万なら、まだ恵まれてるじゃねえかっ。しかも、単細胞の兄ちゃんって、なんだよ！」

水谷が、不満げにツッコミを入れた。

「あなたは家族じゃないからそれで十分でしょ！　ウチは本来均等がルールだから、一人五千万になる計算なんだから！　私はね、お金のことを言ってるんじゃなくて、一言の相談もなく持ち逃げするようなやりかたが許せないの！」

星が、憤懣《ふんまん》やるかたないといった表情で吐き捨てた。

「相談されたら、一千万で納得したのか？」

吹雪が訊ねつつ、薄笑いを浮かべた。

「それとこれとは話は別……」

「早く、続きを読んでくれないか？」

吹雪が星を促した。

「ブーブー文句を言うんじゃねえぞ。ニュースを見たかわからねえが、鳳明寿香を丸め込んで父親と兄貴を刑務所送りにさせたのは俺だ」

「やっぱり、あやつじゃったか。本当に、抜かりのない奴じゃ」

大樹が、愉快そうに顔に皺を刻んだ。

星は、大地が鳳明寿香を調略し父と兄を警察に売らせたこと、殺人教唆したのは二人ではなく十人を超えること、二人のやり取りが音声ファイルに収められてあることを読み上げた。

「マジか！　あの親子、十人以上も殺人の指示を出してるのか!?」

水谷が驚きの声を上げた。

「あくまでも、娘が知ってる範囲の話じゃ。叩けば、その数倍はいるじゃろう。あやつらは、悪魔教じゃからのう」

大樹が高笑いした。

「だから、もう、おめえらが追われることもねえから安心しろ。俺の取りぶんが多いのは、おめえらの安全を買ったと思って納得してくれや……って、なに恩着せがましく言ってるのよ！」

星が言葉を切り、腹立たしげに言った。

「じゃが、あやつのおかげで猛獣どもから追われずに済んだのはたしかじゃろう」

大樹の言う通りだ。

家族がバラバラになって海外に高飛びせずに済むことは、正直助かった。

「ただし、浅井家の正体が一馬に知られた以上、用心のために家は手放して新しいアジトを作ったほうがいい……じゃあ、もっとお金残しなさいよ！」

「気持ちはわかるが、いちいち怒っても仕方ないだろう」

太陽は、星を諭した。

「太陽は悔しくないの!?　私ら捨てられた……あ、ちょっと！」

涙声で訴える星の手から、吹雪が手紙を奪った。

「それから跡目だが、おめえらで話し合って決めろや。俺は誰が五代目になっても文句は言わねえ」

吹雪が、続きを読み始めた。

「話し合って決めろって……じゃあ、このチーム戦はなんだったんだよ」

水谷が呆れたように言った。

「わからんのか？　このチーム戦を行ったのは、家族の結束を強めるためじゃよ。あやつは、どっちが勝っても負けても端からそうするつもりだったんじゃ」

大樹が、満足げに頷きつつ言った。

「ただ、一つだけわがままを言わせてくれや。時代が時代だから規模縮小は仕方ねえが、俺と母さんが戻るときまで浅井家の伝統は守っててほしいぜ。誘拐稼業も人手不足だからよ、この際、単細胞の兄ちゃんと人質になった兄ちゃんもファミリーに加えるっつうのも手だと思うぜ。まあ、なんにしろ、しばらく俺らは南国かどこかで充電してくるぜ。半年か一年か、それ以上かわからねえが、家族で力を合わせて浅井家の稼業をしっかり守ってくれ！　頼んだぞ！　これで、終わり」

吹雪は、手紙を折りながら言った。

「は!?　お前らの親父は、俺と梶原に誘拐家族の一員になれって言ってんのか？」

水谷が、太陽と吹雪に交互に視線をやりながら訊ねた。

「どうやら、そうみたいじゃな。わしはほぼ動けんし、新しい血を入れるのも悪くない案だと思うが、お前らはどうじゃ？」

大樹が、三人に視線を巡らせた。

「どっちでもいいけど、いないよりましなんじゃない」

星が、興味なさそうに言った。

「お前は？」

大樹が、吹雪に視線を移した。

「僕は構わないけど、五代目の意見に従うよ」

吹雪が、太陽をみつめた。

久しぶりに見た瞳……いつ以来だろうか？

いままでの氷の瞳とは違う、信頼の色の宿った瞳だった。

「吹雪……」

さっきまで大地に憤り般若《はんにゃ》の如《ごと》き形相だった女性と同一人物と思えないような感極まった顔で、星が涙ぐんだ。

「お、いい雰囲気になってきたのう〜。いま、長い時を経て雪融けし、兄弟が一つになる感動的な瞬間じゃ」

芝居がかった口調で、大樹が実況した。

「もちろん、俺も大歓迎だ。二人とも、俺らの家族になってくれるか？」

太陽は、水谷と梶原に顔を向けた。

「人質にまでなったから、もう、怖いものはないよ。喜んで」

梶原が笑顔で即答した。

「ほら、親友は浅井家の人間になるって。あなたは、どうするのよ？」

星が水谷に詰めた。

「まあ、冷血漢が改心したみてえだから、太陽のために入ってやってもいいか。それに、家族になったら取り分は均等なんだろう?」

水谷が、憎まれ口を叩いた。

「入る前から分け前のことを気にするなんて、金に汚いわね!」

星が水谷を睨みつけた。

「さっきまで分け前のことで怒りまくっていた女狐だけには、言われたくねえなあ」

水谷が皮肉を返した。

「なんですって……」

「はいはい、そこまで」

太陽は手を叩きながら言うと顔を顰めた。

振動だけで、脇腹に痛みが走った。

「太陽、大丈夫?」

星が心配そうな眼を向けた。

「ああ、大丈夫だ。それより、五代目を受け継ぐには条件がある」

太陽は、みなの顔を見渡した。

「吹雪、浅井家は俺とお前のツートップ……それが、条件だ」

「え!? 五代目が二人ってこと!? でも、それ、案外、いいかも!」

星の声が弾んだ。

「どうだ? 吹雪。俺の条件、飲むか?」

「兄さんの力になれるなら、僕に異論はないよ」

吹雪が微笑んだ。

「よしっ。決まりだ。ところで祖父ちゃん、このマンションの主《あるじ》……親父の知り合いの開業医だっけ？　もう何日かお世話になりそうだから、挨拶しときたいんだけどマンションにいるのか？」

「ああ、隣の部屋が自宅だからな。もうそろそろ、くるはずじゃ」

「お祖父ちゃんは、その開業医を知ってるの？」

星が訊ねた。

「あたりまえじゃ」

玄関のほうから、ドアの開閉音がした。

「お、噂をすれば主のご登場じゃ」

大樹は言いながら腰を上げ、部屋を出た。

「それにしても、一時はどうなるかと思っちゃった。正直、二人の関係を修復するのは無理なのかなって諦めかけたこともあったんだ。太陽と吹雪が手を取り合って浅井家を継いでくれる気になって嬉しいよ！」

星が、満面の笑みで言った。

「ミートゥーってやつだぜ！」

「私もよ！」

聞き覚えのある男女の声——太陽、吹雪、星の三人は弾かれたように声のほうに首を巡らせた。

瞬間、思考が止まった。

凍《い》てついた視線の先——ドア口に立つ大地と海。

「どうして、ここに……」

なにがどうなっているのか、太陽には状況が把握できなかった。

吹雪も星も、狐に抓《つま》まれたような顔をしていた。

「おめえらが手を取り合って浅井家を継ぐって大目的を果たしたから、一世一代の大芝居は終わりだ」

大地が、してやったりの顔で言った。

海も大樹もニヤニヤしている。

「大芝居……？」

喉から剝がれ落ちたような干涸《ひから》び声が、太陽の口から零《こぼ》れ出た。

「ああ、ハネムーンに出るっつうのは、おめえらを結束させるための大嘘だ！　どうだ!?　『スティング』のロバート・レッドフォード張りの名演だろ？」

大地が豪快に笑った。

「お祖父ちゃんも、知ってたの!?」

星が大樹を振り返った。

「もちのろんじゃ。こやつがロバート・レッドフォードなら、わしはポール・ニューマンってところじゃな」

大樹が得意げに笑った。

「たとえが古過ぎてわからねえな」

水谷が呟いた。

「親父……じゃあ……あの手紙の内容も、全部、嘘だったのか？」

太陽は、上ずった声で訊ねた。

「安心しろ。ほかのことは全部本当だ。鳳明寿香を丸め込んだ件も、それから、二億五千万は俺と母ちゃんのものだっつぅー話もな！」

ふたたび、大地の高笑いが室内に響き渡った。

太陽と吹雪と星は、唖然《あぜん》として顔を見合わせた。

大地の高笑いに、やがて三人の爆笑が重なった。

不思議と太陽は、脇腹の痛みを感じなかった。

解説

細谷正充

誘拐をテーマにしたミステリーのガイドブックが出版されないかと、昔から思っている。理由は簡単。誘拐ものが好きだからだ。誘拐ものは基本的に、事件が現在進行形であり、そこに独自のスリルとサスペンスが生まれる。すでに起きてしまった事件の真相を追うミステリーでは、味わえない魅力があるのだ。もちろん連続殺人事件など、誘拐もの以外でも現在進行形の作品はあるが、それはまた別の話としておこう。

さらにいえばミステリーの歴史が重なるにつれ、誘拐ものでも、さまざまな新機軸が打ち出されている。そのひとつが本書といっていい。作者は今までにない誘拐物語を創り上げたのである。

新堂冬樹は、一九九八年に『血塗られた神話』で、第七回メフィスト賞を受賞して作家デビューした。金融の仕事や、さまざまな商品の物販などにより、経済的に成功していたという作者が、なぜ小説に手を染めたのか。ネットにあるインタビューでは、

「お金はもちろんほしいし、儲《もう》かればうれしいんですが、人を驚かせたい、びっくりさ

せたい、という気持ちが私の中にはあるんです。小説に関しては、私だったらもっとこう書くのにな、と思うことが多々あって。例えば、闇社会をテーマにした小説を読んでも、闇社会に自分自身が関わったことのある私にとっては、まるでリアリティがないんですよ。でも、そうやって文句言っているだけだったら単なる評論家です。だったら、自分で書けばいいか、と。それで書いてみたら、面白かった。そうしたら賞がもらえてデビューできることになった」

と、述べている（新堂冬樹のスペシャルインタビュー「考え方さえ変えられれば、みんな成功できる」／講演依頼．ｃｏｍ新聞）。以後、ハードなノワール作品を発表するが、一方で純愛小説に乗り出し、こちらも評判になる。幅広い作風で多数の読者を獲得しながら、現在に至っているのである。

『誘拐ファミリー』の粗筋を簡単に記しておこう。世田谷区上用賀の住宅地にある浅井家は、ペットホテルを順調に営んでいる。――というのは表の顔。真の稼業は営利誘拐だ。戦後の混乱期から一家で誘拐をビジネスにしているのである。今回も家族六人で、映画監督の秋嶋康太を誘拐し、見事に身代金を手に入れた。

だが長男の太陽は、冷酷な行動をする次男の吹雪が気に食わない。打ち上げの席で、吹雪と揉《も》めてしまう。そんなことがあったからだろうか。父親でリーダーである大地から、太陽と吹雪のどちらを五代目にするか、誘拐勝負で決めるように命じられる。対象は、宗教団体「天鳳教」教祖・鳳神明の長男の一馬と、長女の明寿香だ。太陽は、妹の星と、祖父の大樹とチームを組み、明寿香を誘拐することになる。また、太陽の高校時代の同級生で、便利屋「ノープロブレム」を共同経営している、梶原進と水谷健にも協力を頼んだ。星は二人のことを危ぶむが、太陽は以前から二人に誘拐ビジネスのことを明かし、手伝ってもらうこともあった。ある理由から二人を信頼しているからである。

一方の吹雪は、両親の大地と海と組み、一馬を狙う。しかし、吹雪の行動をチェックしていた太陽は、彼がルール違反をしようとしていると確信。妨害行動に出た。この騒動が切っかけになり、誘拐勝負は、思いもかけない方向に捻《ね》じれていくのだった。

特異な設定から生まれる、先の読めない展開。本書の面白さを簡単に述べれば、こうなるだろう。特異な設定とは、いうまでもなく浅井家である。七十年にわたって、営利誘拐をファミリー・ビジネスとしているのだから。ターゲットは悪人限定。さらに、窃盗、レイプ、薬物、殺人はしないという、代々のルールがある。そんな家族の長男と次男が、五代目の座を賭けて、誘拐勝負に挑む。この設定だけで本書の成功は約束されたといっていい。

もちろん、この荒唐無稽に見える設定を支えているのは、細部のリアリティである。たとえば冒頭で描かれる誘拐のタイミングと身代金の額。秋嶋が監督する映画のクランクイン四日前に誘拐し、四千万円を要求するのだ。この身代金が高すぎるのではないかという大地に太陽は、

「わかってないのは、親父だろう？　『Wタブー』は四百館以上の全国ロードショーが予定されてる大箱だ。出演者も超過密スケジュールの売れっ子ばかりだから、クランクインが遅れたら代替え日を出すことは不可能だ。つまり、秋嶋はどう転んでも予定通りに撮影を進めなければならない。低予算の映画の現場だって、撮影に穴が開けば一日百万単位の損失になる。『Wタブー』はキャストの格やスタッフの数からいっても、一日一千万近い損害金が発生するはずだ」

といい、秋嶋の信用が失墜し、監督のオファーが来なくなる可能性にも言及している。浅井家の誘拐は、緻密な計算の上に成り立っていることが、この太陽の言葉から分かるのである。

さて、そのように有能な太陽だが、吹雪との誘拐勝負では、感情的な面を見せることになる。それには理由がある。吹雪の冷酷な性格を心配し、だからこそ苛立《いらだ》っているのだ。もともと吹雪は、そんな性格ではなかった。子供の頃、愛犬が車に轢《ひ》かれて死亡し、そのときの大人たちのやりとりに絶望してから、今のような性格に変わってしまったのである。そんな吹雪が五代目になれば、浅井家が崩壊すると太陽は確信している。それを防ぐためには自分が五代目になるしかないと、焦っているのだ。

もっとも太陽の性格も、吹雪の性格の変化に引っ張られるように変わっていた。そもそも太陽は、小学生にもかかわらず、愛犬を轢いた車をボコボコに破壊してしまうような破壊衝動を持っていた。元々の性格が危険なのは太陽の方なのである。だが、吹雪が変わったことにより、太陽は自らの激情に蓋をする。そして家族を守るように生きているのだ。そう、太陽にとって一番大切なのは家族なのである。それは梶原と水谷についての、「彼らの思いを知った日を境に、二人は太陽の中で家族同然の盟友となった」という一文を見れば、よく分かる。〝家族同然の盟友〟というところに、彼の家族へのこだわりを感じることができるのである。だから太陽の吹雪への思いは、いかにも長男らしいものになっているのだ。しかし物語を読んでいると、どこか独りよがりな印象を受ける。

そんな太陽の行動が、誘拐勝負の展開を予想外のものにしていく。さらに吹雪や二人を心配する星の行動に、誘拐の対象である一馬と明寿香の思惑まで絡まり、事態は二転三転どころか四転五転。読者を翻弄しまくるのだ。こうした流れの中に、誘拐勝負をい い出した大地の狙い、吹雪の心底にある想《おも》い、内通者の存在など、幾つものフックを作って、ストーリーへの興味を高めている。この部分を詳しく書きたいのだが、未読の人の興味を奪ってはいけないので控えよう。ページを繰る手が止まらない面白さだとだけいっておく。

その代わりというわけではないが、他の注目ポイントを挙げておこう。「天鳳教」だ。三万人以上の信者を抱え、潤沢な資金と暴力装置を所持している。反社ですら迂闊《うかつ》に手を出せない、危険なカルト宗教なのだ。誘拐勝負になったとき太陽は、ＹｏｕＴｕｂｅで「天鳳教」を調べるが、ここがリアルである。作者の初期作品に、カルト宗教を題材にした『カリスマ』（二〇〇一年）があるが、あの作品もリアルに感じられた。また、教祖の鳳神明は間接的にしか登場しないが、そのシーンのインパクトは抜群。周知の事実だが作者のファンは、ハードな新堂作品を黒新堂、ピュアな新堂作品を白新堂と呼んでいる。その〝黒〟な部分の魅力が、「天鳳教」で表現されているのだ。

というと、浅井家の誘拐ビジネスだって犯罪なのだから〝黒〟と思われるかもしれない。しかし誘拐の対象人物が基本的に悪人なので、黒っぽく見えないようになっている。物語の結末も大団円といってよく、爽やかな気持ちで本を閉じることができるのだ。その意味では〝白〟っぽい部分もある作品といっていい。

これに関連して、二〇二四年十二月に光文社から刊行された『直木賞を取らなかった男』に目を向けたい。ハードなノワール『阿鼻叫喚』でデビューし、作風を広げながら人気作家となった日向誠の作家人生が、磯川という有能だが風変わりな編集者との交誼《こうぎ》を絡めて描かれる、自伝的要素の強い長篇《ちょうへん》である。この手の作品は、リアルとフィクションの境目が判然としないが、日向の心情には作者の気持ちが託されていると思っていいだろう。だから、

「いいえ、私はもともとジャンルを問わない物語を書く小説家になりたいと思っていまし

た。たまたま暗黒小説でデビューしただけで、もしかしたら恋愛小説でデビューしていたかもしれませんでした」

という日向の言葉は、そのまま作者の言葉と受け取りたい。誘拐ミステリーと家族小説を合体させ、トッピングとしてカルト宗教を振りかける。黒新堂と白新堂が入り混じり、独自の世界を構築する。ジャンルを問わず、面白い作品を書き続けている作者だからこそ、本書が生まれたのではないか。そう思えてならないのである。

（ほそや・まさみつ　文芸評論家）

本書は、二〇二〇年十一月、双葉社より刊行されました。
初出　双葉社文芸Ｗｅｂマガジン「カラフル」
二〇一九年四月十日号〜二〇年六月二十五日号
本文デザイン／高柳雅人
本文イラスト／サイトウユウスケ

新堂冬樹の本

虹の橋からきた犬

「大丈夫。眼には見えなくなるけど、これからもあなたのそばにいるから——」孤独な男性と一途な犬の永遠の絆。ペットロスからの希望を描く感動長編。

集英社文庫

新堂冬樹の本

おかえり
〜虹の橋からきた犬〜

「ママ！　ママ！　帰ってきたよ！」愛犬を亡くし、絶望の淵にいた女性に起こった奇跡の連続を描く、次元を超えた感動長編。

集英社文庫

新堂冬樹の本

枕アイドル

手段を選ばない地下アイドル 対 超攻撃的なアンチのデリヘル嬢。女同士が本性を剝き出しにして全力で潰し合う！　アイドル界のタブーを描く、衝撃作。

集英社文庫

新堂冬樹の本

極悪児童文学
犬《けん》義《ぎ》なき闘《たたか》い

人間がいなくなった新宿で、血で血を洗う「犬同士」の抗争が勃発。ユーモアと感動が詰まった史上初、犬の任侠小説！　コワかわいいイラストも満載！

集英社文庫　目録（日本文学）

集英社文庫

誘拐《ゆうかい》ファミリー

2025年4月25日　第1刷　　定価はカバーに表示してあります。

著　者　新堂冬樹《しんどうふゆき》

発行者　樋口尚也

発行所　株式会社 集英社
東京都千代田区一ツ橋2-5-10　〒101-8050
電話　【編集部】03-3230-6095
【読者係】03-3230-6080
【販売部】03-3230-6393（書店専用）

印　刷　株式会社広済堂ネクスト

製　本　株式会社広済堂ネクスト

フォーマットデザイン　アリヤマデザインストア　　マークデザイン　居山浩二

ISBN978-4-08-744764-4 C0193